# AMOR DE PUTA

RICARDO DAUMAS

# AMOR DE PUTA

1ª edição
São Paulo
Editora Sensus
2016

Publicado por Editora Sensus, 2016

Todos os direitos reservados. Esta obra não pode ser reproduzida; armazenada em sistema de dados; transmitida por quaisquer meios – eletrônicos, mecânicos, fotocopiativo, de gravação ou quaisquer outros, total ou parcialmente – sem a autorização por escrito do Editor.

Primeira edição, 2016.

| | |
|---|---|
| Editor: | Christian Mori Sperli |
| Edição de texto: | Rosane Albert |
| Capa: | Kate Bernardi |
| Ilustrações: | Manoel Veiga |
| Foto do autor: | Marcelo Abrileri |

DADOS INTERNACIONAIS DE CATALOGAÇÃO NA PUBLICAÇÃO (CIP)
(eDOC BRASIL, BELO HORIZONTE/MG)

D241a
    Daumas, Ricardo.
        Amor de puta / Ricardo Daumas ; ilustrações Manoel Veiga. – São Paulo (SP): Sensus, 2016.
        280 p. : il. ; 16 x 23 cm

        ISBN 978-85-67087-03-0

        1. Ficção brasileira. 2. Literatura brasileira - Romance. I. Veiga, Manoel. II. Título.

        CDD-B869.3

Copyright © 2016 CMS Editora Eireli
Rua Enxovia, 472 Cj. 1208
04711-030 – São Paulo – SP
CNPJ 01.722.696/0001-22

**www.editorasensus.com.br**

*Produzir este texto me deu a chance de criar um Rio de Janeiro que eu gostaria que tivesse sido o meu e de onde muito jovem eu fugi, então dedico a ti, Rio querido, que me chama de paulista. Dedico também a São Paulo, onde depois de mais de trinta anos alguns desavisados adoram meu sotaque supostamente carioca. Vocês me fazem o que eu sou, e eu agradeço.*

# Prefácio

*Já andou pelado em casa hoje?*

Por causa de Franz Kafka, a palavra metamorfose ganhou para todo o sempre tons sinistros – mensageira de estranhamento ou medo. Pudera: virou sinônimo de uma transformação não muito agradável... Mas nem sempre passar por esse processo significa ser como Gregor, o caixeiro-viajante que acordou um dia metamorfoseado em um inseto gigante. Há mudanças completas de forma ou natureza que se revelam gratas surpresas.

Foi assim ao ler os originais de *Amor de puta*, quando resgatei um pouco do sentido original da palavra por duas razões distintas. Primeiramente por descobrir a transformação de Ricardo Daumas em autor. E daqueles com "A" maiúsculo. E justamente com a história do personagem que se modifica em tudo: muda de cidade, altera sua visão de mundo, transmuta a sua natureza.

E essa grata surpresa, mais do que apenas uma curiosidade de rodapé, veio acompanhada de um fôlego que aqueceu meu coração de leitor: a prosa corrente, a narrativa envolvente, a história repleta de tons de realidade bem contada. Mais do que texto, há subtexto. Mais do que apenas o que se vê na superfície dos personagens, há suas muitas dimensões.

A premissa é simples – e, por isso mesmo, encantadora: João, executivo carioca meio desencantado com a vida, o casamento e o futuro, vem para uma cidade sem encantos, para um trabalho no "Banco", que há muito perdeu seu encanto também.

Fique à vontade para, assim como João, que julgou e condenou a cidade sem praia, a vizinha, o trabalho, desencantadamente pensar "já vi esse filme". Assim como São Paulo, eis um livro que pede um pouco mais do que uma olhadela superficial, e o que se descobre cativa – nos dois casos.

A puta do flat ao lado, a aridez da paisagem (que frustra quando se descobre que não, ao subir as transversais da Paulista não vai dar na praia) e os intragáveis jogos cotidianos do interesseiro universo corporativo não são apenas o que se vê à primeira vista.

Dessas relações podem nascer, num segundo, terceiro ou quarto olhar, novas convicções. Uma delas a de que sempre haverá espaço para sentimentos, descobertas e, por que não, amores. E dos puros – mesmo vindo de quem vive de vendê-lo sob a forma de ilusão.

E o autor entrega, a cada página, pedaços soltos de experiências que vão, aos poucos, desligando o piloto automático – dos personagens e do leitor. Como no prazer de sentir o cheiro da chuva que chega ou da grama cortada há pouco. Página a página fui lembrando que as melhores emoções são as cotidianas, as mais simples. Como andar pelado dentro de casa.

*Jorge Tarquini é jornalista, roteirista e escritor – que até entende um pouco de amores de puta, pois já escreveu a história de uma, em* O doce veneno do escorpião.

# Agradecimentos

Qualquer lista de agradecimentos que se faça é injusta, incompleta.

Mas começo por minha mãe, que já não está mais aqui mas ia se divertir com a festa, e meu pai que está, e vai se surpreender com tudo. Devo tudo a eles, até pelo que eles não queriam que acontecesse. Na sequência vem minha filha, razão pela qual vivo e tudo faço, e sua mãe que a deu para mim. Família, irmã, primos, tias, avós, amigos, gente que povoou minha vida de vida e amor e que me estimulou a viver com intensidade e vontade de abraçar o mundo. Meus amigos do mercado editorial, meu corajoso amigo e editor, minha persistente e didática revisora, meus valorosos e generosos colaboradores na edição dessa primeira empreitada, a Deus, e a quem mais estiver por aí empurrando o carro sem que eu sequer saiba. Muito Obrigado.

*Ricardo Daumas*

# Introdução

*De perto, todo mundo é normal...*
Você já se encontrou com você mesmo hoje? Ou ontem? Ou em algum momento da sua vida?

A história que está por vir é a de um encontro desses, um encontro involuntário, uma trombada a bem dizer... de alguém com sua própria vida, mas não vamos antecipar nada, deixemos você descobrir, vamos só alimentar a nossa conversa com algumas referências.

Nós nascemos numa sociedade imperfeita. Pobres, ricos, brancos, mulatos, negros, religiosos, trabalhadores, vagabundos, agnósticos, políticos, empresários, mulheres, homens, liberais, conservadores, pensadores e o que mais você entender que possa ser e só há uma coisa em comum em tudo isso: há regras e padrões de comportamento esperados para todos, e nós obedecemos a eles, sempre, e não nos damos conta disso. Podemos chamar essas regras e padrões de educação, ou padrões sociais, preconceitos, condicionamentos, religião, o que você quiser. Mas o fato é que depois de anos de acréscimo de camadas repetidas dessas regras e informações você perde a capacidade de reconhecer os seus sentimentos e sensações originais, o que em algum capítulo da filosofia oriental se reconheceria como a sua "criança interior", e para ser feliz de novo vai precisar resgatá-la.

**Amor de puta**, como você vai descobrir, é a história de uma catarse, e da tentativa desse resgate. É a metáfora da maior relação de interesse da história da humanidade, onde se vende aquilo que não deveria se entregar por negócio, mas que pode também se converter no amor mais puro, mais surpreendente, mais inesperado. Imagine a dedicação espontânea de alguém que dá por carinho aquilo que aos outros vende?

E antes que você pergunte, não, não é biográfico, muito menos autobiográfico, mas não se surpreenda caso você se identifique em algum momento, pois são histórias que acontecem à nossa volta, num mundo urbano, suburbano, contemporâneo, competitivo, confuso, mas que é o nosso mundo, com as nossas dores, medos e desejos. Estamos vivendo num universo novo, que está sendo construído a cada momento, com valores se renovando e se misturando a antigos valores que aprendemos e que trouxemos de nosso passado, mas que estão se modificando e que se chocam provocando novos sentimentos, novas experiências, e talvez se descubra que a única relação verdadeiramente desinteressada, onde nada se pode esperar em troca, é, paradoxalmente, a do amor. Mas esse é um aprendizado longo, pode-se levar toda uma vida e sair dela sem aprender a amar.

Esse é o convite, um convite que exige coragem, todos os dias, encontrar-se consigo, ou continuar jogando o jogo, os vários jogos da vida, no trabalho, na família, no relacionamento, onde for, até que a vida te ponha na frente de uma janela fria numa tarde de chuva em São Paulo e você não tenha mais pra onde voltar. Vai tentar?

| | |
|---|---:|
| Na ponta de cá da Dutra | 15 |
| Do deserto ao paraíso | 21 |
| O velho Donato | 29 |
| Capivaras urbanas | 38 |
| Preciosa | 49 |
| Um bom saca-rolhas | 64 |
| Monday briefing | 80 |
| Boa viagem, e boa sorte | 89 |
| Minha poltrona de couro velho | 103 |
| A carta amarelada | 112 |
| Nossa avant-première | 120 |
| Uma cabra no cio | 123 |
| Um beijo prévio | 129 |
| Doce sacrifício | 138 |
| Meu incômodo segredo | 146 |
| O prazer do medo | 160 |
| Felicidade plena | 163 |
| Costura-se | 169 |
| O ídolo dos porteiros | 175 |
| Um estrangeiro | 188 |
| De perto, todo mundo é normal | 200 |
| De perto todo mundo é mesmo muito normal | 208 |
| A zebra da vez | 219 |
| Uma historia real | 228 |
| Perfume barato | 239 |
| Um bom cabrito não berra | 248 |
| Este planeta onde eu nasci | 261 |
| Quatrocentos fios | 268 |
| Prêmio ou castigo | 272 |

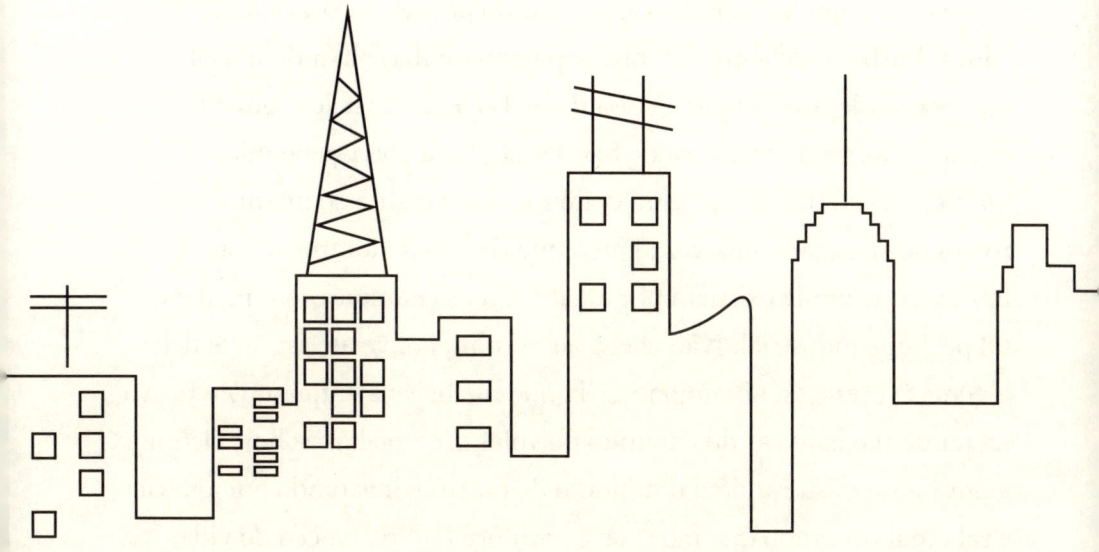

A primeira coisa que me ocorreu quando cheguei foi abrir a janela, como se o ar me faltasse. Não foi por muito tempo, só o suficiente para tomar na cara uma pancada de vento gelado e fechá-la rapidamente. Esse ar frio de São Paulo tem um cheiro duro, inconfundível, e que sempre me faz lembrar da minha primeira vez aqui.

Eu era trainee no Banco e passei quase um mês morando num quarto velho do Hotel San Raphael, vizinho ao escritório no centro da cidade. Logo na primeira semana me enrolei com uma menina da recepção. Bonita, uns cabelos lisos, compridos. Acabava no quarto comigo quase todas as noites, e depois eu a deixava no Metrô da Praça da República, ela ia sozinha pra casa. Uma noite resolvi acompanhá-la e peguei com ela o trem pro Belenzinho, depois caminhamos até o portão da vila onde ela morava. Ela quis que eu entrasse mas achei melhor não, sabia que um dia eu ia sumir sem deixar explicação e achei por bem não envolver a família, não era tão cafajeste assim. Ficamos uns quinze minutos agarrados no portão. Adorava aquele jeito suburbano dela me namorar, apaixonadinha, olhando nos olhos, me esperando dizer alguma coisa doce. É dali e daquele momento que me lembro deste cheiro de São Paulo, uma coisa meio mineral, plástica, sei lá, nunca consegui definir e nem sentir esse mesmo cheiro em outro lugar. Uma vez alguém me disse que durante a noite as fábricas que ainda existiam por ali abriam as chaminés e vinha daí o tal perfume industrial. Não chega a ser ruim, já tive até saudade dele algumas vezes e da boquinha macia que me beijava enquanto eu ficava tentando me lembrar do caminho de volta pro hotel, mas hoje ele me angustia, se misturando a um monte de outros e invadindo este quarto e sala mal decorado que me reservaram pra este recomeço de vida. Pode ser só a minha memória me traindo, tentando encontrar algum conforto pra esse capítulo novo da minha história, mas o tal perfume ácido força passagem assobiando pelas frestas da janelona ainda que fechada, e eu não tenho a mínima disposição pra tentar impedi-lo. Resignado, cansado, desorientado, não sei bem que porra de sensação é essa, só sei que não é boa.

Não gosto de São Paulo. Não escolhi vir pra cá, nem sei se gosto da ideia de conviver tão perto assim do meu chefe e dos meus pares no Banco. Faz tempo que sei que não me conecto mais com essa gente, mas lá do Rio dava para aguentar, agora vai ser mais difícil. Caducou o benefício de me manter longe do centro de decisões da empresa, não faz mais sentido para o Banco e talvez não faça para mim também, e a verdade é que não dá pra pôr a culpa toda em São Paulo nem no trabalho, e nem nessa gente. O negócio é comigo mesmo.

Gastei boa parte dos últimos meses me empenhando por uma

transferência para Nova York ou Barcelona, isso naturalmente me motivava sem precisar qualquer justificativa. Mudanças são o remédio natural para qualquer estado de espírito de difícil identidade e que numa análise rápida é qualificado como tédio, que é um genérico dos sentimentos negativos. O desafio, as novidades, os novos e sedutores ares cauterizam qualquer frustração sem deixar vestígio, mas talvez essa sensação boa durasse só o tempo das coisas entrarem na rotina. Não há charme que resista a uma vida sem propósito, e é assim que tem sido, como comer sem sentir gosto, só pra me alimentar. As coisas simplesmente acontecem porque chega a hora de acontecer, sem que eu as deseje nem rejeite, um passo após o outro sem erro nem grandes angústias. Minha carreira desenvolveu-se assim, ao passo da vida, como se este fosse o caminho natural das coisas. Nada de grandes disputas, planos ou decisões audaciosas, apenas uma sequência de ocorrências naturais tão fáceis e previsíveis que poderia perfeitamente ter acontecido na Dinamarca, esperando o tempo passar entre um e outro período de férias, e não naquele caos ibérico do Rio de Janeiro. Nada disso deveria me incomodar, pois é uma trajetória profissional de dar inveja, o problema é que neste momento a sensação de desperdício deste suposto talento é uma coisa que quase não consigo disfarçar, nem para mim mesmo.

Minhas primeiras horas aqui são um resumo de todos os clichês de solidão e angústia que conheço, começando por esta rua varrida pelo vento frio, nesta tarde de domingo, cada vez mais deserta. Um carro ou outro, gente não passa faz tempo, nem esta sensação de vazio absoluto. As malas estão intocadas, largadas onde deixei, no meio da sala. Nem vi o que tem no quarto, só puxei este banquinho para perto da janelona e me acomodei do jeito que cheguei. Já faz quase três horas, mas ainda não me dei conta de que estou aqui. Parece que quero deixar tudo do jeito que eu trouxe e como encontrei, intacto, para o caso de uma desistência desesperada que sei que não vai acontecer, pois não quero. Não para voltar para a mesma vida, pelo menos não agora. Prefiro ficar aqui parado neste lapso de tempo e espaço diante desta janela, ainda não cheguei, mas também já não faço mais parte de onde saí. Estou só tentando me manter imóvel, invisível, pra ver se ninguém nota a minha presença enquanto ganho tempo para recobrar a lucidez. Afastar-me de casa pode ser um começo. O desconforto parece me tirar de dentro de mim, desta caverna onde eu me escondo da vida que passa ligeira ao largo. Um passo fora deste suposto abrigo já é o suficiente para me fazer perceber que nos últimos anos estava só tentando sobreviver na anacrônica situação em que vivia no Rio de Janeiro, irreal para os planos do Banco e mesmo pra mim, fingindo não ver o final óbvio se aproximar.

 Eu dei sorte, é fato. O Banco me preservou, apostou em mim. Minha mulher também me preservou, talvez apostando nela e na sua capacidade infinita de mudar as coisas com um de seus planos bem desenhados. Vários não deram certo ultimamente: ter filhos, morar fora, concluir o mestrado, mas ela não desiste, continua sonhando, planejando e executando, como se a energia e a razão da vida estivesse nisso, buscar alguma coisa, sempre. Parece que não alcançar não faz falta, não frustra, não dói, ou se dói não machuca, sara quando embala em outro plano, outra busca, outro tentativa. Pra mim, não funciona mais.

 Quando não se sabe o que se quer acabam decidindo por você, e essa é a síntese do meu estilo de vida atual, com poucos momentos de exceção. Eu não tenho certeza sequer do que vim fazer aqui, e olho por esta janela como se a resposta fosse passar pela minha frente nos próximos cinco minutos. Alguma coisa precisa acontecer, já são quase seis da tarde e ainda não almocei, minha última refeição foi um saco de batatinhas com cocacola no meio da Dutra. Ainda tem bagagem no porta-malas do carro. Queria que a cabeça doesse de fome, pelo menos eu teria que sair para comprar uma aspirina, cruzar com alguém, entrar numa loja. Nada. Devia ter trazido mais coisas de casa, livros, CDs, mas não. Não estou apostando nesta vida que se promete provisória, só não sei o que fazer para buscar outra definitiva, e está cada vez mais difícil saber.

Já faz quase dez horas que deixei o Rio de Janeiro e Lúcia não me ligou, nem eu pra ela. Não sei se estamos nos respeitando ou nos acostumando com a distância e o silêncio, e gostando, optando por ele, jejuando voluntariamente da nossa vida empacada, enfastiados que dela estamos. É uma penitência sem causa, pelo menos a minha. Tenho esperança de que essa abstinência me sinalize pelo menos um desejo, uma vontade por menor que seja. Não quero ficar à deriva por muito mais tempo, eu não preciso deste vazio e me cansei de ocupá-lo com coisas que não fazem mais sentido.

O sol se pôs e o cheiro de São Paulo está se diluindo com a chegada da noite. A chuva fraca também parou de vez, o vento arrefeceu e o frio já não invade o flat e seus espaços vazios. Parece que a cidade percebeu que precisa me dar uma chance se pretende que eu faça parte dela. Começo a sentir meu próprio cheiro, minhas malas pedem para ser abertas, deixar meu passado se acomodar nos armários que ainda não assumi como bons para receber e alojar o pouco que trouxe comigo. Tento reagir, preciso. Abro a janelona mais uma vez e respiro fundo o ar lavado pela chuva fina e demorada. Num esforço para encontrar um pedaço de mim neste cenário inóspito tento empurrar para os pulmões o aroma balsâmico do Belenzinho que a chuva e o vento trouxeram pra Moema, ou que a minha memória resgatou neste momento da solidão maior que já experimentei.

Meu estômago reclama. Moema cheira a lenha queimada no início da noite, e a ideia de uma pizza paulistana é a primeira sensação real de conforto desde que este domingo horroroso começou. Tenho dois ou três nomes guardados no celular que aceitariam, eu sei, um convite para jantar nesta minha noite de estreia, mas por enquanto eu quero estar só comigo. Dividir comigo mesmo uma mesa e receber o olhar de compaixão do garçom e dos casais ao lado, nem uma revista quero como companhia, nem uma taça de vinho. Quero estar bem sóbrio para identificar essa mácula quando ela se revelar, pois nada ainda me dói. Nem culpa, nem arrependimento, nada, nada mesmo. Foi uma vida de acertos que deu em nada, num enorme nada que coisa alguma me sinalizou, nem o suficiente para que neste momento sentisse saudades do que quer que fosse, mas aqui, neste isolamento quase voluntário, nada me parece difícil de substituir, e isso é triste, ironicamente triste.

Meu corpo reclama cada vez mais. Briga com minha mente em letargia como um urso que precisa despertar do longo inverno, mas sabe que tem que se poupar antes de aventurar-se fora da caverna, pois sua reserva de energia é pouca. As malas resistem fechadas, bem como os armários que sequer tenho certeza de existirem. Minha bunda dói depois de tantas horas neste banquinho, meu estômago insiste barulhento, implorando por atenção, e eu preciso ir ao banheiro. Minhas necessidades fisiológicas vão me salvar. Aos poucos o gosto da massa crocante e tostada vai criando espaço na minha lista de prioridades, minha angústia cede lugar à fome e à sede, puro instinto de sobrevivência, e eu me curvo à sua sabedoria, ele que me oriente enquanto ainda o reconheço, não conseguiria lutar contra coisa alguma hoje.

Ignoro o banho, as malas, faço uma parada rápida no banheiro. Meu primeiro movimento nesta nova vida vai ser o mais óbvio possível, e dentro da minha zona de conforto. Não me promete muito além de um estômago forrado e silencioso, e já começo a considerar a ideia de me fazer acompanhar por pelo menos uma meia garrafa de vinho. Chega de drama e de falsas penitências, um pouco de álcool para enganar o espírito não vai fazer mal, não é hora de bancar o forte. **Na ponta de cá da Dutra** o mar não bate e este vento pastoso de frio e chuva dá uma saudade danada de uma casa que já não sei se existe. É bom que eu descubra logo novos prazeres, pois novas dores já se apressaram em ocupar lugar.

Uma primeira vez é sempre especial, seja lá o que for. Lembro-me de várias primeiras vezes muito boas, espetaculares, e algumas poucas decepções e sustos. O primeiro copo de cerveja está entre as decepções, mas tem a ver com a sensibilidade extra que se tem ao amargor quando se é ainda muito jovem e virgem de língua para sabores mais fortes. A primeira transa e a primeira vez que dirigi estão na categoria dos sustos, em ambos os casos a ansiedade atrapalhou, e o que deveria começar suave e ir acelerando até chegar ao máximo da excitação acabou aos trancos, e mais breve do que eu pretendia. Felizmente ambos melhoraram bem com o tempo, a prática os aperfeiçoa cumulativamente com alguns acidentes leves de vez em quando. Bons motoristas deveriam ser também bons amantes.

Não sei se é justo avaliar esta manhã como uma primeira vez legítima, digna de menção e nota. É, sim, a minha primeira vez aqui nesta sala, neste papel como residente, e agora oficialmente instalado em

São Paulo, mas a novidade acaba aqui. Este escritório, estas pessoas e esta empresa já me conhecem de longa data, e eu a eles, mas pra mim vai ser duro como um tratamento de canal, e com muito pouca anestesia. A minha expectativa é exatamente oposta à do Banco e, se ainda me restasse alguma dúvida com relação a isso, ela teria acabado no exato momento em que entrei e me deparei com este arranjo de flores que está tomando conta da minha mesa e impregnando a sala com um cheiro adocicado insuportável. Deve ter custado uma pequena fortuna, com umas flores daquelas que só se veem na capa da *National Geographic*, mas este é o jeito do Banco dizer que se importa com você: caro, extravagante e direto, sem sutileza. Eles me amam incondicionalmente e contam com a minha total devoção e comprometimento absoluto, pois estão fazendo a parte deles. Está dado o recado, faz tempo e eu já sei. Não precisavam se incomodar.

    A manhã mal começou e já estou afogado numa nova onda de sensações confusas. Sinto culpa por não fazer jus a este esforço todo, sinto raiva por sentir culpa e sinto medo por estar perdendo o controle sobre isso e não ver saída. Queria enfiar logo a cara no trabalho, marcar umas reuniões para me distrair, parar de pensar um pouco e ocupar o tempo, mas não vou conseguir, vai ser uma manhã dedicada às saudações protocolares de boas-vindas. Logo vai entrar alguém por esta porta e me abraçar, declarar o quanto está feliz por ter-me finalmente aqui ao lado de todos, colocar-se à disposição e me arrastar para um café. Vou me impregnar deste café forte que eles se orgulham em servir, talvez sofra uma intoxicação por cafeína logo na primeira semana. Meu chefe, meus pares, minha mirrada equipe, até aquela magricela do RH já veio me convidar para um "espresso", parece um ritual de iniciação, e eu não estou com a menor vontade de me submeter a ele. É só um café, uma bendita máquina de café tão cara quanto este arranjo de flores e tudo o mais que decora esta sala prestigiosa que me acolhe e deveria me confortar, mas tudo me irrita, tudo. Tudo me parece patético, desnecessário, ritualesco, tudo. Minha *primeira* vez como funcionário-residente está sendo a merda esperada...

— João?

— Aqui, atrás da moita...

O Pellegrini veio para salvar a manhã, era minha melhor companhia em São Paulo. Estava no Banco havia menos tempo que eu, mas fez uma carreira brilhante, é uma fera em TI, uma espécie de nerd-yuppie muito comum e valorizado por estes lados. Consegui convencê-lo a desistir do café e ficar um pouco para conversar, ele sabia do quanto eu não estava entusiasmado com a mudança e tentava me animar. Não pôde ficar muito, mas combinamos de almoçar se o "presidente" não me intimasse.

— Toma um ar, você está até pálido.

— É o cheiro deste negócio aqui, não tem nem onde pôr de tão grande, não sei como conseguem enfiar tanto mato e flores numa cesta só...

— Sai um pouco, vai acabar tendo um enfarte logo de manhã. Na sua idade é fatal.

— Muito obrigado por me lembrar...

Não segui o conselho. Melhor enfrentar logo, fugir só se fosse em definitivo. Já sei que não me sinto mais parte disso tudo, só não sei se é pra sempre, se dá para recuperar. O problema é definir o que recuperar.

Ontem acabei ligando para a Lúcia. A meia garrafa de vinho na pizzaria fez bem, ajudou-me a relaxar e agir. Um passo acertado, um passo por vez, como um dependente em tratamento que precisa ainda de doses pontuais da droga até se curar. Meu casamento é uma parte importante dessa vida carente de recuperação, só não sei exatamente o que quero recuperar, mas tenho um palpite. Primeiro a minha autoestima, estraçalhada nos últimos meses. Chegou num ponto onde não faz mais diferença o que ela diz ou o que ela acha, já não me importo, e isso é o que de pior podia acontecer. Melhor seria que eu me importasse, que ela se importasse, brigasse, lutasse por isso, mas não brigamos, ou brigamos muito pouco. Há quem nos admire pela nossa suposta harmonia, equilíbrio, acho que já valorizei isso também em algum momento, mas o fato é que confundimos educação com sintonia. Não discutíamos mais por não concordarmos mais com nada, então evitávamos discutir para não ter com que discordar. Já não nos divertíamos juntos, só fazíamos companhia um ao outro, num acordo jamais discutido, mas muito bem compreendido, de equilibrarmos as escolhas, uma vez a minha preferência, na outra a dela. Funcionou bem, éramos funcionais, fomos treinados assim, pela família, pela escola, pelo trabalho, coisas que devem seguir em frente, mas estou descobrindo que não a qualquer custo. Os meses, talvez anos de desejos e vontades sufocados estão se fazendo presentes, e eu não vejo razão para convivermos com isso. Lúcia ainda é uma das mulheres mais bonitas que eu conheço, era uma delícia aos vinte e continua linda aos trinta e poucos, bem-sucedida, inteligente, pode ter o homem que quiser e deveria ter, pois já não achamos mais graça nas mesmas piadas, não compartilhamos o prazer pelos mesmos cantos, não nos procuramos mais no salão cheio de gente, preferimos nos perder em qualquer outra companhia. Não tenho vocação para tortura, não quero ver nem ser responsável pelas rugas tomando o lugar do sorriso fácil no rosto em que já me perdi admirando tantas vezes, mas que hoje não me revela nada, só tolerância, por vezes um fio de carinho, e lágrimas tímidas, escondidas, humilhantes. Não precisamos disso, essa degradação pública e lenta em nome sabe-se lá do quê, mas por enquanto faltou coragem, ou um sinal definitivo de que não há mais o que salvar mesmo. Pra quem acredita em destino esta mudança para São Paulo é uma boa resposta, talvez mais uma maneira de deixar alguém resolver, de novo, as coisas que eu não resolvo. É o melhor que tenho no momento, apostar na distância como terapia reveladora. Alívio, saudade, desejo, alguma coisa deve surgir pelo caminho, e por alguém em algum momento. Tomara que não demore.

    O dia passou mais rápido do que eu esperava, uma sucessão de salvadoras reuniões daquelas onde não se resolve coisa alguma, só se mostra a cara e eventualmente os dentes. Deixei o escritório esvaziar antes de sair, gastei o meu estoque de gentilezas ao longo do dia, não sei se aguento mais uma frase decorada de boas-vindas, melhor não abusar, saio de fininho e calado, se é que isso é possível com este jardim morto que tenho que levar comigo. Passei incólume pelos porteiros, mas no táxi não teve jeito, a sorte me agraciou com um motorista metrossexual, e eu tive que contar o motivo das flores e ouvir uma receita caseira de pó milagroso que faz o arranjo durar mais de uma semana. Ocorreu-me dar tudo pra ele, mas me encheu tanto o saco que acabei levando aquilo comigo sem pensar onde enfiaria as flores dentro de casa, minha esperança era que elas coubessem na área de serviço.

    Mais uma portaria, mais um porteiro, não imaginei que iria desejar tanto entrar de uma vez naquele apartamento minúsculo, mas a sorte estava realmente me testando naquele fim de dia, e o elevador, ao invés de subir, desceu. Irritado, mal-humorado, preparei-me para mostrar minha cara mais feia e culpar aquele vizinho maldito por ter apertado o botão mais rápido que eu e feito o elevador descer, mas a porta se abriu e o que eu vi me emudeceu:

— Sobe?

— Sim, sobe, claro...

Ela sorriu e baixou a cabeleira morena para fechar a bolsa com o celular dentro. Logo que se recompôs percebeu as flores, e seu meio sorriso gentil acusou certo estranhamento.

— Primeiro dia?

— No trabalho? Sim, quero dizer, mais ou menos.

— Sei... você deve ser importante.

— Por quê?

— Estas flores são caras...

Adorei a cara que ela fazia e a naturalidade com que continuava falando. Minha irritação sumiu de uma hora pra outra. Estiquei a conversa:

— Você trabalha com flores?

— Na, não... Longe disso.

— Quer pra você?

— Não, obrigada, também não fazem o meu tipo.

Rimos juntos, sintonizados, cúmplices, descontraídos como dois colegas de escola se encontrando no recreio.

— Não sei o que vou fazer com este negócio, não consigo nem respirar...

— Huumm, acho que tenho uma ideia...

Nem perguntei o que seria, àquela altura faria o que ela mandasse. Ela me pediu um cartão de visitas, escreveu nele alguma coisa e deixou na porta da casa do zelador, que eu torci para que fosse casado. Eu fiquei segurando a porta do elevador enquanto ela se agachava e pousava com cuidado as flores no chão, exibindo no finzinho das costas uma tatuagem pequena, quase escondida por uma penugem de pelos claros escapando do cós do seu jeans apertado. Ela voltou sem pressa, sorrindo e esfregando as mãozinhas miúdas pra tirar alguma sujeira que as plantas deixaram. Entrou de novo no elevador e riu um riso de travessura, gostoso, infantil, e me fez rir também, talvez pela primeira vez nos últimos três dias. Eu agradeci e continuei rindo e olhando pra ela, encantado, até o elevador parar. Ela perguntou meu nome e se despediu sem se apresentar. Eu me dei conta a tempo, saí do transe e abri a porta do elevador perguntando pelo nome dela. Ela parou e se voltou sorrindo.

— Celeste. Pensei que você não ia perguntar...
— Desculpe, Celeste, você salvou a minha noite. Obrigado.
— Foi um prazer, tchau.
— Tchau...

Despedi-me sem vontade, fiquei esperando que ela sumisse no corredor, ouvindo seus passos até a porta bater se fechando. Celeste era um anjo naquela noite ainda fria de São Paulo, um anjo maroto, lindo e com aquela sensualidade pueril que os anjos têm. Surgiu e desapareceu muito rápido, me deixando com um sorrisinho nos lábios por conta de um momento inesperado de prazer que migrou o meu humor **do deserto ao paraíso**, e ainda que eu não soubesse mudaria tudo neste meu exílio involuntário em São Paulo.

Tomei um banho demorado assim que me livrei das roupas, descobri hoje de manhã que o meu cubículo tem uma bela ducha. É impressionante o que um pouco de água quente nos ombros pode fazer pela sua saúde mental, meu terapeuta perderia o sono se soubesse. As gavetas ainda estão vazias, a geladeira também, mas já não estou tão desconfortável aqui. Poria minha 501 surrada e um agasalho adidas em cima da pele agora se pudesse encontrá-los no meio da bagunça das malas, mas acho que nem os trouxe. Pena, sinto falta deles neste momento. Queria descer para comer alguma coisa, buscar o resto das tralhas no carro, quem sabe dar uma volta e descobrir mais alguma opção além da pizzaria. O banho me fez bem, o encontro no elevador também, não me lembro da última vez que alguém me resolveu um problema assim tão fácil, e por nada, só por fazer. Aquelas flores irritantes...

Eu não deveria me aborrecer por tão pouco, muito menos ganhando flores. Talvez eu prefira vê-las ao natural, desabrochadas na ponta de um galho ou num canteiro, mas o que me ocorre agora, mais calmo e de corpo lavado, é que eu não faço jus àquele *megarramalhete* de vidas ceifadas por nada, ou por motivo tolo, uma demonstração desnecessária de satisfação e gentileza. Bobagem, tolice minha. Dei flores para a Lúcia muitas vezes, e sempre foi com prazer, em qualquer momento, mas é fácil dar flores. Ninguém tem coragem de dizer que não gosta delas, nem precisa. Logo elas murcham, esmaecem, caem as folhas, não ficam para deixar lembranças guardadas, mandam seu recado seja lá qual for e se vão, duram menos que um telegrama. São vidas curtas, mereciam intenções mais duradouras, mas não é o caso...

Estou com frio, não achei mesmo meu agasalho adidas, nem minha calça 501, tenho que improvisar e também de me lembrar de fazer algumas coisas simples como localizar uma lavanderia, um supermercado. Não vou ficar o resto da vida tomando este café da manhã ordinário e caro do flat, e minhas camisas limpas não vão durar muito mais que uma semana. Agora já sei, vou ficar aqui mais de uma semana, não vai acontecer nenhuma mágica, nenhuma proposta salvadora de última hora, vai ser aqui meu encontro com o tal resto da minha vida, não em qualquer outro lugar mais charmoso e instigante. Ainda cheirando a sabonete e com uma toalha enrolada na cintura dou-me conta de que tenho planos novamente: lavar roupa, comprar um litro de leite e um pacote de granola, algumas frutas, vermelhas, eu prefiro. São planos simples, mas que me fazem lembrar das coisas que eu gosto, como tomar leite com granola e frutas vermelhas no café da manhã. Falta o jornal. Será que posso transferir minha assinatura do *JB* pra cá? Será que entregam em São Paulo os jornais do Rio logo pela manhã? Duvido, seria bom demais para ser verdade, mas acho que nem vou tentar, melhor deixar as notícias do Rio por lá mesmo junto com o jornal, se empilhando e ocupando espaço em algum canto do nosso apartamento.

Está tarde, mas não estou cansado, o banho me reanimou. Minha vontade é de ver gente agora, ouvir música, encontrar alguém, estou me cansando de mim mesmo. Não sei se é uma boa hora para explorar a vizinhança, talvez um supermercado que fique aberto 24 horas, em São Paulo tudo é possível. Lembro-me de ter visto um no caminho, devo chegar lá em menos de cinco minutos de carro, vai resolver tudo. Quem sabe eles até vendem agasalhos adidas e calças 501? Em São Paulo, quase tudo é possível.

Desci com o táxi já me esperando na porta, essas coisas funcionam bem aqui. Você chama o táxi e ele vem mesmo, já testei dezenas de vezes, é praticamente infalível.

— Bom dia.

— Bom...

Tinha uma reunião fora do escritório, não quis arriscar ir dirigindo. Compromisso do Paulo Couto, o presidente em pessoa, vulgo PC. Gosto dele, um cara simples mas eficiente, inteligente. Não entende quase nada do que eu falo, mas me respeita e me prestigia, não fosse por ele acho que a minha vida no Banco seria um pouco mais complicada do que está sendo. Quer que eu avalie uma proposta de um novo fornecedor, não sei se é coisa pra ser administrada por Marketing, mas não vou discutir, ele conta comigo. Quero aproveitar para prestar atenção no caminho, aprender alguns atalhos com os motoristas de táxi, é uma boa tática, mas este está abusando um pouco, andando como um louco nesta rua estreita ao pé de uma favelinha, vai acabar atropelando alguém e ainda reclama:

— Pobre não perde a mania de andar pelo meio da rua...

Filho da puta. Não deve ter onde cair morto e ainda se acha no direito de discriminar alguém, pensa que é o rei da padaria com este táxi de merda. Está puxando conversa, deve ter ficado sem graça com o que disse. Eu finjo que não ouço, não quero falar com este imbecil, merece mais é ficar o dia inteiro preso neste trânsito infernal, aposto que vai tentar me enrolar no troco.

— É aqui, doutor.

Dei uma nota grande, quero meu troco em centavos, não vou arredondar nem deixar nada pra esse infeliz.

— Tá aqui, doutor. Obrigado, e desculpa qualquer coisa...

Arrependeu-se, de certo. Se bem que aqui em São Paulo as pessoas têm mania de se despedir com um "desculpa qualquer coisa" sem o menor motivo, é default. Será que esses caras pensam no que falam? Parece uma culpa compulsória, ou uma consciência de dívida eterna que justifica as deslealdades corriqueiras, como por exemplo enganar o passageiro na hora do troco. Vai ver que ele se arrependeu mesmo e está só se desculpando, e eu pronto pra destilar o meu péssimo humor no primeiro que aparece...

Estou adiantado uns dez minutos, dá tempo até para tomar um café, o PC ainda não deve ter chegado. Será que eu acho um café por aqui? Pensando bem, não. Vão me entupir de café lá em cima, tenho certeza.

— Meu carioca preferido...

— Oi PC, quanto tempo...

Acabamos tomando um café juntos na sala de reunião enquanto ele me fazia um resumo do tema. Era um velho amigo querendo vender serviços, alguma solução miraculosa para melhorar o relacionamento com os clientes, ampliar a base etc. Já estávamos bem atendidos neste sentido, mas era uma gentileza ao amigo de mercado e uma hora isso retorna.

— Paulinho!

— Donato, como vai? Já conhece o João?

Ele não, mas eu sim. É a velha turma da propaganda em São Paulo, gente que ganhou rios de dinheiro adaptando campanhas que vinham prontas da matriz na Europa ou nos Estados Unidos, coisa de um tempo em que o mercado era mais simples, as agências eram abastecidas por gordas verbas promocionais alocadas em alinhamento pelo headquarter além-mar, e o gerente de marketing era quase sempre um vendedor que aprendeu a falar inglês. Aos poucos as agências foram se estruturando localmente, o mercado cresceu e a concorrência também. Os melhores se associaram a grupos estrangeiros, aproximaram-se de artistas plásticos e músicos, contrataram jovens talentosos bem-nascidos e bem-educados em colégios caros, com direito a intercâmbio em Londres ou Barcelona. Acrescentaram alguma arte e charme criativo ao instinto comercial e se destacaram em festivais importantes no exterior, de preferência em Cannes onde o mercado celebra a si mesmo todos os anos. Os menos brilhantes se viraram pulando de job em job, de agência em agência, segurando clientes com sedução, glamour e presentes de Natal que acontecem a qualquer momento do ano, festas fartas em bebida boa e cara, e mulheres, muitas, nem sempre tão caras...

**O velho Donato** era um espécime típico dessa geração, uma puta-velha e sem disfarce. Pele bronzeada em pleno fim de inverno, um resto de cabelos compridos muito bem esticados para trás, perfume da moda, paletó de grife, tudo provavelmente comprado num shopping de Miami. Gastaram uns quinze minutos naquele papinho inicial enquanto o estagiário "B" tentava reanimar o notebook que o Donato, por absoluta falta de intimidade com qualquer coisa que se pareça com um computador, desconectou ao primeiro toque. Donato manteve-se empenhado em criar o clima de maior descontração e intimidade possível, falou da mulher, das filhas, da casa na praia e, em detalhes, da nova pick-up modelo ultrabacana que ele tinha acabado de comprar. O PC se limitou a dar notícias da família, mandar um abraço para a esposa. Foi amistoso, mas tentou manter a conversa num espaço menor.

Ainda antes do projetor conseguir dar sinal de vida entrou a estagiária "A", com atributos físicos exuberantes e evidenciados por uma calça justa como a fúria divina. Entre sorrisos pra lá de generosos e um decote idem, ela distribuiu a todos uma cópia da apresentação daquela manhã, um calhamaço de papel muito bem impresso em cores e com capa dura trazendo o nome do Banco em hot stamp, impossível ser mais exclusivo que aquilo.

Mais uma entrada, mais uma apresentação. O diretor de projetos recentemente incorporado à equipe, um talento raro segundo a apresentação do Donato ainda antes da sua chegada. De fato, um gordinho igualmente bem penteado e vestido em terno escuro, preto, que é a cor usada por gente séria e comprometida com resultados. Falava com a fluidez de um âncora de TV, gestos amplos, voz firme, olhar intimidante. Não demorou muito e tirou o paletó, embarcando no clima de intimidade proposto pelo chefe, e bebeu uns bons três copos d'água antes da metade da apresentação. Ia bem o rapaz, em meia hora eu já tinha ouvido praticamente todos os chavões e termos em inglês que precisei de uns dezesseis anos de carreira para aprender, incluindo alguns novos que nem ousei questionar, bem como ninguém mais naquela sala virtualmente fria, gelada. Reinava o silêncio, ouvíamos atentos aquele discurso de métodos modernos e práticas virtuais revolucionárias, comunicação integrada, informação disponível em real time, soluções customizadas etc. etc. Apesar da potência do ar-refrigerado o suor escorria pela testa do gordinho, que já começava a distribuir seus olhares mais criteriosamente, evitando a nós, imersos em anotações e expressões condescendentes de educada atenção. Preferia se voltar para a dupla de estagiários A&B, que demonstrando perfeito adestramento e sintonia com seus mentores se esmerava em expressões de admiração e apoio, e era ali que ele se sustentava e buscava energia para chegar até o fim. Donato percebia o nosso tédio, sabia que não tinha nenhuma grande novidade a oferecer, mas mantinha a pose. Confirmava com sorrisos e batidinhas de mão na mesa cada nova proposta do seu valente palestrante. Levantava, enchia os copos de água e café para fazer algum movimento, provocar alguma reação nossa. Pensei em perguntar qualquer bobagem em solidariedade ao gordinho. Seu esforço era notável, conseguiu empacotar a proposta do velho Donato num discurso cheio de modernidade e compromissos de eficiência, renovando as cores da velha folheteria que a equipe do veterano publicitário seria capaz de produzir, mas me mantive quieto. Conheço o PC, ele não estava nada confortável. Sabia das limitações do amigo, mas aquilo estava bem além do suportável mesmo para velhos cúmplices, e ele não deixaria barato. Mais cedo ou mais tarde iria torpedear a ambos com uma das suas perguntas cruéis, injustas às vezes, como tantas vezes eu vi. Nunca foi um grande argumentador, não era um homem de repertório vasto nem impressionava pela cultura, mas sabia ouvir, fazer duas ou três perguntas e decidir, quase sempre com eficiência. Não lhe agradava ser decepcionado nas suas intervenções. Mostrava sua contrariedade com clareza às vezes rude, mas dentro do normal desde que não se sentisse desrespeitado, e era isso que estava acontecendo. Ele certamente se sentia traído com todo aquele teatro, achou que ia ser uma conversa informal para falar de possibilidades e planos, e tive certeza disso quando ao fim do discurso me ajeitei na cadeira para finalmente falar e senti o toque leve de sua mão na minha perna me contendo. Ele me dirigiu um olhar teatral, balançou a cabeça com um gesto de aprovação, agradeceu a todos e começou a se despedir, prometendo uma avaliação detalhada da proposta assim que tivéssemos a chance de apresentá-la ao resto do grupo, o que seguramente não aconteceria, imaginei.

    Fizemos o caminho de volta sem falar muito, o motorista do Banco nos aguardava, e o PC se pendurou no celular para recuperar o tempo dessa manhã perdida. Fingi conferir alguma coisa na agenda do meu celular também, mas o fato é que não tinha pressa de resolver coisa alguma, muito pelo contrário. Quanto mais tarefas deixasse para fazer no escritório mais rápido o tempo passaria e menos eu pensaria na vida, coisa que tenho evitado. Tenho um método simples para resolver problemas sem solução que é não fazer nada, simplesmente deixar as coisas seguirem seu rumo enquanto observo, no máximo me defendo, até que elas fiquem um pouco mais claras e eu consiga enxergar algum caminho. Aprendi isso muito cedo, adolescente ainda, nem me lembro exatamente quando, mas sim com quem. Finalmente o PC deu folga ao celular, resmungou alguma coisa sobre a agenda do dia com o motorista e se ocupou de mim.

— Gostou da reunião? – perguntou com um sorriso meio cínico.

— Já vi melhores, mas também já participei de piores...

— Pois é. Deixa eles te apresentarem alguma coisa, e aí você passa a bola pra mim.

— Combinado.

Era a fala certa, podia escrever a resposta num papel e guardar para conferir. Não é difícil prever os passos do PC, alguém confiável e que tem a disciplina de uma empresa como o Banco por escola. É só seguir o roteiro que as coisas vão acontecendo.

— Tenho um convite que eu acho que vou te passar, mas deste você vai gostar.

— Ótimo, pode dizer.

— Um curso na Flórida, você sempre quis fazer, não?

Mal acreditei. É verdade, sempre quis estudar fora, conhecer mais do mercado de entretenimento americano, me encantava com isso, e ele se lembrou. Ele não podia ir e resolveu mandar alguém, e esse alguém era eu. Fiquei feliz de verdade pela segunda vez nos últimos dias.

— Me deixa falar com o Belisário primeiro, do contrário ele vai ficar incomodado.

Agradeci e aguardei, ele provavelmente tinha razão, o chefe ia se sentir preterido, por não ir e ainda por cima por não ser ele a me dar a notícia, eu ia ter que representar bem e aguentar uma boa dose de rancor, mas são coisas do jogo. Fiquei animado, a sorte estava virando e um fiapo de luz tentava escapar daquele buraco escuro no qual eu me encontrava alguns dias atrás. Viajar para estudar sempre foi um desejo, um plano. Bem verdade que já me entusiasmou mais, mas naquele momento percebi que alguma coisa do meu passado de prazeres voltava a se manifestar, e eu gostava desta sensação que aos poucos me tirava da letargia dos últimos meses.

Chegamos ao escritório antes do fim da manhã, e pela primeira vez subi a escadaria da recepção vencendo os degraus de dois em dois, como um menino desgarrado da mão dos pais. Fui direto para a minha sala, liguei o notebook e entrei na rede para checar os detalhes do curso. Estava me precipitando, sabia, mas valia a pena correr o risco do entusiasmo, fazia muito tempo que o trabalho não me proporcionava algum prazer. Podia alguma coisa ainda dar errado mas era difícil, o PC não me diria isso se não fosse certo, era só esperar um pouco, faltava menos de um mês, o tempo necessário para ajeitar as coisas no escritório e poder me ausentar sem preocupações. Eu queria saborear isso, na verdade estava ansioso por saborear o que quer que fosse, e uma viagem como essas era um prato cheio e riquíssimo. Faria planos, estudaria os detalhes, aproveitaria cada momento como sempre gostei de fazer nas viagens, principalmente as que fiz com Lúcia, provavelmente esses foram os nossos melhores momentos juntos. Entusiasmado com os detalhes do curso perdi a hora do almoço, quando me dei conta todos já haviam saído, e acho que esse foi o momento em que comecei a despertar do estágio de catalepsia no qual me encontrava no escritório. Ninguém me esperou, ninguém me convidou. Não era pra menos, passei os primeiros dias como um morto-vivo, respondendo laconicamente às perguntas, ignorando as piadas, fugindo dos grupinhos, iam acabar desistindo de mim, fosse por respeito ou por desgosto, ninguém atura ser ignorado por muito tempo. Ainda não tinha me reunido com a minha equipe uma vez sequer, tinha me enfiado nesta sala e só saía quando muito necessário. Nesse lapso de lucidez imaginei-me um pouco ridículo pelo comportamento dos primeiros dias, talvez isso se aproximasse mesmo de uma doença, mas estava feliz, pela viagem e por estar recuperando um mínimo de conexão com o mundo à minha volta, não ia deixar a minha consciência me sabotar agora. Talvez ainda haja o que resgatar e perceber que não fiz só escolhas idiotas e por omissão. Talvez só não estivesse feliz com o estado das coisas e o que imaginava ter pela frente. Talvez falte conseguir olhar mais longe, um pouco além desse tédio que me domina.

A tática de sentar e esperar está funcionando mais uma vez, mas estou sozinho com a minha inesperada alegria. Seria bom contar isso para alguém, só não sei para quem, não me ocorre um só nome para quem eu gostaria de ligar agora e partilhar essa boa nova. Pena. Vivi este tempo de vazio em silêncio e distante das pessoas que se importam comigo, e agora fico com a sensação de que elas não me servem mais também, não seriam capazes de entender esta alegria por tão pouco, e não é pra menos. Não dividi nada do que se passou com ninguém. Passei os últimos meses exibindo sorrisos bem treinados, até porque não sabia do que reclamar. Sei que não é uma constatação feliz, mas por estranho que pareça também não me entristece. Parece que manter distância desse passado me faz bem, não tenho vontade de fazer parte dele, ainda que lá estejam meus amigos e quase tudo que eu tive e fui. Um desejo estranho, repentino e sem culpa de abandonar gente a quem eu quero muito bem, mas que não me ajudou a enxergar além do meu próprio quintal. Quero um pouco de distância, um salvo-conduto talvez com direito à volta para visitas e momentos de diversão fraterna, mas não mais que isso. O conforto do passado é uma tentação perigosa para aliviar essa angústia, mas vai me enterrar nela mais e mais se eu ceder a ele como um vício, e eu sinto que a solidão deste exílio involuntário está me aproximando de mim, e o silêncio compulsório deste isolamento permite que eu ouça as vozes abafadas reverberando em meu corpo, vindo bem lá de baixo, e aos poucos se libertando, sussurrando coisas que eu não aprendi a fazer, nem sentir.

A vida é estranha. Numa hora você não tem opção alguma, e de repente tudo parece se resolver, como o encaixe de uma peça perdida num quebra-cabeça. Uma promessa de viagem, um sorriso no elevador, um par de primeiro dias sem dor nem susto, nem saudade. Prazer é vida, um facho de luz nessa penumbra perfumosa que me acompanha ultimamente. É bom ter sonhos de novo, e planos. Estudar na Disney, comprar uma calça 501, um agasalho adidas e voltar a tomar café da manhã com leite, cereal e frutas. Vermelhas. A lista está aumentando e minha vida se reconstruindo aos poucos, e o mais interessante é que ainda não descobri nada de novo, só recuperei algumas coisas boas e velhas.

## DRINKS

Quinta-feira, quase uma semana inteira de trabalho na minha nova vida, que vai se desenrolando a passos curtos. Já abasteci a geladeira com as coisas básicas: leite, água, iogurte, cocacola e cerveja de trigo. Já sei como ter as roupas lavadas e aprendi o significado real do estrangeirismo "flat"; um cubículo desagradável mas com vizinhas bonitas e alguns serviços vitais como lavanderia e faxina. Nada mal para quem começou a semana pensando em cortar os pulsos. Abandonei o carro na garagem, estou gostando desta ideia de táxi. Presto mais atenção na rua, nas pessoas, nas casas velhas por trás das fachadas maquiadas com letreiros e placas de alumínio. Há muito que reparar nesta cidade de forasteiros, como as heroicas árvores pelos meus caminhos. Sibipirunas, ipês, quaresmeiras, paineiras, habitadas por sabiás, sanhaços e persistentes bem-te-vis. Faz-me lembrar de alguns quintais do Rio de Janeiro, mas aqui eu os vejo quase como sobreviventes, todos. Cantam, trinam e verdejam como se estivessem na mata fechada ou num pomar de fazenda centenária e não neste sítio de águas pútridas e ar pesado de São Paulo. Outro dia vi uma capivara no matinho que ladeia a Marginal do Pinheiros, pastando serenamente com sua prole. Darwin tinha razão, e a lógica da vida não poderia ser mais simples. Os mais fortes sobrevivem, e bem, e encontram espaço para pastar serenamente ainda que em meio ao caos de uma cidade que se expande sem controle nem respeito à vida, mas a vida se impõe, é a mãe de todos os instintos. Buscar a vida e o prazer de nela estar, impor sua existência magnânima ao que quer que seja, é isso que nos move. Eu ainda não estou tão seguro quanto essas **capivaras urbanas**, desfilo tímido e me limito aos passos curtos na recuperação de minha depauperada autoestima. É bem verdade que as recentes boas novas trouxeram-me um pouco de lucidez e disposição. Restabeleci o vínculo com minha pequena equipe, reunimo-nos ontem à tarde e pusemos em dia meses de assuntos deletados das minhas prioridades. Foi um sucesso, caras assustadas viraram sorrisos e sugestões de uma hora para outra, como se o que eles fazem precisasse mesmo da minha aprovação. Minha primeira reação foi de decepção, não entendo a dependência de gente que parece que precisa de um chefe a lhe dar ordens, decidir pelo bem e pelo mal, mas parece que neste momento de catarse o olhar fica mais atento e o juízo mais lento e coube-me lucidez para uma leitura mais generosa. Não querem um chefe distribuindo tarefas, e sim alguém com quem possam dividir suas aflições e planos. Dirigir é o meu papel, literalmente, é o que me cabe neste roteiro, não devo perder isso de vista, não enquanto depender desta vida que escolhi. Um pouco de disciplina e regras impostas a mim mesmo devem resolver, eles não pedem muito mais que isso.

Foi-se uma boa manhã, mas a tarde ainda está vaga, desocupou-se com uma reunião na Agência que deixou de existir por motivos que eu ainda não sei. O aviso veio em forma de presente, uma garrafa de Château Margaux de safra ótima, mimo clássico da Agência em datas especiais, como por exemplo a minha chegada à matriz em São Paulo. Veio assinado pelo homem-metáfora, o Silas, diretor de atendimento da nossa conta, um imodesto bajulador. Sabe do meu gosto pelos vinhos clássicos e não poupa esforços. Não tem problema, vai cair bem numa noite fria dessas, nem precisa de boa companhia. Ficou para amanhã a reunião. Melhor assim.

Limpei a mesa e tirei o fim de tarde para andar um pouco pela rua. A proposta inicial era voltar a pé pra casa, gastar energia e fazer o reconhecimento do novo território com uma caminhada que imaginei concluir em uma hora e pouco de marcha firme, mas errei feio. Esgotado esse período eu ainda estava no meio do caminho e resolvi entrar num shopping para descansar, comer alguma coisa antes de seguir para o flat. Não gosto de shoppings, nunca gostei, mas entendo o gosto dessa gente por esses ambientes fechados numa terra tão fria e chuvisquenta, onde o tempo muda sem mandar aviso.

Tentei aproveitar para comprar umas roupas mais adequadas a este fim de inverno, mas ainda reluto em tomar providências que selem minha permanência aqui. As vitrines se exibem mas não me comovem, não me identifico com nada do que vejo e ponho a culpa nos estilistas paulistanos e sua vocação urbana. Procuro alguma loja de referência mais carioca, mas o impacto é o mesmo. Não sou eu naquilo, nem naquilo outro, e outro e outro. Nada me serve nem me seduz, estou difícil de agradar. Não me engano, sei que ainda oscilo entre meu passado e um futuro que não sei qual é, tentando fazer do presente alguma coisa mais consistente que este colchão d'água no qual tenho pisado. Não há ninguém no comando desse corpo, apenas uma memória do que fui e que me orienta resgatando as respostas num repertório que já não reconheço como legítimo, é apenas mecânico, lógico, consequente. Nada combina comigo, não há o que combinar com um eu que se descaracterizou, não deseja nem rejeita, perdeu a capacidade de aderir ao que quer que seja e vive das migalhas de um espírito selado, trancado em segurança até recuperar a capacidade de interagir com naturalidade no mundo que o rodeia. Acho que ainda vai levar algum tempo...

 Voltei para o flat numa recaída de angústia e mesmo um pouco de medo. Foi a primeira vez que identifiquei a sensação de medo desde que cheguei, e isso estranhamente não chegou a me incomodar. Medo é inerente de quem se sente ameaçado e tem algo a perder, e a ausência disso só pode ser sinal de indiferença absoluta, o que não é bom. Eu já me apoiava nos poucos e bons momentos que tinha vivenciado nesses primeiros dias. Ainda é frágil, mas o suficiente para me sinalizar o retorno à vida, e o medo de perdê-la mais uma vez. Já era tarde, passava das dez, e também pela primeira vez me dei conta que esta ideia de tempo já não me servia mais. Tarde para o quê? Ou para quem? Não tinha nada pra fazer ao chegar ao flat, nada. Nada nem ninguém me esperava, nem uma pia de louça suja, uma cama desarrumada, um livro que eu ansiasse ler, um telefonema para responder. Ontem havia um recado na secretária eletrônica, mas até agora não me dignei a respondê-lo, e não sei se o farei hoje. Lúcia queria saber se vou para o Rio no fim de semana, tem um convite pra subir a Serra com um casal de amigos. Não quero ir, e sei que ela não quer que eu vá, só não sei por que já não lhe disse isso, ia ser mais fácil para nós dois.

 O flat está sombrio mais uma vez, e este prédio me parece cada vez mais estranho. Descobri que o porteiro da noite joga xadrez pelo interfone. Talvez fosse uma boa ideia para mim, um parceiro de xadrez, mesmo que fosse o porteiro, um parceiro de alguma coisa, um compromisso para o dia seguinte, ou para a noite seguinte, quem sabe ele aceita?

— Oi, João.

— Celeste...

Foi um susto, abri a porta do elevador e me deparei com o anjo do outro dia, carregada de sacolas de supermercado. Cumprimentou-me com um beijinho, eu retribui com dois, e ela riu da minha carioquice. Ajudei com as sacolas até a porta do seu apartamento, e ela me convidou para entrar.

— senta um pouco...

— não quero atrapalhar...

— senta, vai...

Eu sentei, lógico, tudo o que eu precisava naquele momento era ser salvo. O porteiro enxadrista já servia, imagina a Celeste com aquela cara linda de quem sorri até quando quebra uma unha...

— como vai indo com a vida nova?

— bem... mas quem te disse que eu tenho uma vida nova?

— trabalho novo, casa nova, o que falta para ser uma vida nova?

Uma mulher nova pensei, mas não disse nada, só dei com os ombros consentindo. Celeste era de uma espontaneidade que me abalava, me emudecia enquanto falava entre sacolas que iam se esvaziando nas suas prateleiras.

— Você é casado?

Não respondi, não sabia o que responder. Queria dizer que não, nunca, jamais havia sido casado, estava pronto e disponível caso ela me quisesse agora, nesse momento, naquele tapete falsamente persa do seu apartamento, mas não era verdade, e também não era mentira. O silêncio falou por mim.

— Desculpe, não devia ter perguntado.

— Não, não. Não tem por quê. Sou casado sim, só que...

Dessa vez ela se calou, esperou que eu completasse, mas nada saía e ela resolveu as coisas por mim mais uma vez.

— Vocês não estão bem. Você veio pra São Paulo e ela não quis vir, ou não pôde vir.

— É, as duas coisas...

— E você está sentindo falta dela.

— Não, não estou, acho que este é o problema, mas se você não se importa não queria falar disso agora...

— Claro que não me importo. Chega, vamos mudar de assunto. Quer beber alguma coisa?

Ela terminou de guardar as compras, lavou as mãos e sentou-se ao meu lado. Pela primeira vez olhei bem de perto o seu rosto, sua pele macia cheirava a lavanda de criança. Seus olhos eram os olhos mais bonitos que eu já havia visto, rajados, cintilantes, de uma cor que eu não conseguia definir bem, alguma coisa entre o cinza e o verde, e me olhavam com um ar de preocupação, estava arrependida por ter perguntado tanto sobre a minha vida. Eu interrompi meu transe num sorriso que a fez sorrir de novo. Tive vontade de beijá-la, mas não o fiz. Respeitava Celeste como se fosse certo que um beijo poderia acontecer a qualquer momento, mas não seria agora.

— Eu fico meio sem saber o que dizer quando te vejo...

— É, eu sei...

— Sabe nada. Aliás, não sabe nem quem eu sou. E se eu fosse um maníaco, agora, aqui dentro do seu apartamento?

— Bobão. Um maníaco bobão, que deixa o endereço e o cartão

de visita comigo e ganha presentes caros todos os dias... – disse ela sorrindo. Estávamos os dois sorrindo, de novo, como velhos amigos, ou como meninos se deparando com o amor pela primeira vez e não sabendo a diferença entre uma coisa e a outra.

— O que é que você faz além de trabalhar num banco e ganhar presentes?

— Durmo, compro frutas, ando de táxi e assedio vizinhas bonitas que compram mais coisas do que conseguem carregar. E tomo vinho, principalmente quando me presenteiam...

— Tô vendo, caro também. Você gosta?

Ela se levantou, sempre sorrindo, e foi pegar um refrigerante. Estava descalça, usava um vestido azul, que escorria por cima de um par de meias grossas de lã que se perdiam pelas coxas e que se arrastou vagaroso até a geladeira. Ela falou mais alguma coisa, mas eu não registrei, todos os meus sentidos estavam naquele movimento azulado entre o sofá onde estávamos sentados e a cozinha, que foi e voltou sem que eu me desse conta do tempo até que eu fizesse a pergunta fatídica.

— E a senhorita, faz o quê?

— Acho que você vai se surpreender...

— Será? Por quê? Você trabalha na CIA?

— Não, eu sou puta.

— Como assim?

— Puta, garota de programa, prostituta...

Difícil descrever a sensação daquele momento. Dizem que quando as pessoas são demitidas ou recebem uma má notícia de um médico sentem o chão abrir sob os seus pés. Acho que foi algo parecido, somado a uma sensação de frio repentino que me percorreu todo o corpo, mas não fiquei calado, infelizmente.

— Puxa, não imaginava...

— É, eu percebi...

Celeste me olhava serena, quase tinha pena de mim e de minha reação de menino que viu pela primeira vez a mãe sentada nua no colo do pai pelo buraco da fechadura. Eu não sabia o que dizer, fiquei paralisado pela surpresa da notícia e pela minha reação, como se fosse uma namorada de infância e não uma garota que eu via pela segunda vez.

— Você não quer tomar nada mesmo?

— Quero... - e tomei o copo das suas mãos sem pedir licença nem desgrudar os olhos do seu rosto. Engoli toda a cocacola num só gole e lhe devolvi o copo vazio. Ela me olhava incrédula, divertida, e interrompeu meu estado catatônico com uma gargalhada.

— O que foi?

— Nada, mas nem meu pai reagiu desse jeito quando soube.

— Seu pai sabe?

— Sabe, claro que sabe, preferi que soubesse por mim.

— É, é melhor assim. Quer dizer, eu acho...

Ela passou a mão no meu rosto e me deu um beijinho, na bochecha, bem demorado, molhadinho como uma criança faria.

— Mas não tem nada de errado com a sua reação, eu adorei. Você é um cara muito legal, eu tive certeza assim que te vi.

— Será?

— É sim, você sabe que sim. Tomara que a gente seja amigo...

Ouvindo o português impreciso de Celeste eu via o anjo do primeiro dia, e isso me desnorteava. Sentia-me fraco, incapaz, nocauteado. A sua serenidade me humilhava, e a minha confusão existencial parecia cada vez mais ridícula. Eu precisava sair dali, estava perdendo o controle. Ela não, felizmente não. Continuou dando as cartas naturalmente, e me propôs que eu fosse pra casa, estava ficando tarde e nós dois tínhamos que trabalhar no dia seguinte. Eu tinha que fazer alguma coisa, não podia terminar esse encontro tão aparvalhado.

— O que você vai fazer sábado à noite?

— Nada, por quê? Vai me convidar pra alguma coisa?

— Sim, se você puder. Vamos nos encontrar com mais calma, tomar este vinho caro como se deve...

— Ótimo, aqui em casa. Você traz o vinho que eu faço o jantar.

— Não prefere ir ao meu apartamento?

— Não, vai que você é mesmo um maníaco, aqui eu me defendo melhor. Além disso, você não tem cara de quem sabe cozinhar...

Ela me levou até a porta e se despediu com outro beijinho. Eu fiz força para não me perder pelos corredores, tonto. Entrei em casa me sentido um menino, assustado com as coisas que vai descobrindo enquanto cresce. Ocorreu-me que nunca tinha sido amigo de uma garota de programa, aliás, poucas conheci. Nunca fui de frequentar puteiro, nunca precisei, ou não quis, não sei bem. Sexo sempre teve o seu lugar bem marcado na minha vida, apareceu como tudo na hora certa e na medida certa, embora eu não saiba qual seria a medida errada. A ideia de gostar de me relacionar com uma puta parecia estranha, não deveria acontecer, não fazia parte do meu roteiro de vida, não saberia como lidar com isso e não via também o que uma mulher "da vida" podia ver em mim a não ser interesse profissional, era o que a razão teimava em me dizer.

Pousei a garrafa de Bordeaux na mesa e por pouco não a abri de imediato, precisava me acalmar. A secretária eletrônica estava piscando, outro recado da Lúcia, quer mesmo saber se vou ou não vou. Agora já sei que não vou, só preciso dizer isso a ela, mas não tenho vontade de ouvir sua voz, nem quero que ela me ligue de novo perguntando. Abri o notebook e mandei um email, disse que tinha trabalho e precisava ajeitar o apartamento, caso encerrado, volto na semana que vem.

    Celeste não me saía da cabeça. Entrei num site de garotas de programa que o Pellegrini me passou, fiz uma busca pelo nome. Tonto. Elas não usam o próprio nome para trabalhar, talvez nem Celeste seja mesmo o nome dela, vai saber... Passei uma hora navegando, centenas de fotos, rostos, corpos. Não acreditava ainda no que ouvi dela, parecia que precisava de uma confirmação. Estava ficando ridículo, me achando patético. Tomei um banho demorado, deixei a ducha forte e quente esfolar minhas costas sentado no piso gasto daquela banheira, mas minha angústia persistia. Não bastasse toda a confusão mental na qual me encontrava me aparece Celeste com sua leveza impura, sedutora e perigosa como um voo livre, testando meus princípios que até então eu achava impecáveis. Estava chocado com a minha fragilidade, minha reação imatura. Por que me sentir tão ameaçado por aquela garota alegre e meiga, que me fazia rir e me sentir bem como havia muito não acontecia? Vimo-nos duas vezes, não fiz plano algum, nem a desejei tanto assim. Ela era linda, mas vi dezenas de garotas tão bonitas quanto ela nestes primeiros dias em São Paulo sem precisar sair do caminho de casa para o trabalho. Não estava envolvido, nem quis estar. Quase me esqueci do primeiro encontro, não havia por que estar decepcionado com ela. Era comigo. A ideia de garota de programa antecedia a ideia de garota legal, divertida, espontânea e deliciosa sempre que eu pensava nela agora, e eu não sabia se estava me defendendo ou me enterrando em mais uma mentira por sentir isso. Ela me encharcava de vida, vida que tinha me faltado nos últimos meses, talvez nos últimos anos, mas naquele momento só pensava no risco de acabar andando pelas ruas de mãos dadas com uma puta, e isso também me fazia sentir ridículo.

Abri uma cerveja de trigo, engoli com um pedaço pequeno de queijo e três azeitonas enquanto zapeava sem parar diante da TV. Não queria mais pensar, mas não conseguia. Não precisava dessa confusão bem agora quando me sinto um jovem e medíocre senhor em crise conjugal e profissional. Não é hora de testar também a resistência dos meus alicerces morais cedendo a prazeres vulgares por moças disponíveis no elevador do flat. Não estou pronto pra isso, nem pra mais nada. Não quero testar meu casamento me envolvendo com a primeira que aparece, muito menos com putas. Não quero distração nem pretextos para romper com Lúcia ou o que quer que seja da minha vida, se tiver que acontecer vai ser de cara e coração limpos, olhando nos olhos e assumindo. Não sei bem ainda o que há para assumir, mas não importa, assumir o que tiver que ser assumido, mais cedo ou mais tarde há de se materializar o que não funcionou nessa história. As coisas estão acontecendo sem que eu tenha que me empenhar em nada, parece que alguém em algum lugar cansou de esperar que eu desse um rumo nessa vida e resolveu acelerar o filme, sem me consultar...

Estou confuso, me enganando e misturando os assuntos. Não vai ser assim que vou terminar minha história com Lúcia, por mais que eu honestamente queira prestar contas dos meus atos a mim e a ela, não funciona desse jeito. Não dá para terminar um relacionamento de dez anos fazendo um diagnóstico, como se fosse uma doença. Buscar a razão, propor a cura, tratar e deixar todos aliviados. Isso não vai funcionar, pelo menos não agora, talvez mais tarde. Agora o que eu tenho e sinto é só um vazio, que vai se alastrando e contaminado quase tudo, e quando você se dá conta já está indiferente às coisas mais importantes, que deveriam te fazer chegar mais cedo em casa e mais tarde no trabalho. Vira um nada que não te abandona, que se segue ignorando até que ele te sufoca, e aí você explode, ou se anula, ou foge...

Engraçado como essa ideia de vazio absoluto serve pras duas coisas, para o trabalho e para o casamento. Nenhum dos dois consegue mais me emocionar, não fazem meus olhos brilhar, nem me tiram a fala, e isso me faz falta, tanto que me deixa espaço para me envolver com uma puta, que por acaso é minha vizinha, e é linda, e me faz rir e errar o caminho de casa, mas é uma puta, e isso deveria ser inegociável.

Toda vez que subo as ruas que cruzam a Paulista fico com a sensação de que vou chegar lá em cima e enxergar a praia. É estranha essa ideia de viver longe do mar, não consigo sequer entender como é que aqui se formou uma cidade tão grande e tão poderosa, pra mim não faz o menor sentido. O mar me faz falta. Verdade que nunca fui adepto da mania carioca de se flambar demoradamente à beira d'água, mas aprendi a andar e a correr nas calçadas do Leme. Aquilo ali foi o meu quintal, cúmplice das descobertas da infância e arroubos da adolescência. Escrevi cem vezes naquela areia o nome da minha primeira paixão, que as ondas ciumentas de julho trataram de apagar antes que alguém mais soubesse. Moldei nela o meu corpo magro de garoto bem-nascido, e nela chorei também minhas decepções, drenei minhas derrotas. Sentado ali muitas vezes ouvi as histórias do meu pai me ensinando o jeito certo de fazer as coisas no seu ritmo musical de falar, pausado, firme, e pus tudo em prova alguns quarteirões à direita, em Copacabana, onde o inferno e o paraíso coexistem sob o olhar condescendente desses deuses controversos que abençoam o Rio de Janeiro.

Copacabana é a síntese do Rio de Janeiro, o que tem de melhor e pior está lá, quase ao mesmo tempo e no mesmo lugar, arriscaria dizer que na maioria das vezes é a mesma coisa. Lá eu aprendi a apanhar calado e a vencer sem contar vantagem, mentir sem culpa, desejar sem medo. Copacabana me ensinou a beijar deixando marcas indeléveis, invisíveis, escolher a melhor boca e não desprezar as que se oferecem, pode ser que algum dia estas sejam as melhores. Nas portas dos bares fui apresentado aos poetas bêbados e aos filósofos descalços, e foi lá que um dia um sábio em farrapos me explicou que dá para classificar qualquer pessoa deste planeta só de observá-la passando num táxi pela Avenida Atlântica. São basicamente três grupos. O primeiro é o maior, dos românticos sonhadores. Passam olhando para o mar, deslumbrados com a beleza da praia, a vida em ferveção na areia, os morros delimitando a paisagem deslumbrante.

O segundo é também de apaixonados, mas realizadores. Estes passam fascinados com os prédios cinquentões e imponentes, suas fachadas clássicas resistindo aos ventos salinos e à estética moderna, impondo seu estilo à paisagem estupenda da Orla Carioca.

Os demais são as almas perdidas, que aos poucos vão dominando o mundo. Ignoram o entorno olhando para as próprias unhas enquanto falam ao celular, nem sabem onde estão. Repetem suas queixas, suas ordens, suas cismas a outros iguais a eles, ou a algum infeliz sentenciado a suportar sua estúpida existência. É um grupo que cresce a olhos vistos, movido pelo sacramentado desejo de progredir social e financeiramente a qualquer custo, insuflado pelos manuais de autoajuda, regras infalíveis impressas em revistas para todos os gêneros, cursos de especialização ou qualquer outra coisa que possa fazer parte de um blog ou livro assinado por um profeta do sucesso. Proliferam em todos os meios, em todas as classes, raças e praças, e todos se aprazem em explicitar sua natureza agitada e sua vida de escasso tempo compulsoriamente atrelada ao telefone celular, essa extensão digital do braço humano com recursos cada vez mais numerosos e mais desnecessários.

Ainda era um entusiasmado pela vida corporativa quando ouvi essa sentença do meu pensador descalço favorito, mas jamais duvidei da sua lucidez, e a doutora Alice aqui ao meu lado não me deixa esquecer disso. Ela era só uma menina deslumbrada quando entrou no banco, recém-saída da Faculdade de Direito e recém-casada com um empresário nascido e criado nos Jardins, reduto da paulistada endinheirada e tradicional. Não tinha o mesmo berço que o marido quatrocentão, mas trocou rápido o blazer mal cortado das costureiras do Tatuapé pelos vestidos de boa grife da Oscar Freire. Ainda que lhe faltasse algum bom gosto para combinar os estilos, dinheiro não lhe faltou mais, o que o Banco não supriu o maridão garantiu.

Fomos muito próximos no passado, nunca me deixou uma noite sozinho em São Paulo, principalmente depois que largou o marido afundado em dívidas. Alice mandava nas festas, fazia as vezes de anfitriã mesmo sem sê-lo, conhecia a todos e não demorava a fazer-se notar pelos desconhecidos, apresentava-se em nome, sobrenome e título, impecável, vistosa. Alice cresceu contundente e hábil no trato com todos. Ambiciosa, competente, podia ir da doçura absoluta à fúria de uma fêmea com a prole ameaçada em segundos, bastava pressentir um mínimo que fosse de invasão ao seu território. Não obstante o sucesso profissional, virou um mulherão. O corpinho esguio e malvestido do passado ganhou formas impressionantes, milimetricamente esculpidas nas academias modernosas e bem frequentadas de São Paulo, sem erros nem excessos. A mim não inspirava desejo, talvez por não conseguir me livrar da imagem de menina certinha e carreirista, mas seus textos bem ensaiados, sua cabeleira loira e sua produção impecável fazem muito sucesso, e ela sabe disso. Hoje ela estava especialmente bonita. Seus dentes brilhavam como porcelana boa e cara, e devem ser mesmo, não me lembro de nada tão exuberante no passado. O cliente era dos mais tradicionais, não era o caso de usar umas de suas saias reveladoras, valorizando o que ela tem de melhor segundo a turba masculina do Banco, mas ela não deixou barato. Sua camisa economizava botões no decote e inspirava a curiosidade masculina até dos mais comportados, como eu.

A reunião era só mais uma visita de cortesia, Alice é uma das melhores advogadas do Banco e estava se aproveitando da nossa amizade para exibir-se aos principais clientes, e este era, desde sempre, um fornecedor Premium de problemas cabeludos ao departamento jurídico. Todos que podem têm feito isso, me apresentam aos seus parceiros de primeira hora como um troféu recém-conquistado. Enche o saco, confesso. Falta-me assunto 99 por cento do tempo, e hoje não foi diferente. Entupiram-me de café, biscoitinhos caros, passeamos entre as mesas das novas dependências do cliente, trocamos elogios, promessas de resultados estupendos, e fomos embora com uma sacola de brindes que não servem para nada, como é de praxe suceder com os brindes.

Era praticamente a primeira vez que nos encontrávamos desde que cheguei a São Paulo. Ela me pediu para ir à reunião de táxi, queria que depois eu andasse na sua nova aquisição, uma pick-up coreana último tipo equipada com coisas que eu nem consigo imaginar para que servem, acho que nem ela, pois só me mostrou sua paixão maior: uma traquitana eletrônica ligada ao som do carro que permite usar o celular por comando de voz, coisa que ela está fazendo desde que saiu do prédio, foi só o tempo de encaixar o celular no painel da **"Preciosa"** e sair falando sem parar. Nunca entendi essa obsessão das pessoas por carros imensos. Isso já foi assunto de homens maldotados, mas hoje a tara é geral, o sonho de consumo da classe média representada por isso que está à minha volta, me incluindo sem direito a recusa. Estranho esta sensação que me mobiliza cada vez mais, esse desconforto com coisas que deveriam fazer parte da minha vida e se incluir também na minha lista de desejos e ambições. Estou começando a criar repulsa pela tal classe média mediana, medíocre, medrosa, chula. Incomodam-me muito as pick-ups coreanas, as academias modernosas, as roupas de grife, a moda de beber vinho, de comida japonesa, de viajar para esquiar...

— João?
— Sim, sim...
— Então, aonde você quer ir?
— Tanto faz, tô sem fome. Você resolve e eu pago.
— Eu pago, você é meu convidado. Aliás, convidado do Banco. Quero te levar num restaurante japonês novo que está na moda, maaaraaavilhoso. Você ainda gosta de comida japonesa, não gosta?

Nunca tive uma preferência especial pela culinária japonesa, ela nem imagina. Íamos sempre em turma quando estávamos em São Paulo, mas não era pela comida. Os japas da área de sistemas conheciam os melhores restaurantes na Liberdade, e nós escolhíamos entre os que tinham as salinhas reservadas, onde se come seguindo as tradições orientais, sentados no chão e sem sapatos. Era uma delícia ver a mulherada se surpreender com a ideia de comer trancada numa sala, mesmo que com paredes de papel, e a ginástica que faziam para tentar esconder as pernas naquela posição reveladora que os orientais inventaram só por sacanagem. Alice não me decepcionou, o restaurante era de fato um espetáculo e com as infalíveis salinhas. Um pouco mais confortável e discreto que os do passado, havia espaço para esticar as pernas por debaixo da mesa. Ela tomou conta de tudo, fez reserva, escolheu os pratos, tudo mesmo. Estava me enchendo de mimos que eu não esperava.

— Como está a vida nova?
— Igual a velha, só mudou de endereço.
— Eu queria dizer que sinto muito pela Lúcia.
— Obrigado, mas... como assim?
— Pela separação. Eu sei que não é o fim do mundo, mas no começo é chato, experiência própria, mas passa. Pode acreditar que passa e, por favor, conte comigo.
— Obrigado de novo, mas quem te disse que eu me separei?
— Todo mundo está sabendo, João.
— Todo mundo quem? Não é verdade, eu estou casado, não me separei de ninguém...
— Calma, João. Não precisa ficar nervoso. Deve ter sido um mal-entendido...

Fiquei puto. Não falei em separação nem pra mim mesmo. Porque as pessoas não cuidam da sua própria vida?

— Desculpe João, não sabia que era um segredo.
— Não tem segredo, Alice, nem separação. A Lúcia não veio comigo pra São Paulo, só isso. Se um dia nos separarmos você vai ser a primeira a saber...
— Não precisa, não tenho nada a ver com isso.

Ela se ofendeu, ou se defendeu. Alice não perde nunca, mas dessa vez não estava jogando. Frustrou-se e ficou sem graça, sentiu-se flagrada na sua intromissão, o que acusava algum sentimento que eu ainda não conhecia nela. Baixou os olhos, quase mareados. Raro, muito raro. Tentei consertar o clima, Alice não era a mulher dos meus sonhos, mas tinha carinho e consideração por ela. Não trabalhamos muito juntos, mas sempre ajudamos um ao outro, somos quase contemporâneos. Ela tem seus trinta e pouquinhos e aparenta bem menos, está no auge da sua vida, bonita como nunca vi, e hoje, também como nunca antes, estava deixando exibir um lado frágil. Pedi desculpas, elogiei seus cabelos superlouros, sua elegância com o cliente. Seu brilho começou a voltar, e ela reagiu forte.

— Não precisa me bajular. Eu fui inconveniente, eu é que tenho que me desculpar.

— Claro que não, você pode me perguntar o que quiser, sabe disso. É que me incomoda o falatório.

— Você está incomodado à toa, todo mundo adora você aqui, João. Precisa se soltar um pouco mais, ser o João de sempre...

Ela tinha razão, eu já não era mais o mesmo e ela também não. Era uma matadora, uma vencedora forjada pela escola da vida corporativa, mas queria colher seus prêmios também na pessoal. Deixou seu prazer fora de suas prioridades, abandonou um marido que não a acompanhava mais, estudou, se especializou, fez o que esteve ao seu alcance para conquistar seu espaço. Alice era um exemplar típico da mulher moderna e bem-sucedida profissionalmente, mas precisava dar um jeito de aplacar os desejos e sonhos da menina da Zona Leste, ter alguém a quem não precisasse explicar nem esconder nada, em quem pudesse encostar o corpo à noite e disputar a pia no banheiro pela manhã, nem que fosse de vez em quando. O relógio biológico estava correndo, e cobrando seu preço pelo tempo dedicado à carreira.

Nunca dividi meus segredos com Alice, nem minhas queixas do Banco, meus planos. Sempre a vi como aquela menina interesseira que não mediria esforços para subir mais um degrau, e acabei assumindo isso para a nossa relação pessoal também. Não dei valor às suas qualidades, só aos defeitos. Não fui justo. Ela tinha sido boa para animar e preencher as noites vazias com seu falatório, seus amigos e seu exibicionismo, mas desqualificada para qualquer outra coisa. Não me lembro da última vez que tive um encontro só com ela. Não tinha vontade de fazer isso, nem achava que ela tivesse, mas me vi naquele almoço, com sua ansiedade revelada e flagrada por um minuto, e decidi retribuir. Contei, ainda que por alto, do meu momento com Lúcia. Não falei dos meus dilemas profissionais, ainda não confiava tanto assim na sua discrição, mas falei do desconforto que me assolava por aqueles dias. Disse que ficaria em São Paulo este fim de semana, e ela de pronto me convidou para uma festa à noite. Eu não dei certeza, ela não me deixou escolha. Marcou hora para passar e me pegar no flat, eu disse que não precisava. Seu tom agora era maternal, uma boa amiga cuidando de um amigo, e eu cedi a vez. Deixei que ela saísse por cima e, vitoriosa, recuperasse o brilho e o viço que sempre a acompanharam, e que eu sempre gostei de ver ainda que não me servisse como referência de comportamento.

O almoço acabou em sorrisos sinceros, e seguimos destinos diferentes. Ela para outro compromisso e eu de volta ao escritório, com a promessa de buscá-la mais tarde para a tal festa. As tardes de sexta costumam ser calmas no Banco, normalmente o PC fecha a semana com uma reunião mais descontraída, fazendo um balanço, colhendo impressões, mas hoje não. O clima estava tenso, ele trancou-se na sala maior com os seus VPs, parece que em algum lugar do mundo estourou um escândalo, nada que nos afetasse, apenas um pouco de cuidado. Tentei então fazer meu próprio balanço dessa primeira semana cheia de altos e baixos, mas não consegui me concentrar. Estava incomodado com os supostos comentários sobre a minha vida particular, cheguei a tentar um sentimento de traição. Não emplacou, minha contribuição para as fofocas era grande. Eu ainda era um corpo estranho naquele cenário e ocupei mal o meu espaço, deixei que preenchessem com o que bem quisessem, é assim que as coisas funcionam, a culpa era minha mesmo.

Estava cansado, foi um começo difícil e eu estava sensível a tudo, capaz de me emocionar até com uma cena de novela se me dispusesse a ver alguma, precisava relaxar. O fim de semana já estava programado, inteiro. Se estivesse no Rio já estaria a caminho do bar do Raimundo, escolheria uma mesa perto da porta, pediria um chope, talvez um segundo, finalizaria a semana lubrificando o espírito com cerveja e olhando pra rua sem pensar em nada, só vendo o povo passar, saindo apressado do trabalho, fazendo planos pro fim de semana. Preciso achar um bar do Raimundo aqui em São Paulo, rápido, está fazendo falta. Preciso achar um barbeiro melhor que o Tenório, uma massagista gostosa que só faça massagem mesmo e um lugar pra fazer exercício melhor que o calçadão do Leme. Não vai ser fácil, mas gosto de lembrar as coisas boas que eu não deixei de ter até o último minuto no Rio. Mesmo quando estava no auge do tédio e da confusão mental não abri mão desses refúgios de prazer que cultivei sem nem perceber. Me ajudaram a seguir firme, mas duvido que saibam da importância que tiveram na manutenção da minha sanidade e do quanto sou grato. Qualquer dia desses vou dar ao Raimundo uma placa de "Missão, Visão e Valores" para ele pôr na entrada do botequim. Acho que ele vai achar meio dramático se eu propuser como missão "salvar vidas" ou "dar refúgio à minha existência miserável", mas merecia, e faria jus à realidade, ao contrário da maioria das placas desse tipo que eu vejo por aí.

Fui cedo para o flat, cheguei a pensar em experimentar a sala de ginástica do prédio, mas era deprimente demais, não dava pra trocar o pôr do sol do Leme por aquilo, tinha que haver coisa melhor. Joguei-me na cama, nu, sem nada para não sujar o pijama antes de tomar banho. Ficar nu pela casa é um dos benefícios de se morar sozinho. Posso pensar em outros, deixar a porta do banheiro eternamente aberta, beber direto na garrafa, ficar acordado de madrugada sem ninguém te chamar para a cama. Estou pegando gosto pela coisa, e este é o risco de se morar sozinho depois de passar por um momento difícil, qualquer bobagem parece melhor do que o que se tinha. Mesmo com toda confusão e neste muquifo, já consigo me sentir melhor comigo mesmo. Está claro que ainda não encontrei nada, só me afastei, deixei pra trás coisas, pessoas, pedaços desgastados da minha vida. O que eu sinto é alívio, e acho que alívio não é prazer, embora seja prazerosa esta sensação de leveza, descompromisso, desapego, mas não quero me acostumar muito com isso. Não vou achar resposta para as coisas velhas se não der algum espaço para as novas, mesmo as aparentemente sem importância. Preciso valorizar este reencontro com os pequenos prazeres, é o primeiro passo para voltar a experimentar os grandes, e está funcionando ainda que à custa de algumas confusões, como Celeste, que aguarda a mim e a minha garrafa de Bordeaux para jantar no sábado.

Adormeci e acordei assustado e com frio, lembrei-me de Alice e sua festa, mas estava em tempo, com folga. Não sabia exatamente o que vestir, meu guarda-roupa de inverno era composto basicamente por duas opções: ternos, ou jeans e camiseta. Fora isso, só o agasalho adidas, e achei que nenhum deles estava exatamente apropriado para o compromisso de hoje. Fiz o melhor que pude e desci para pegar o carro, meu modesto sedã fora de moda e eficiente, quase fico preocupado por gostar tanto dele. Encontrei-o no exato lugar onde o tinha deixado no domingo passado, não andei mais de carro depois que cheguei, e o porta-malas ainda estava com alguns restos de mudança esquecidos.

Sair daquela garagem dirigindo com destino certo e conhecido me deu a sensação de estar em casa, e foi surpreendentemente bom. Alice morava a poucos quarteirões dali, eu não tinha como me perder. Parei na guarita da portaria imponente do seu prédio, uma das coisas boas que lhe restou do casamento, e ela desceu em minutos. Estava linda, espetacular, vestiu-se para brilhar, ignorou o frio do fim de inverno paulistano e valorizou tudo o que pôde, não vestiu nada que pudesse ocultar seus dotes naturais ou não. Um vestidinho curto, vermelho, quase reto, uma sandália trabalhada para parecer simples e o cabelo loiro numa única e grossa trança, expondo deliciosamente o pescoço. Alice me encontrou num sorriso rasgado, estava maravilhado com a sua beleza que o tempo só fez melhorar e acrescer de elegância com uma nesga de ousadia. Quase senti orgulho de vê-la caminhando a passos lentos, trocados, desfilando em minha direção como se não estivesse prestando a menor atenção nisso...

Abri a porta do sedã e ela sorriu oferecida. Eu estiquei o pescoço além da conta, sua acomodação no banco com aquele vestido mínimo seria um espetáculo. Ela retribuiu com gestos generosos e caretas de prazer, se divertindo com o flerte. Fechei a porta lentamente, olho no olho, e dei a volta correndo.

– *Pra onde vamos?*
– *Pra festa, é lógico.*
– *Ah, é mesmo... quase esqueci, que pena...*

Continuamos o jogo pelo caminho, descontraídos, seguros. Adentramos a festa de braços dados, que é completamente diferente de entrar de mãos dadas, coisa para casais. Alice me apresentou a todos flanando com intimidade pelos espaços da casa, um apartamento antigo e amplo nos Jardins, decorado com economia de elementos, valorizando os espaços vazios, moderno, oriental, contemporâneo.

Deixou-me com um trio divertido, um casal amigo da academia e um americano gay que nos contava dramaticamente sua decepção por não haver carnaval em agosto. Relaxei, ri e bebi muito espumante nacional que parece ser de muito bom-tom servir e beber, diga-se. Entupi-me de "finger-food", modismo de conveniência e eleito pelos modernos e escassos de tempo. Senti falta de um bom croquete quentinho e uns guardanapos de papel, mas foi só. O convite de Alice foi a minha principal revelação naquela primeira semana de sensações confusas. Eu ainda era um homem normal capaz de me divertir como qualquer um e rir de histórias bobas sobre as maravilhas na viagem para Aruba, ou do drama em se conseguir comprar um carro e receber na cor que você quer sem precisar esperar dois meses. Talvez a razão disso estivesse na excepcional "perlagem" do tal nacional. Suas fartas e incessantes borbulhas viraram o principal assunto do evento depois que o anfitrião, um cara de uns quarenta anos, recém-divorciado e devidamente escoltado por uma loira muda e com tetas a ponto de explodir, fez uma longa explanação sobre a evolução da vinicultura nacional. Poucas vezes na vida ouvi tanta bobagem dita com aquela competência, quase me convenci de que a França estava mesmo sob séria ameaça de sucumbir ao nosso produto, mas foi um espetáculo. Soltei "ahs" e "ohs" ao ritmo da audiência, fiz perguntas e cheguei a arrancar da loira muda dois ou três palpites sobre os sabores provenientes da degustação, o que acresceu ao meu repertório de aspirante a enófilo a original possibilidade de um espumante com aroma de chiclete de melancia. É impressionante como a ignorância pode ser graciosa quando se faz acompanhar de peitinhos espetaculares querendo pular fora do decote.

Alice me vigiava de longe, dei-me conta quando ouvi do mais jovem juiz de direito que jamais soube existir que "minha namorada não tirava os olhos de mim". Fiz a devida correção e expliquei que casais não andam de braços dados. Talvez os mais idosos, talvez os gays, o que gerou uma discussão daquelas que termina simplesmente porque alguém se esqueceu do que estava falando no meio do próprio discurso. Estávamos já todos um pouco alterados pelas borbulhas ou pela espuma da cerveja, a festa começava a entrar naquele período crítico onde você deve decidir se é o caso de se evadir ou de se entregar. Não me passou pela cabeça qualquer chance de perder o juízo, era uma festa de gente madura apesar dos tipos divertidos, coisa que só se vê em São Paulo, esta fauna tão diversa num lugar tão tradicional como um apartamento nos Jardins. Fosse no Rio a coisa seria mais uniforme, incrível como as pessoas se parecem no Rio. Alice, deliciosa, passava de grupo em grupo atraindo olhares de desejo e inveja. Juntou-se a mim já pra lá da uma da manhã, antes foram apenas rápidas passagens de verificação, agora se instalava por conta de um conhecido em comum, um ex-cliente abonado, que saiu para buscar uma cocacola e não voltou, também deve ter nos confundido com um casal, sorríamos descaradamente um para o outro.

 Alguém de escassa originalidade tomou a iniciativa de pôr *New York, New York* pra tocar, e Alice me puxou para uma saleta vazia ao lado da janela. Abraçou-me pela cintura e dançamos devagar. Um pouco de sono misturado com o aconchego do corpo quente de Alice me fez fechar os olhos e me entregar ao charme brega e competente do velho Sinatra, que logo se emendou num Stevie Wonder da melhor safra. Alice me olhou nos olhos, segurou na minha nuca e me disse com a voz baixa e rouca sem perder o foco:

— obrigada por ter vindo...

— obrigado por ter insistido...

Elogiou meus cabelos quase tocando seus lábios nos meus, e como eu não reagisse ela aninhou o rosto no meu pescoço e o beijou, demorado e molhado. Arrepiei ao sentir o corpo de Alice se forçar contra o meu, suas coxas grossas escapando e tentando achar lugar entre as minhas eram uma sirene estridente para a minha libido adormecida. Abracei Alice com vontade, esfreguei nela minha abstinência muda, desorientada. Seu vestidinho vermelho escorregava nas minhas mãos destreinadas, e escondia muito mal as suas pernas aflitas. Rocei minha boca no seu pescoço perfumado e branco, branquíssimo. Segurei seu rosto entre as mãos, olhamo-nos nos olhos e sorrimos, beijei-a demoradamente na testa e nos abraçamos. A música acabou, a festa acabava, saímos de mãos dadas, que é diferente de sair de braços dados, bem diferente. O elevador estava cheio, a rua fria e escura. Alice entrou no carro e se espreguiçou lânguida, dengosa. Tirou as sandálias, dobrou as pernas sobre o banco expondo as coxas, o vestidinho já não escondia mais nada, o segredo mais bem guardado de Alice era protegido por seda branca e mínima, e nada mais. Eu me maravilhava com aquela delícia, nem me lembrava da trainee chatinha que ela um dia foi. Tudo em Alice era finamente sedutor, até as sobrancelhas negras e ralas denunciando a falsa loirice me encantavam. Eram ousadas, confiantes, talento refinado e lapidado pela vontade dessa menina briguenta do subúrbio.

Parei pela segunda vez naquela noite à porta do seu prédio, ela sugeriu que eu entrasse pela garagem. Não discuti, a noite tinha esfriado muito mesmo. Ela me indicou uma vaga, eu desliguei o carro. Ela procurou as sandálias e eu me despedi com a mão nos seus cabelos.

— Você me deu uma noite como há muito eu não tinha.

Ela sorriu e me surpreendeu com um beijo na boca, me convidou para subir. Eu recusei com delicadeza, foi a vez dela se surpreender, me olhou como se eu fosse louco, talvez eu fosse mesmo.

— Você vai me deixar subir sozinha?
— Melhor assim, Alice. A noite foi ótima...
— Será? – me interrompeu desdenhosa, controlando a irritação.
— Foi sim. Você me fez muito bem, nem sabe quanto.
— Boa noite, João...

Alice deixou o carro descalça, com suas caríssimas sandálias espartanas nas mãos, não olhou para trás. Seguiu devagar até a porta do elevador, subiu com sua frustração a ser resolvida na madrugada. Da minha parte estava tudo certo. Estranhamente, pela primeira vez em muitos dias, eu não estava confuso, nada confuso. Sentia-me sem a menor necessidade de entender o que quer que fosse, apenas degustava aquela noite de sabores pouco frequentes na minha história recente. É claro que desejei Alice, e entrei sem resistência no seu joguinho de sedução. Servi-me da sua oferta corajosa até onde quis, mas não me envaidecia seu desejo por mim. O verdadeiro espetáculo daquela noite e motivo da minha admiração era sua exuberância, sua entrega destemida, sua vontade descarada e explicitada, seu plano de vida movido por, agora eu sabia, um furor divino, autêntico. Uma busca despudorada e corajosa que a fez linda como se pode conceber que seja a vida em sua essência. Isso me desafiava. Não apenas a minha libido soterrada em indiferença conjugal, mas a minha subserviência covarde, minha obediência incondicional ao que eu suponho ser o certo ou o que se espera de mim.

Num lapso de sinceridade invejei Alice. Queria eu saber dos meus reais desejos e me atirar a eles com a sua desenvoltura. Seja como for, eu já me sentia melhor só de tê-la por perto, e muito perto. Hoje ela me deu muito mais do que pretendia: prazer, alívio, leveza. Devo essa a Alice. Talvez deva mais, e ela cobrou no ato. Eu é que não sei se vou pagar com o que ela queria de mim, pelo menos por enquanto.

## VENDE-SE

Sempre duvidei de gente que tenta falar e sorrir ao mesmo tempo, mas por agora vou abrir uma exceção e levar as cuecas. Não deve ser fácil para esta menina passar o dia vendendo roupa de baixo masculina enquanto sonha em trabalhar numa loja de grife.

— É pra presente?

Lógico que não era, mas disse que sim, queria ver como isso ia terminar. Ter tempo para sua curiosidade é mais uma das vantagens de se viver sozinho. Ela me indicou outro balcão e deu duas opções: "caixinha ou papel de presente?" Eram ambas horríveis, mas o papel de presente ia demorar mais, era o que eu queria. Ela cortou ao meio uma folha grande de papel brilhoso e cinza. Fiquei imaginando se o pigmento cinza estaria em liquidação, pois não consegui pensar em outro motivo para alguém optar por aquela cor repulsiva para embalar o que quer que fosse. A moça se embaraçava com as mãozinhas na tarefa inglória de dar alguma beleza ao meu suposto presente, destreinada pelo uso certamente constante da tal caixinha. Alternava os dedinhos morenos entre o papel e aquele suporte pré-histórico de fita adesiva bem devagar, com cuidado para não estragar as unhas vermelhas mais bem pintadas que eu tenho na memória, acho até que vi uma bordinha branca arrematando as pontas. Lúcia não pinta mais as unhas. Lembro-me de que era um prazer especial em algum momento, combinado com as amigas ou mesmo sozinha, mas foi-se o tempo. Acho estranho uma mulher não se interessar em pintar as unhas, abrir mão desta vaidade que me parece tão própria a elas, mas isso deve ter um motivo...

— Pronto, desculpe a demora.

Ela me entregou o pacote e esboçou um sorriso de alívio, o primeiro com alguma autenticidade desde que entrei naquela loja escura e envelhecida. Tive vontade de falar alguma coisa, que ela tinha jeito para vendas, procurasse outro emprego em uma loja melhor, sei lá. Era um rompante de compaixão mas que soava a cantada barata. Não falei nada, peguei o pacote das suas mãos e arrematei como pude.

— Muito bonitas as suas unhas...

— Obrigada...

Finalmente um grande sorriso. Valeu a pena, mesmo que eu tenha passado por viado com esse comentário fora de propósito, mas deve ter arejado um pouco a tarde dela, ou mesmo a minha, por dedicar tanta atenção a alguma coisa que até então costumava fazer sem nem pensar numa gôndola de supermercado ou da C&A.

Tinha mais alguns itens para comprar. Ter não tinha, mas precisava de alguma renovação, e como não conseguia ainda definir muito claramente o que mudar comecei pelas coisas mais básicas como as cuecas, que é daquelas que a gente não presta muita atenção, principalmente quando não está interessado em fazer bonito ao ser flagrado na intimidade. Acho que não tem nada mais íntimo do que ver alguém em roupas íntimas, talvez andar de mãos dadas, repartir o mesmo banheiro, mas eu deveria começar a me interessar em ser visto com pouca roupa. Preciso pensar nisso da próxima vez que comprar cuecas. Agora vai demorar...

É a segunda vez que venho ao shopping esta semana, talvez seja um recorde. São Paulo deve ter algum espaço de comércio de rua que me agrade, acho que no Itaim ou em volta da Rua Augusta, mas ainda não me desloco bem por aqueles lados e quero aproveitar melhor o dia. Tenho planos, tarefas. Além das compras quero encontrar uma boa academia, se possível perto de casa. Um barbeiro e uma massagista também estão na lista de necessidades. Não para hoje, acho que algo melhor que uma massagem pode acontecer esta noite. Só acho, não estou muito seguro do que esperar de Celeste. Ela foi de anjo à tentação de uma hora para outra e me tirou do eixo, só não foi pior porque estou fingindo que não ligo para este assunto, mas ela me desorienta. Estou tentando me desarmar de pretensões, mas acho que vou ser seduzido, abduzido talvez, e não vou resistir, pelo menos vou tentar não resistir. Só espero não me decepcionar muito, que ela não me apresente uma conta no fim da noite...

Que ideia absurda, estou perdendo o controle de novo, melhor voltar às compras, estava me saindo bem, deixando que o shopping tomasse conta de mim e sossegasse meu espírito, por mais que me pareça estranho. Preciso de um supermercado, encher um pouco a geladeira e comprar alguma coisa para levar no encontro de hoje à noite com Celeste, e meti na cabeça que faria isso num supermercado. Achei que flores não seriam adequadas, nem chocolates, nem presentes. Se já fossemos íntimos talvez levasse uma calcinha, deve ser útil para ela, putas devem precisar de muitas calcinhas diferentes, sedutoras, uma embalagem para aquilo que se quer descoberto e nem precisa de enfeite, mas sempre tem. Uma calcinha ia ser um bom início para um clima mais íntimo e menos amistoso, mas é obvio demais e ela deve ter calcinhas espetaculares, é melhor não arriscar.

Comprei um par de taças de vinho, bojudas e grandes, e **um bom saca-rolhas** profissional e barato, difícil de achar. Comprei dois, Celeste vai ganhar um saca-rolhas novo também, acho que ela vai gostar, ou pelo menos saber das coisas que eu gosto. Sempre que tenho dúvida presenteio as pessoas com coisas que eu gosto e uso. Nem sempre dá certo, mas tentar imaginar o gosto dos outros é pior, um convite à gafe.

Lúcia sempre me deu presentes caros, nem sempre me agradaram, mas eram caros, não posso negar, ela nunca fez economia comigo, mas eram só caros. Os últimos foram os piores, pareciam saídos direto de uma lista de sugestões no jornal de domingo e comprados pela internet, ou pela secretária. O mais recente tinha sido uma camisa social cinza, com botões no colarinho. Minhas camisas são todas brancas, algumas azuis, com listas ou xadrezinho miúdo. Nunca tive nada cinza, botão no colarinho é coisa que nem quando era moda eu usei, mas pelo jeito ela nunca percebeu. Não a culpo, também não fui lá muito criativo nas últimas vezes, nem sabia por onde começar. Me lembro de já ter atravessado a cidade por conta de uma imagem de Santa Rita num relicário, ela é devota de Santa Rita de Cássia e adorou o presente, eu tinha certeza de que ia adorar e me empenhei por isso, mas faz muito tempo, acho que nem éramos casados ainda. Perder essa sensibilidade para presentear alguém tão importante é um sinal claro de que o que se tinha já não está mais aqui, assim como perder a vontade de beijar na boca, tomar banho junto, assistir TV de mãos dadas. Mão dada é muita intimidade, já disse, é coisa que só se faz quando se tem vontade e se sente bem, ou quando é novidade, mas em algum momento perde o sentido, vira um gesto automático e é sintomático do fim, mas a gente custa a perceber isso. As coisas vão deixando de acontecer aos poucos, desnudando a relação e revelando o tronco seco que vai tentar resistir na esperança de voltar a brotar, mas não volta, o amor é um caminho só de ida mesmo.

Guardei as compras todas no fundo de uma sacola com algumas garrafas de vinhos de bom preço, já era um grande acréscimo para o meu cubículo. Comprei também outro agasalho adidas vermelho e algumas camisetas de manga longa para este fim de inverno tropical. Não deu tempo para muito mais coisa, até visitei uma academia no caminho, mas tive preguiça só de olhar para aquela sala lotada de equipamentos moderníssimos e aquele monte de gente sarada e produzida como se fosse a gravação de um videoclipe. Queria muito mesmo era me exercitar vestindo minhas roupas surradas e caminhando no calçadão até o Posto Seis, tomar uma água de coco e voltar pela areia molhando os pés na espuma das ondas do fim de tarde, mas estou cada vez mais longe disso.

Cheguei no flat e encontrei um post-it grudado na porta:
*"Não chegue antes das 10..."*,

Ótimo, não estava com a menor pressa, meu dia tinha sido curto. Acordei depois das onze com a cabeça doendo, exagerei no sono e na bebida, mas foi muito melhor do que pensei que pudesse ser. Preocupou-me um pouco a reação de Alice, não quero criar um clima logo na chegada, mas dá pra consertar. Bebemos muito, ambos, ela não vai levar a sério o que aconteceu.

Acomodei nos armários vazios uns livros e revistas que também comprei, esse flat tem muito armário, não cabe gente aqui que ocupe isso tudo. Liguei para meus pais e tomei mais um banho demorado naquela banheira encardida que já está ficando com a minha cara, ou eu com a cara dela. A ducha forte me aliviando os ombros era o meu primeiro vício em São Paulo. Guardei o resto das minhas roupas pelas gavetas e escondi as malas vazias, subitamente o cubículo me pareceu maior, e era finalmente meu enquanto durasse.

Precisamente às dez estava pronto para descer, só faltava me vestir. Minhas opções continuavam as mesmas, acrescidas apenas das compras de hoje. Gastei uns dez minutos pensando no que usar. Celeste realmente me desequilibrava, estava me sentindo um adolescente indo ao baile sem saber o que fazer para chamar a atenção das meninas. Celeste não era muito mais que uma menina e eu deveria saber o que fazer para agradá-la caso a desejasse, mas eu não sabia para que a desejaria e também não tinha certeza se ela era exatamente uma menina. Uma garota de programa deve conhecer truques que a maioria dos homens desconhece, lidar com inseguranças e ousadias como ninguém, suportar o insuportável, desejar o feio, o intragável. Eu não devia pensar que ela ia se comportar como uma puta, eu nem havia percebido que ela era uma, ela teve que me dizer. Talvez ela também estivesse tensa pensando em como me receber. Talvez fizesse isso sempre, com todos os que cruzasse pelo caminho. Talvez eu fosse só um idiota inseguro mesmo.

    Parei de pensar e desci com o que estava mais fácil de alcançar. Está claro que perdi a capacidade de decidir pequenas coisas, principalmente aquelas com vocação de expressar o meu estado de espírito, fica quase tudo na conta do acaso. Levei a garrafa de Bordeaux e mais uma de vinho de sobremesa que achei no supermercado, além do saca-rolhas de presente. Entre tocar a campainha e ela atender foram uns quinze incômodos segundos, tempo suficiente para reparar que o seu andar parecia mais habitado que o meu, gente menos nômade talvez. Ela abriu a porta cantando em bom inglês, acompanhando o som ambiente. Recostou-se no batente e não saiu enquanto o verso não se extinguiu com a música ao fundo, terminando em risada com a minha cara de espanto pela sua performance inesperada. Me deu um beijinho no rosto descalça e à vontade, com a franja escura e escorrida mantida de lado por uma presilha de joaninhas vermelhas. Parecia uma moleca, mostrando o umbigo entre uma camiseta curta e uma calça de pano disforme amarrada bem abaixo da cintura. Ela tomou as garrafas das minhas mãos e começou a me contar o que tinha feito no dia, e a razão pela qual me pedira para chegar mais tarde. Eu não ouvi nada, ou não captei, já estava enfeitiçado desde o momento que a vi na porta, mais uma vez. Ela não me passava nada do que eu imaginava ou podia imaginar para aquela noite, minha mente medíocre limita meus desejos e medos a uma planilha de padrões bem previsíveis, mas ela os ignora, sublimemente. Largada em casa, rendida às suas vontades e escrava do seu próprio conforto e prazer, ela mais uma vez me atordoava, e a menos que a minha ingenuidade seja muito maior do que eu suponho, seu esforço para fazer qualquer coisa com a intenção de me impressionar era nenhum.

— Roupa nova...

— Só um agasalho, mas como você sabe? Esqueci de tirar a etiqueta?

— Não, seu bobo, você não conhece o cheiro de roupa nova?

Cheirei meu próprio braço como a concordar com ela, que ria da minha falta de jeito.

— Adoro esses agasalhos... o que mais você comprou?

— Umas camisetas, umas cuecas, foi só...

— Hum, cueca nova...

— ...e um saca-rolhas, trouxe este pra você, é profissional...

— Mesmo? Me mostra então como um profissional usa um saca-rolhas...

Ela alcançou a garrafa de Bordeaux e eu me posicionei para fazer a minha parte, feliz pela atenção que ela dava ao mimo que escolhi. Limpei a garrafa com um pano de prato úmido que encontrei na cozinha sob os protestos dela. Cortei a cápsula e executei o ritual explicando-o passo a passo como se fosse uma cirurgia de apêndice, e ela ouviu com absoluta atenção e esforço para mostrar surpresa nos detalhes que inventei. Trouxe-me duas taças de bom cristal que acusavam um mínimo de conhecimento de causa, e como o interesse se manteve me estendi em explicações. Verti o Bordeaux num fio contínuo, provei e aprovei antes de servir a primeira dose e executar os passos da degustação habitual, ela se deliciou com os detalhes e eu me empavonei com o seu olhar de admiração.

— Vamos brindar a quê?

— Hum... à sua cueca nova!

— ...à minha cueca nova.

Não esperava pouco de um presente da agência, mas não me lembro da última vez que tomei um vinho tão saboroso e tão bem acompanhado. A boca miúda de Celeste apertando a borda da taça era um show à parte, quase indecente, cortando o silêncio da sala com gemidinhos de prazer a cada gole.

— A sua calcinha também é nova?

— Quem disse que eu estou usando calcinha?

Pergunta idiota, melhor ficar calado.

— Você tem pensado nas minhas calcinhas...

— Tenho tentado não pensar em você.

— Com ou sem calcinha?

— Com calcinha, sem calcinha...

— É difícil pensar em mim agora sem pensar em sacanagem, né?

— Não, claro que não...

Pus-me de pé, precisava ganhar fôlego e tempo. Peguei a garrafa, servi nossas taças e voltei a me sentar diante dela, estava pronto para falar o que me viesse à mente como num surto de espontaneidade, mas minha confusão de ideias e sentimentos com relação a Celeste se mantinha, acho até que aumentava. Eu não sabia o que dizer por absoluta incapacidade de definir o que sentia, mas estava determinado a me manifestar como se isso pudesse me ajudar a achar respostas para o vácuo de lucidez que me assolava.

— Você é uma delícia Celeste, mas não é isso que me perturba.

— Não sabe como eu fui parar nessa vida...

— É uma questão...

— ...quer saber?

— Não sei. Você quer falar disso?

— Não tenho vontade, mas pode perguntar o que você quiser. Se vamos ser amigos, não podemos escolher assunto...

— Você que ser minha amiga?

— Quero...

— Então vai ter que me mostrar sua calcinha...

Eu apelei para a piada, recurso vulgar de quem está acuado, mas funcionou por pouco tempo. Ela relaxou fingindo-se de ofendida, me atirou uma almofada rindo e se acomodou ajoelhada à minha frente sem me deixar escapar do assunto.

— Você veio mesmo pensando em me ver de calcinha...

— Estou só brincando...

— Jura?

— Não juro coisa alguma, mas você queria me ver de cueca?

— Pode ser, quem sabe. Você quer me mostrar sua cueca?

— Quem disse que eu estou usando cueca...

Virou um diálogo covarde, surdo. Eu não queria ouvir, só passar a vez na hora de falar, mas interrompemos assim que nos demos conta, e ela mais uma vez deu a solução.

— João, eu posso ser o que você quiser, você já sabe, eu vivo disso, mas não aqui. Se você quiser eu te dou o endereço de onde eu trabalho.

— É isso que você quer de mim? Que eu seja seu cliente?

— Não, isso é exatamente o que eu não preciso nem quero, mas se o que me couber de você for isso eu dou um jeito, já saí com caras piores...

Celeste mantinha os olhos em mim, sem se mexer, e desta vez não disse nada, ficamos mudos por um infinito minuto. Ela sorria enquanto eu criava coragem para dizer alguma coisa tão simples e precisa como ela fazia, o que me parecia cada vez mais distante das minhas competências.

— Eu não tenho a menor ideia do que eu quero de você e isso eu posso jurar, até porque eu não me lembro de quando foi a última vez que eu soube tão pouco sobre alguma coisa.

— E pelo jeito precisa saber mais, só que parece tão difícil pra você...

— Tudo tem sido um pouco difícil ultimamente, mas é verdade, você é um assunto um pouco mais difícil que a média...

Ela continuava a me olhar fixo, como a esperar uma grande revelação, mas eu não tinha muito mais para dizer, só declarar a minha ignorância, rendido a ela e aos seus olhos que mudavam de cor a cada vez que eu a via. Eu não queria parecer ingênuo, pelo contrário, queria impressioná-la tanto quanto a qualquer mulher que eu quisesse conquistar, mas estava emudecido. Não tinha saída, desisti das frases de impacto e comecei pelo começo, com o que parecia mais óbvio, mas era o que eu sentia e precisava dizer:

— Eu gosto de estar com você...

— Mas eu não sou como as mulheres com quem você costuma lidar...

— Não, não é mesmo, nem de longe. Você é mais bonita, mais divertida, muito mais espontânea...

Ela sorriu envaidecida, eu finalmente a surpreendi. Aproximou seu rosto do meu, e eu me preparei para um beijo. Tremi por um segundo. Ia finalmente sentir o gosto daquela boca impura. Ia me somar à lista dos homens que desfrutaram desse prazer e amargar o desconforto de beijar seus lábios compartilhados por qualquer um, ou por qualquer um disposto a desembolsar algum dinheiro por seus serviços. Estava vencido e me entregando, sucumbindo a ela, ao que ela quisesse, com a certeza de que iria me perder, me viciar nela, sem chance de defesa. Seu poder sobre mim era insuportável, e eu senti o arrepio da violação consentida, desejada, inevitável e sem volta ao entregar meu desejo sincero a uma profissional como um adolescente desavisado, vulnerável, mas ela me respeitou. Tocou seus lábios nos meus bem de leve. Mal senti sua língua, só sua boca umedecida resvalando na minha, depois me abraçou ternamente, longamente, sem violação nem ameaça à minha honra cristiana, desfalecida naquele curto espaço de tempo em que expus meus 37 anos de suposta pureza ao máximo de risco. Eu devolvi o abraço e alisei seus cabelos com um carinho que estava guardado havia muito, e que eu entregava incondicionalmente agora. Trocamos um beijo no rosto, ainda abraçados, não era um conforto fácil de dispensar. Ela se afastou sem tirar os olhos dos meus, alcançou sua taça e propôs um novo brinde.

— Ao que você não sabe...

— Ao que nós vamos descobrir...

Olhamo-nos demoradamente, irmanados por nossos destroços pessoais ainda reclusos, guardando vaga para se revelar no tempo que passaremos juntos daqui pra frente. Ela me tomou a mão sem largar a taça e me levou para perto de sua pequena cozinha, onde eu me recostei e a ouvi contar seus primeiros segredos.

— Me fala do seu trabalho.

Eu não queria falar do meu trabalho nem de qualquer outra coisa, queria era ouvir a Celeste o resto da noite. Queria que sua voz juvenil me ensinasse o segredo das respostas simples para as coisas embaraçosas e de como conviver com tanta cretinice sem perder a graça. A voz dela me encantava, ela me encantava por tudo, seus movimentos me entorpeciam, sempre, eu não conseguia entender por quê. Sua desenvoltura naquela cozinha minúscula era quase profissional, a

Um bom saca-rolhas

cozinheira mais linda que se pode imaginar com aquela tatuagem ao fim da coluna marcando o limite dos meus desejos.

— Adoro essa sua tatuagem...

— Você está olhando para a minha bunda... isso não é justo, eu aqui cozinhando e você nem presta atenção no que eu falo.

— Quer que eu repita tudo o que você falou?

— Quero...

— Você sente falta da sua mãe e da sua irmã. Do seu pai também, mas como tem um pouco de bronca pelo que ele fez não faz tanta diferença...

— Eu não disse isso...

— Não, mas eu concluí. Tô errado?

— Talvez não, mas eu não gosto de sentir raiva do meu pai. Toda garota de programa sente raiva do pai mesmo que não tenha um, e acaba usando isso como desculpa...

— Não é o seu caso...

— Não, acho que não. Eu não comecei nada disso por causa dele...

— Quer me dizer então por quê?

— Não sei bem, mas também não penso muito. Não me lembro de ter vontade de fazer nada em especial quando era pequena, nunca sonhei com o que eu queria ser quando crescesse, e as opções não eram muitas, deve ter sido isso.

— Falta de opção?

— Sim.

— Você virou garota de programa por falta de coisa melhor pra fazer?

— Acho que sim, mas pelo jeito você não acredita...

— Acho que nem você...

— Pode ser...

Ela se calou por uns segundos, pensativa, como se estivesse tentando lembrar-se de alguma coisa, ou percebendo o que não era muito claro até então. Eu não queria saber de nada, nem causar esse desconforto nela, mas antes que eu pudesse dizer alguma coisa ela continuou.

— Quando vim pra São Paulo morar com a minha irmã, ela fazia uns programas de vez em quando pra ajudar a pagar a faculdade. Não me parecia errado, eu achava até que ela se divertia com isso. Um dia ela me levou numa festa que tinha de tudo, ela ia a trabalho, mas eu não precisava fazer nada, ela me garantiu isso, só que acabei fazendo. Fiquei excitada com aquela história de transar por dinheiro e aceitei quando dois caras me convidaram pra ir pro quarto. Eles eram bonitos e deviam ser ricos também, queriam diversão, e foi divertido. Acabamos exaustos e dormimos abraçados na cama, e quando acordei estava sozinha, deitada ao lado de um bolinho de notas.

— Parece fácil...

— Tem sido, quase sempre, mas eu dei muita sorte. Trabalho pouco, faturo bem e consegui me manter num circuito muito exclusivo, onde é bem mais fácil de controlar estas coisas...

Ela tinha muito para falar, mas eu não queria mais ouvir, não precisava, e ela parecia se sentir na obrigação de me explicar alguma coisa, como se me devesse essa franqueza.

— E a tatuagem, quando você fez?

— Faz pouco, uns dois anos, foi num verão em Maresias. Meio sem pensar, mas achei bonito, vi umas meninas lindas com elas, achei tão exótico... Você gosta?

Fiz que sim, e ela se aproximou para que eu visse melhor, abaixando a calça para me provocar.

— Me mostra a sua...

— Não tenho, nunca fiz...

— Carioca fajuto. Morou na praia a vida inteira e não fez uma tatuagem...

Eu também me admirava com o fato de nunca ter feito uma tatuagem. Era um bom garoto, se aparecesse com uma tatuagem em casa ia magoar os meus pais, isso era certo e sempre serviu como desculpa, mas também demorei a perceber que essa nunca foi a verdadeira razão. Vejo gente maculando sua pele pelos motivos mais bobos do mundo, mas sempre acompanhados de uma boa história para justificar isso. Ninguém diz que faz porque quer parecer mais moderno ou rebelde, ou simplesmente porque está na moda, mas Celeste disse. Disse o que sabia, o que sentia, mais uma vez sem tentar um motivo mais nobre ou mais inteligente para justificar o feito. Assim como me disse que se formou em História, pois era o curso que combinava com seus horários, e que ganhou as taças de vinho de um professor que achava que era seu namorado, e que sua maior decepção na vida foi com uma amiga de infância. Mostrou-me uma foto na parede das duas vestidas de bailarina, crianças ainda, lindas naqueles tutus de balé clássico.

— Eu adorava a Elisa, mais até do que à minha irmã. Ficava lá, vendo-a dançar, ela era a melhor de toda a escola, sonhava em fazer um teste pro Bolshoi. Chegamos a programar uma viagem ao Rio pra uma seletiva, eu ia só pra fazer companhia e torcer por ela, mas o namorado não deixou, e ela acabou se casando com aquele idiota. Virou uma escrava gorda e cheia de filhos...

Ela finalizava o jantar de costas para mim, e quando se virou mostrou uma lágrima escorrida quase até a boca. Sentou-se à minha frente no balcão com dois pratos fumegantes nas mãos, e eu limpei seu rosto com o guardanapo. Era uma lembrança antiga como a foto na parede, mas resultava de notícias frescas trazidas pela mãe.

— Prova...

Não tinha a menor fome, mas faria o que ela mandasse. Comeria os tapetes da sala se ela me servisse. Meu interesse por Celeste crescia geometricamente a cada minuto e as surpresas não paravam.

— É pato com damasco...

— Pato?

— Pra falar a verdade é marreco, minha mãe trouxe pra mim, lá no sul tem muito...

Nunca comi nada parecido, estava uma delícia. O risoto que ela preparou enquanto contava histórias e borrava o rosto com suas lembranças de adolescente era digno de um restaurante estrelado, mas ela continuava se comportando como se estivéssemos comendo uma pizza de padaria.

— Acho que falta um pouquinho de sal...

Não faltava nada, nem sobrava. Celeste era um poema, um verso de bossa-nova, uma bicicleta embalada em papel de seda. Quanto mais falava mais eu me dava conta de que ela havia reinventado o mundo com sua simplicidade e leveza, aprendido a guardar as coisas boas e sublimar as ruins, e eu a invejava, como eu a invejava. A história de Celeste fazia a minha vida parecer um sonho, um sonho que eu mesmo transformei em pesadelo por absoluta falta de competência em viver comigo mesmo. Eu começava a sentir vergonha por minhas queixas patéticas, meu desconsolo de menino bem-nascido, minhas lembranças dramalhudas.

Abri o vinho de sobremesa enquanto Celeste retirava os pratos, o momento do vinho era o meu momento naquela noite. Achei aquela meia garrafa no fundo de uma prateleira já quase vazia e nem verifiquei o preço. Era um rótulo que eu conhecia de um château que visitei na última vez que fui com Lúcia para o exterior, uma viagem deliciosa entre castelos e jantares, um melhor que o outro, por quase toda a

França. Coisa de gente casada, bem empregada e sem filhos. Gosto de comprar os vinhos dos lugares que conheci, me dá uma sensação de que o mundo que eu aprecio e com o qual sonho está por perto, ao meu alcance pelo custo de uma garrafa importada que vale por cada gota e lembrança dentro dela.

— Você ainda gosta da sua mulher?

— Gosto, muito. Mas acho que isso não basta para as pessoas ficarem juntas...

— O que é, então?

— Não sei. Acho que é ter os mesmo sonhos, os mesmos projetos, ou pelo menos admirar o sonho do outro, ficar feliz quando ele acontece.

— Ela não te apoiou nos teus sonhos?

— Sim, mas acho que o meu estoque de sonhos se esvaiu faz tempo. Acho que... acho que nós soltamos a mão em algum momento no passado e começamos a olhar cada um para um lado. É uma coisa difícil de entender. Talvez a gente não se amasse o bastante...

— Talvez o amor não precise de projetos...

— Nem sonhos?

— Não sei, acho que eu nunca me apaixonei de verdade, não sei dizer...

— Toda vez que quero me lembrar dos bons momentos lembro-me dela rindo. Nós riamos muito, éramos dois bobos risonhos. O amor é feliz, mesmo na desgraça o amor te faz feliz, te dá vontade de rir e fazer o outro feliz também.

— O amor então é uma piada?

— Não, mas te faz rir, te traz bem-estar, mesmo quando as coisas não vão bem.

Ela deu um sorriso miúdo e bebericou mais um pouco do vinho, já era o finzinho dessa garrafa também. O tema do amor e dos relacionamentos não era confortável para Celeste, e eu queria o seu conforto de volta, ainda que fosse tarde.

— Você queria ser bailarina...

— Não sei, era criança, fui fazendo...

— Você tem pernas de bailarina...

Ela me contou as histórias da amiga e muitas outras recostada no meu peito no meio de sua sala, os dois sentados ao pé do sofá. Ouvi tudo atentamente, como se aquelas histórias e aquelas pessoas sempre tivessem feito parte da minha vida e eu a estivesse reencontrando, era uma delícia ouvir Celeste, e estranhamente familiar.

Ela me convidou para dormir na casa dela, provavelmente com ela, mas recusei sem qualquer dúvida. Não queria ser seu irmão e nem seu amante, e essas eram as duas hipóteses que me ocorriam para estar naquela noite na mesma cama que Celeste, por isso resolvi ir embora. Deixei-a como quem sai da mesa com fome para evitar excessos, para continuar com vontade de conhecer melhor aquela menina que cruzou meu caminho de um jeito que eu ainda não sei se consigo aceitar como normal, mas estou tentando. Ela me trouxe até a porta e me olhou com ternura e alguma inibição, e eu a abracei demoradamente, me controlando para não beijá-la ali na saída. Lembrei-a do compromisso de me acordar para caminharmos na manhã seguinte, e ela concordou acenando com a cabeça. Eu fui para casa tentar dormir sem o beijo de Celeste, com a minha boca imaculada e a minha alma carioca tatuada pela sua lembrança.

Minha segunda segunda-feira no Banco estava sendo bem melhor que a primeira. A reunião da manhã foi tranquila, nosso tradicional **Monday briefing**. O PC estava descontraído, devia ter passado um bom fim de semana.

— O que é que você fez com o meu amigo João?

O Pellegrini, a quem eu só chamava pelo nome nas reuniões, estava surpreso com a mudança do meu semblante, finalmente tínhamos conseguido almoçar e ele queria saber o motivo da transformação.

— Você foi pro Rio, fez as pazes com a Lúcia?

Longe disso, eu queria contar a ele tudo o que me acontecera desde o almoço com Alice na sexta-feira, mas era cedo. Confiava no Nino até com certo exagero, mas não queria envolvê-lo, nem chocá-lo. Queria poder contar que Alice se vestiu para me seduzir, e que só não se despiu porque eu não quis. Ele achava Alice uma delícia e eu queria dizer que ele estava certo, ela era uma delícia mesmo, e que usava calcinhas brancas de seda, mínimas, indecentes, e que esfregou suas coxas grossas em mim sem a menor cerimônia, mas não falei nada. Não por ser um cavalheiro, nem por medo de um possível escândalo caso ele não fosse tão discreto quanto eu esperava, nem por Alice, nem por mim, que estava mais é querendo que o mundo soubesse que eu ainda existia como homem e que a mulher mais gostosa do Banco queria dar pra mim. Para falar a verdade não sei por que desperdicei essa oportunidade de contar vantagem e encher o meu amigo de uma saborosa inveja. Minha autoestima estava em franca recuperação, mas essa era só uma parte do que precisava ser recuperado. Enquanto Alice testava a validade dos meus hormônios até o limite, Celeste os confundia, estimulava outras partes que eu não conhecia ainda muito bem, questionava meus valores, desafiava meus credos.

— Você tá com cara de apaixonado...

Mal sabia ele que naquele momento eu estava revendo o significado dessa expressão, que experimentava sentimentos sem saber exatamente onde eles se encaixavam. Paixão, amor, amizade, tesão, desejo ... cumplicidade, admiração, respeito. É evidente que perdi a capacidade de identificar as coisas que sinto. Parece uma reabilitação, sentir alguma coisa, entender a qual compartimento da alma e do corpo ela se destina e reagir, expressar alguma coisa, devolver, trocar, me relacionar comigo mesmo e com mais alguém se for o caso, mas antes preciso sentir a mim. Deixar que o corpo fale sem remorso, sentir sem medo e sem culpa, permitir que as pessoas saibam disso e usufruir seja lá o que essa infusão de vida fresca puder me proporcionar.

— Você comeu alguém esse fim de semana...

— Não comi ninguém, você seria o primeiro a saber.

— Então fala o que aconteceu...

— Nada de mais, saí com uma menina que eu conheci.

— Mas já? Onde?

— No meu prédio...

— No seu prédio? Duvido, no seu prédio só tem puta...

Como ele sabia? Fechei o rosto na hora, ele percebeu e tentou consertar, mas já era tarde...

— Não vai me dizer que você já está caindo na gandaia, vai virar o rei do puteiro...

— Não é nada disso, nós só jantamos na casa dela...

— Só jantaram, mais nada...

— Conversamos, claro.

— Passou a noite conversando com a puta... preferia que tivesse virado o rei do puteiro.

Estava ficando irritado. Ok, aquilo era um papo de amigos, valia tudo, mas não gostava que ele se referisse a Celeste daquela maneira, nem gostava das insinuações dele quanto à minha relação com ela, embora fosse tudo verdade.

— Ei, não fica bravo, estou só brincando. Quem é a menina?

— É uma puta que mora no meu prédio, você tem razão, mas não estou envolvido com ela...

— Tem certeza?

— Tenho, é uma menina muito legal.

— E muito gata?

— Linda, uma princesa. Ela é que me disse que era puta, eu não teria percebido.

— Então põe na roda, passa o telefone dela...

— Não tenho o telefone dela.

— Não vai me dizer que está com ciúme? Pode deixar, eu não vou fazer mal a ela, devolvo inteirinha pra você...

— Não seja idiota...

O Nino se divertia, mas eu não. Era claro que aquela relação com Celeste me confundia e eu não sabia como superar isso, e não saberia tão cedo.

No caminho de volta ele mais uma vez mencionou Alice, de como ela estava linda e gostosa, e que estava no ponto de cair nos braços do primeiro esperto que aparecesse, mas não dava a menor chance para qualquer um do Banco. Quase abri a boca e mostrei para ele que eu não era o otário carente que ele estava imaginando, que eu estava só tentando me entender, me organizar, de preferência sem me envolver em novas confusões, mas logo vi que isso ia ser pior. Dizer que amarelei com Alice ia parecer ainda mais estranho do que passar a noite de conversa fiada com uma puta linda e, como toda puta, disponível. Calei minha boca e encerrei o assunto, a segunda-feira poderia ser ótima, mas o meu primeiro almoço com o Nino foi muito irritante.

Entramos no elevador e, como não podia deixar de ser para completar o assunto, demos de cara com Alice também voltando do almoço, que ignorou solenemente o meu boa-tarde e continuou sua prosa alta e divertida com o resto do povo presente. O Nino me cutucou maldoso, mas eu não estava em clima de brincadeira. Ela não se exibia como de costume, usava uma calça larga como nunca vi e os cabelos presos acusando falta de cuidados recentes. Embalado pela minha vaidade inflada senti uma ponta de culpa por essa repentina falta de viço e mentalmente ensaiei um pedido de desculpas, o que acabaria por me reabilitar ao posto de vítima de suas vontades futuras. O desejo por Alice se alinhava a todos os demais que me ocorreram nos últimos dias, não tinha a menor ideia de onde eles me levariam e que papel eu queria para ela na minha vida, e a única coisa que eu sabia não sentir era indiferença.

Ela saiu do elevador antes de nós sem se despedir, e isso confirmou a minha suspeita de mágoa. Fui para minha sala e pensei em ligar para ela, mas era muito impessoal e fazia aumentar minha sensação de covardia depois de ter passado o almoço destilando maldades em segredo, ela merecia mais de mim do que um simples telefonema. Levantei-me com a nécessaire nas mãos para disfarçar o propósito real do meu passeio por corredores não habituais, e encontrei Alice entretida com o celular. "Típico da Alice", pensei enquanto esperava em silêncio na cadeira em frente à sua mesa sem que ela me notasse. Ela antecipou o fim da conversa quando percebeu minha presença, era uma conversa tensa, quase me arrependi de ter ido lá naquela hora.

— Precisa de alguma coisa, João?

— Não, só vim ver se está tudo bem. Não nos falamos desde...

— Está tudo bem, João. Precisa de alguma coisa?

— Não, Alice. Só queria dizer que... Você está magoada, não queria que fosse assim.

— Huum... não, João, não estou magoada. Estou cansada. Meu pai está no hospital, passei a noite em claro...

— Eu não sabia, sinto muito. Posso fazer alguma coisa?

— Não, João, não pode, agradeço. Já vai passar, foi só um susto.

— Bom, ok. Então depois a gente se fala, melhoras pro seu pai.

— Obrigada. E parabéns pela viagem.

— Pelo o quê?

— O curso na Flórida, você sempre quis, não? Está em alta com o PC...

— Ãh... tá. Obrigado.

Saí meio confuso, muita informação ao mesmo tempo. Tentei voltar para minha sala, mas não consegui, minha assistente me achou pelos corredores.

— O Belisário está te procurando, quer falar com você.

— Ok, vou só escovar os dentes...

— Se eu fosse você ia agora, ele estava meio nervoso.

Não estou lá muito acostumado com essa coisa de sair correndo quando o chefe chama, mas, com a falta de discernimento que me acometia, simplesmente obedeci e entrei com nécessaire e tudo na sala do Chefe, realmente com cara de poucos amigos. Ele terminou de despachar com a secretária, e eu me sentei no sofazinho à sua frente, onde costumávamos conversar. Ela saiu, fechou a porta e ele não se levantou, fez sinal para que eu me aproximasse e sentasse na cadeira diante dele, a conversa ia ser dura. Ele começou a falar sem levantar os olhos dos documentos que estava assinando.

— Você podia ter me avisado, João.

— Do que você está falando, BC?

O Belisário já gostou de ser chamado de BC, mas pelo olhar que me dedicou esses tempos já passaram. Ele e o Paulo Couto, o PC, o presidente, já foram pares e amigos, num tempo em que o Belisário era cotado para ser o primeiro homem do Brasil no Banco. Ele era o cara de visão, o estrategista. Já teve o meu cargo e depois foi diretor de Marketing para toda a América do Sul e Caribe, um cargo bonito mas que nunca deu certo. Quando a cadeira número 1 vagou, ele tinha certeza de que seria dele, mas foi preterido e o indicado foi o PC, que era um homem da linha de frente, um vendedor nato e responsável por todas as áreas de negócios do Banco. Mais jovem, mais carismático e mais agressivo, deixou o experiente e cerebral Belisário literalmente chupando o dedo num cargo arranjado para acomodar as coisas, vice-presidente de operações, e desde então ele perdeu todo o brilho, deve se sentir injustiçado até hoje. É um cara seríssimo, estudioso, metódico, um exemplo de profissional. Sua paixão são as aulas, é mestre em Comunicação Social e leciona em mais de uma universidade, e acho que é daí que tira algum prazer da vida, pois pelo que me consta todo o resto está atolado em tédio.

— O PC te escalou pra aquele curso na Flórida e já tinha te falado.

— BC...

— Acho que eu mereço pelo menos lealdade, não, João?

Eu não sabia o que dizer, ele tinha razão. Tinha todo o direito de se sentir traído. Se a Alice já sabia, todo o mundo já deveria saber, e devem ter ficado sabendo ao mesmo tempo que ele, e isso deve ter sido humilhante. Ele pouco interferia na minha vida e nas minhas decisões, e competência não lhe faltava para isso, mas me tratava como a todos os outros diretores sob sua responsabilidade. Eu não tinha grande admiração pela sua visão de mercado, achava tudo meio clássico demais, formal demais, bem ao gosto do Banco, mas sua conduta era irrepreensível. Ele tolerou minhas desfeitas às suas propostas conservadoras com magnânima paciência e jamais as levou em conta nas suas decisões. Me prestigiava, sempre, eu deveria saber que esperava o mesmo de mim.

— Belisário, eu fiquei numa posição muito difícil...

— ...e optou pelo mais fácil, para não prejudicar seu benefício.

— Não vou discutir com você, mas nada é tão fácil. O PC me pediu para não comentar nada até que falasse com você, e foi o que eu fiz. Não imaginei que você ia se importar.

— Claro que não...

— Belisário, eu lamento que você se sinta assim, mas não sei o que dizer. É muito importante pra mim fazer esse curso, você nem imagina quanto. Não queria que isso se transformasse num drama, mas se você não se sente à vontade com isso...

— Você vai abrir mão dele? – me disse com um sorriso falso de desdém à minha frágil tentativa de parecer solidário.

— Eu não disse isso. Você quer que eu não vá?

— Não quero coisa alguma, João, não me cabe. O presidente decidiu por mim, não sou eu quem vai contrariá-lo, nem você. Bom proveito. Fale com o RH, eles vão te dar detalhes.

— Belisário...

— Depois a gente conversa, João, melhor assim. Boa tarde pra você.

Ele me acompanhou até a porta, derrotado. Eu não sabia o que dizer, nem me dei conta da nécessaire com a escova de dente esquecida sobre a sua mesa e que voltou no fim da tarde pelo malote, me obrigando a aguentar sem disfarce o gosto azedo que as conversas depois do almoço deixaram na minha boca. É engraçado como as coisas se acomodam na sua consciência quando você tem um bom motivo para isso. Não me agradava ser o pivô de uma experiência tão amarga para o Belisário, mas, fazer o quê? Não fui eu quem provocou isso tudo.

Voltei cedo para casa pensando em caminhar até o Ibirapuera. Escurece cedo no inverno, mas o clima já não está tão frio. Celeste me ensinou um caminho mais bonito e desimpedido para se chegar até o parque, e isso me parece o mais próximo que vou conseguir da minha qualidade de vida no Rio. Parece uma metáfora, mas andar não apenas me exercita e expulsa as toxinas do meu corpo, também me ajuda a pensar melhor, sem rodeios, como em terapia. Sinto falta da terapia, descobri cedo e por acaso, mas foi uma descoberta reveladora. Sinto falta de alguém para falar da vergonha que sinto de mim mesmo por ter me envaidecido pela sedução de Alice, me entusiasmado por um desejo que sequer valorizei quando devia. Sinto falta de alguém para me dizer que não devo me sentir culpado por ter aceitado sem questionar a oferta do PC, mesmo que não acredite ter faltado com respeito ou consideração a quem quer que seja. Sinto falta de falar sobre Lúcia, com quem eu partilhei minha vida por tantos anos e que agora vai se retirando como se não fosse importante brigar por isso, e por quem cada vez menos eu tenho vontade de brigar. Sinto falta do pôr do sol no Rio, com os pés na areia, mas gosto da cara das pessoas que se exercitam pelo parque à noite. Eles não estão aqui por acaso, pois não é fácil estar aqui, fica longe de tudo, mas eles vêm e mostram seus rostos que passam por mim enquanto eu ando sem rumo pelas alamedas mal iluminadas que cortam o parque. Ninguém vem para ver o mar ou os corpos bronzeados e desnudos em desfile, todos vêm porque precisam, porque é necessário se dedicar ao corpo e ao espírito em algum momento do dia e este é o momento que lhes resta, o início da noite sempre fresca e seca do inverno em São Paulo, onde as coisas parecem nunca acontecer ao acaso.

Voltei para casa pelo caminho mais curto e menos divertido, tentando chegar cedo na esperança de ver Celeste. Procurei por luz nas suas janelas, queria pelo menos ver o rosto dela, ganhar um beijo de boa-noite, quem sabe pegá-la desprevenida, saindo do banho. Meu corpo começava a reclamar a falta de um par, o que me parecia uma reação natural à melhora do meu estado de espírito, e em algum momento isso teria que acontecer, mas não era o que eu desejava agora. Queria falar com alguém sobre esse dia, quando me caíram às mãos os recibos das minhas recentes conquistas, mas não seria com Celeste. Ela não estava, ou já estaria dormindo, dava no mesmo. Estava tão vidrado que poderia passar a noite falando, melhor mesmo deixar baixar um pouco a ansiedade. A semana está só começando e eu começo a me sentir de novo no jogo, vou ter muito o que contar para Celeste e não precisa ser esta noite. Minha estada em São Paulo se torna menos provisória a cada dia que passa.

Tem uma mensagem do Nino no meu celular e outra no email. Lúcia também faz cobranças e me lembra de coisas que eu não quero saber em cada meio de que eu disponho, como a minha presença para o jantar na casa dos pais dela. Tenho recados da minha mãe, da minha irmã, até Alice me deixou um recado gelado no celular. Estou sendo procurado por todo o mundo que eu quero evitar por algum motivo, e quem eu queria que me procurasse não dá sinal de vida. Celeste nunca me ligou, só nos encontramos por acaso ou quando combinamos pessoalmente. Não sei o que isso quer dizer, mas sinto falta dela e de mais ninguém. Minha vida vai indo bem neste universo limitado entre o flat, o trabalho e o Parque do Ibirapuera, não me ressinto de coisa alguma e estou aprendendo a conviver comigo mesmo, só queria um pouco mais de Celeste na minha vida, percebo que ela faz parte desse processo de redescoberta dos meus desejos e vontades.

Sei exatamente o que cada uma dessas pessoas que me procura quer de mim, e não tenho a menor vontade de dizer a elas o que tenho como resposta. Elas não estão interessadas no que eu quero ou no que eu posso, mas sim no que elas pensam que eu devia dar a cada um, e parte disso é culpa minha. Eu sempre fui um bom par, sempre cumpri com o meu papel seja qual for a expectativa de retorno. Respostas consoladoras, companhia para um evento, apoio nas suas hipóteses cretinas, satisfação dos seus desejos e um corpo ereto para eventualmente dar vazão a eles. Todos ou quase todos se dizem solidários ao meu momento, e acham que me ajudam quando me incluem como cúmplices nos seus próprios desejos e planos, me salvando do tédio e da falta de rumo com suas propostas imperdíveis. Não quero abrir mão de ninguém, mas no momento a prioridade sou eu, que vou aos poucos reaparecendo na minha própria história. Quero me dedicar ao trabalho que homeopaticamente volta a me entusiasmar, a mim mesmo e a qualquer outra coisa que eu possa vir a descobrir que me faz bem como, por exemplo, Celeste.

Tenho me divertido quase sempre durante o trabalho no Banco, com a minha equipe, meus pares, minhas tarefas, mesmo com o mercado. Hoje foi minha primeira reunião com a Agência desde que cheguei, algo que dez dias atrás me faria suar frio só de pensar, mas que hoje foi excelente, uma das melhores de que me lembro. Cheguei a rir das piadas velhas do Silas, que visivelmente economizou nas metáforas, ou talvez eu me incomode menos com elas. Aprovei uma campanha surpreendentemente criativa, ousada, com algumas promessas falsas ou no mínimo exageradas, mas não vou pro inferno por causa disso. Está no meu job description que eu tenho licença para fazer vista grossa a algumas mentiras de vez em quando, e as nossas, convenhamos, não vão fazer mal a ninguém. Não se trata de esconder substâncias cancerígenas da fórmula nem roubar as economias de quem não tem, coisa que se faz por aí com o consentimento de gente publicamente séria. É estranho como nos acostumamos a mentir e não sentir culpa, desde que tenhamos uma boa justificativa profissional para isso. Estamos na terra do João sem braço. Defendemos bandidos porque a justiça é cega e todos fazem jus a ela, calamos diante daquilo com que não concordamos porque é um novo mundo onde a diversidade de opiniões e comportamentos tem que ser respeitada a qualquer custo, vendemos o que não presta porque é nosso trabalho, e cada um deve ser responsável pelas próprias escolhas. Não nos comprometemos com nada, mas criticamos o caos sempre que podemos, e cada vez nos sentimos mais confortáveis com isso. Eu, finalmente, estou tendo a minha vez. Minhas convicções não raro cedem lugar às conveniências num mundo onde a ética se esvaiu pela conta corrente de alguém, e cada um que trate de defender a sua. Estou pegando leve, nem pode ser diferente para alguém que tem ímpetos de carinho e admiração por uma puta. Estou revendo meus credos, sucumbindo a desejos profanos. Pode ser que haja espaço para um pouco menos de escrúpulos bem antes de ser considerado um cafajeste, e que meus valores possam ser revistos sem que eu necessariamente me torne alguém moralmente pior. Pode ser que a minha moral não seja exatamente a melhor referência possível. Tenho que apostar nessa dúvida para conseguir viver em paz comigo mesmo.

Ainda que eu me sinta nessa fase de evidente espaço para questionamentos, é bom conseguir apoio para as ações mais ousadas, e vou mostrar a campanha para o PC assim que ele conseguir me receber nesta tarde, o Belisário já disse que não precisa ver. Não sei se isso quer dizer que ele confia em mim ou se me excluiu de vez do rol das suas responsabilidades, mas estou achando bom, o PC é bem mais ousado nestas coisas e vai me dar menos trabalho, só espero que não demore. Hoje, quero tentar chegar ao parque ainda com a luz do dia, vim preparado para isso e vou direto daqui se der tempo.

— Pode subir, João, você tem quinze minutos.

Ótimo, não preciso nem de cinco, quanto menos tempo melhor, menos discussão. Cheguei e fui entrando, ele me esperava no sofazinho, lugar das conversas mais leves. Ele olhou tudo por alto, fez uma ou duas perguntas quanto à veiculação, quis saber quanto eu ia gastar, se tinha verba no budget, sorriu e consentiu, também achava a campanha boa. Eu sorri aliviado e já me preparava para sair quando ele me surpreendeu com a pergunta:

— Sua conversa com o Belisário não foi das melhores...

Ele se referia à viagem, claro, e chamou de conversa aquele transtorno pelo qual eu passei na sala dele.

— De fato, ele não ficou muito feliz com a história, até me surpreendeu um pouco...

— Não se surpreenda, nem se preocupe, eu já esperava isso. O Belisário está num momento difícil, é preciso ter um pouco de paciência, mas, se você se sentir muito pressionado, fale comigo, as coisas têm que prosseguir em calma.

Saí um pouco admirado com o que ele me disse. Gosto do apoio que ele me deu, mas não sei como ele ficou sabendo do tom da conversa, e achava estranho ele me passar essa informação sobre o estado de espírito do Belisário, meu chefe e subordinado dele. Era uma situação desconfortável, mas eu estava entusiasmado demais com a viagem para me preocupar com isso, faltava exatamente uma semana para embarcar, o voo estava marcado para a manhã da próxima quarta, eu tinha ainda que providenciar algumas coisas, e isso incluía uma viagem ao Rio no fim de semana.

Na minha mesa mais dois recados: o RH com os detalhes da viagem e Alice, de novo, para retornar no celular dela. Primeiro os prazeres, o RH e a viagem são prioridade, depois essa confusão de Alice que eu já não sei mais onde vai dar, mas que merece resposta. Ela atendeu de imediato, estava no trânsito falando com aquela traquitana sem fio, e com a voz um pouquinho só mais doce do que no nosso último encontro.

— Como está seu pai?

— Melhor, obrigada. Já foi pra casa.

— Está de bem de mim?

— Não se faça de bobo...

— Eu estou te devendo um almoço, ou você prefere um jantar?

— Você não me deve nada. Eu não te dei nada, nada você me deve. Deixe de ser sonso, eu não te liguei pra isso.

— Nossa...

— Deixa eu te falar rápido, não vou poder demorar muito, mas é importante você saber.

Ela me deu detalhes do almoço em que o PC contou para o Belisário sobre a minha viagem. Foi no refeitório, uma mesa grande, tinha uma meia dúzia de pessoas. Ele contou como se não fosse nada de mais, um fato consumado, mas pelo jeito foi assim que o Belisário ficou sabendo, a cara dele foi de espanto, dá até para imaginar...

— Puxa, eu não sabia...

— Eu imagino, queria te falar, mas você ficou fugindo de mim...

— Não fugi não, foi coincidência...

— Sei. Enfim, era isso. Não sei como você foi avisado disso, mas só queria te dizer para tomar cuidado, acho que você está no meio de uma briga particular, pode acabar sobrando...

— Estou vendo, não imaginava tanto...

— Pois é, tome cuidado. Tenho que desligar. Tchau!

— Tchau...

— Um beijo...

— O quê?

— Nada! Estou te mandando um beijo, João...

— Ah, tá! Um beijo pra você também...

Desligou irritada, para variar, e me deixou perplexo. Estava de inocente nessa história, acreditando na dedicação do PC ao meu futuro. Idiota. Logo agora que eu estava voltando a me entusiasmar com o trabalho, acreditando no Banco, me acostumando com as pessoas e com esse joguinho medíocre de interesses. Bobagem. Sou só uma parte descartável disso, uma pecinha pequena e a serviço de uma vontade pequena também, de alguém que deveria pensar grande e pairar acima desta lama toda, mas o meu papel é não fazer alarde. Custo a acreditar que o PC seja capaz de fazer uma coisa assim apenas para minar as forças do Belisário ou a quem quer que seja, mas é bom pôr logo os pés no chão. Me deu vontade de falar com o Belisário, pedir desculpas, oferecer para que ele vá no meu lugar. Coisas idiotas como essa passam na cabeça de alguém que tem vergonha do que fez, que acha que cometeu uma injustiça mesmo que seja sem querer, por ingenuidade ou burrice, pois a ética eu já vi que está indo para o ralo a galope.

Fechei minha sala e fui para casa, desisti do parque, fiquei péssimo com essa história toda em pleno momento de recuperação da minha fé no Banco e na vida corporativa. Toquei para o flat sem nem pensar já no comecinho da noite, e da porta da garagem vi a luz acesa na janela de Celeste. Pensei duas vezes antes de subir para falar com ela, meu desânimo era grande, resolvi interfonar e a convidei para comer alguma coisa mais tarde, não queria ficar preso naquele apartamento e me afundar em culpa. Ela tinha alguma coisa para fazer, mas combinamos de nos encontrar às nove na pizzaria. Ótimo, relaxei meus músculos na água quente da banheira mais uma vez e, às nove em ponto, estava sentado e esperando onde combinei. Ela não demorou nem cinco minutos, chegou sorrindo e com uma sacolinha na mão. Me deu um de seus beijinhos molhados na bochecha e sentou-se sem cerimônia ao meu lado, ignorando o prato posto à minha frente na mesa pequena e forrada de xadrez.

— Tava com saudade de você...

— Então por que não me ligou?

— Ah, não sei, não tenho esse hábito... prefiro que me liguem.

— Por quê? Pensei que você quisesse ser minha amiga, as amigas ligam pros amigos, sabia?

— Eu sei, desculpe, é que eu nunca ligo pros caras, não se faz isso, eles é que ligam pra gente. Eu sei que com você é diferente, mas ainda não me acostumei. Da próxima vez eu ligo.

Como sempre ela olhava nos meus olhos bem de perto e esquentava o meu rosto com o calor daquela boca miúda, me acalmando com a sua presença entorpecente. Mais uma vez ela me contava o que tinha se passado sem tropeço nem dúvida, mesmo que isso significasse uma declaração explícita da sua condição humilhante de mulher a serviço da vontade de quem a contratasse, mas essa era a verdade e ela não fugia dela, e nem a escondia com eufemismos.

— Eu também senti saudade, mas parecia que você não estava em casa esses dias.

— Andei chegando tarde, semana bem chata... Faturei bem, mas

tive que aturar uns caras nojentos, decidi me dar uma folga hoje, encerrei o expediente mais cedo.

— Simples assim?

— Sim, simples assim. E você?

Pela primeira vez falei um pouco mais do meu trabalho para Celeste, contei das coisas boas e das descobertas desagradáveis dessa tarde. Não falei ainda de Alice, não sei por que, mas escondi dela como se esconderia de uma namorada. Eu queria ter coragem para dividir isso com ela, falar do que tem acontecido, minhas supostas conquistas, meus prazeres voltando aos poucos, minhas decepções. Dizer que ela me inspirava, que eu estava tentando me transformar em alguém como ela, capaz de aceitar minha vida como ela fazia, sem ignorar as fraquezas nem deixar de aproveitar as coisas boas por mais bobas que parecessem.

— Essa viagem devia te deixar feliz.

— Já me deixou muito feliz, mas agora está me chateando um pouco, eu não acho justo com o cara.

— Acho que você se sente culpado...

— Talvez, acho que sim... Mas não acho que tenha feito alguma coisa errada.

— ...talvez não seja culpa então. Talvez você se sinta mal por não gostar das coisas do jeito que acontecem e achar que um dia podem fazer isso com você também...

— Você está dizendo que eu estou com medo.

— Acho que sim, ou só desanimado com o que tem pela frente... me passa por favor o azeite?

Ela tinha razão, de novo, com a boca cheia de pizza e os olhos cada vez mais verdes, ela cuspia a realidade que eu teimava em ignorar sem se preocupar com contornos. Alguma coisa nessa vida a ensinou a ver atrás dos olhos de qualquer um. Ela cheirava a verdade como um bicho no mato escuro e me contava, como se eu não fosse capaz de entender as coisas que acontecem com a gente todo dia. Sim, eu tenho medo dessa vida na qual estou enfiado e das coisas às quais me submeto todos os dias em nome de uma expectativa de futuro brilhante. Eu tenho medo de dar de cara com alguma coisa que não vou conseguir fazer mas terei que fazer, e de como vou reagir quando isso acontecer. Minhas opções me encaminhavam para um conflito pessoal insolúvel, mas o único jeito de continuar vivendo neste momento era ignorar isso, e a sinceridade incontrolável de Celeste me desafiava a continuar esse plano.

— Você nunca sente medo, Celeste?

— Todos os dias. Toda hora. Se eu não sentir medo, eu morro.

— Por quê? Masoquismo?

— Claro que não, essa tara eu não tenho, mas eu sinto medo, e acho que isso me ajuda a tomar cuidado, a não me expor mais que o necessário.

— Huumm... Vai me dizer que você também não sente vergonha de nada?

Eu estava irritado, na verdade humilhado pela facilidade com que ela expunha as fraquezas que eu tentava esconder e declarava as dela sem o menor pudor.

— Ninguém vive a vida inteira com vergonha, João, não consegue. Vergonha paralisa quem tem consciência, só se não tiver...

— Então você não sente vergonha do que faz? Nunca?

— Não, acho que não, quase nunca... Posso não me orgulhar, mas vergonha não sinto. Não tenho por que sentir, não sou a única no mundo que tem que fazer alguma coisa sem a aprovação dos outros pra poder viver... mas eu sei qual é o meu papel, e sei o que posso esperar disso. Fui eu que escolhi fazer isso, João, e até me divirto na maioria das vezes. Eu sei aonde isso pode me levar, não tenho do que me envergonhar...

Celeste não mentia, eu não me conformava com isso, mas ela não mentia, ela sabia o que estava dizendo, eu não, e isso me parecia muito injusto. Por que é que ela, que se conhecia tanto e tinha tanto domínio sobre as coisas, foi parar numa vida daquelas? E eu, que me entendia tão preparado e era tão bem amparado pela vida, vivia num buraco escuro, não enxergava sequer o suficiente para perceber o benefício de se viver com suas próprias escolhas e não com as entregas prontas do acaso. Eu estava constrangido com a minha própria estupidez, enquanto ela, pensando me incomodar com sua lucidez, se enroscou no meu braço como um bichinho. É muito provável que não lhe trouxesse conforto aquele papel de guardiã da verdade, ela só queria um par, um amigo, um namorado, qualquer coisa diferente daquelas relações estúpidas que tinha que encarar todos os dias e que, por algum motivo, merecesse o seu carinho.

— A minha vida te assusta, não é?

— Eu não sei... na verdade eu nem imagino como seja a sua vida, mas eu cresci acreditando que era um jeito errado de se viver. O que me assusta é que estou descobrindo que, se tem alguém vivendo uma vida errada aqui, esse alguém sou eu.

— E qual é o jeito certo?

— Não sei, mas deve ser um que não te faça sentir esse desconforto que sinto quase o tempo todo. Eu não me sinto parte de nada, das coisas que faço, dos lugares que frequento, eu não respeito as pessoas com as quais trabalho, não tenho a menor admiração por elas e não acredito nas coisas que eu vendo também...

— Você está só decepcionado, acha que eles foram injustos, e que você foi injusto também...

Celeste não tem noção do impacto que as coisas que ela diz causa em mim. Eu estava assustado com a velocidade com que a minha confusão se traduzia em respostas cada vez que eu a via e com a sensação de bem-estar que ela me proporcionava mesmo quando me confrontava com a minha vida medíocre. Com ela, minha identidade ficava cada vez mais óbvia, mais inquestionável. Eu me sentia melhor reconhecendo nas virtudes dela os meus defeitos, minha mesmice praiana e a inércia a qual me submeti nos últimos anos. Em vez de lutar contra as coisas que me incomodavam, eu desliguei minha sensibilidade para não ter que pensar nelas e as assumi sem aceitá-las. Subjuguei meu espírito, minha vontade, omiti meus desejos em favor da minha convivência mansa com tudo e todos os que me cercavam. Eu entreguei minha alma ao projeto de vida de alguém e estava finalmente me dando conta disso, uma sensação que vinha aos poucos, como se eu retornasse de uma longa anestesia e estivesse retomando meus sentidos um a um no meio daquele salão onde o som dos talheres ecoava. A pizzaria vazia daquela quarta-feira parecia reconhecer minha necessidade de privacidade e reflexão para retornar à vida, ninguém nos incomodava. A pizza esfriou na fôrma, os copos se esvaziaram, o garçom nos olhava de longe mas não se atrevia a intervir no nosso aconchego.

Acabamos de comer e permanecemos ali, quietos, quase imóveis. Eu ruminava minhas confusões e Celeste alugava meu peito e braços em silêncio, se aquecendo e se abastecendo de alguma coisa que eu não sabia se tinha para dar. Nós completávamos um ao outro de modos distintos, mas ainda não conseguíamos perceber isso, estávamos imersos em nossas próprias buscas, e pelo menos a minha era uma sequência de surpresas e sentimento de perplexidade. As mesas a nossa volta se esvaziavam, mas um casal de japonesinhos entrou e se acomodou a uns dez passos de nós, certamente também queriam alguma privacidade. O rapaz respondia às perguntas da namorada com indiferença, e fez o pedido sem perguntar o que ela queria comer. "Como tem japonês em São Paulo", pensei. Japonês, chinês, coreano, não consigo saber a diferença, mas eles estão por todos os lados, e ficam bravos quando a gente confunde as nacionalidades, como se fosse nossa culpa eles terem nascido tão parecidos. No Rio são tão poucos, é quase raro, se diluem na cidade. A japinha insiste em puxar conversa, o namorado disfarça e olha para nós, desvia o olhar quando eu percebo, mas está fascinado com Celeste, e me imaginando um cara de sorte por ter uma namorada tão jovem e tão bonita. A sua é meio gordinha e usa uma roupa que mais parece um pijama, não inspira o menor desejo. Deve ter inveja de mim, imagina que quando tiver a minha idade vai também conseguir uma namorada bonita e deixar essa japinha em casa cuidando de um punhado de filhos de olhos puxados enquanto ele busca prazer para aguentar a rotina, e isso deve ser um ideal de futuro. Eu atiço a sua inveja, beijo a cabeça de Celeste, aperto sua mão miúda sobre a mesa e aliso seus cabelos escuros e muito lisos, mas tenho vontade de dizer a ele que ouça sua inveja e reaja. Que deixe agora esta japinha na casa dela se não está feliz e vá procurar alguém que o faça ter vontade de sorrir quando o olha, e que ele tenha a mesma vontade de escutar e abraçar em público como ela tem, mesmo numa pizzaria vazia no meio de semana, mesmo que esteja usando uma roupa que parece um pijama.

    Fomos para casa a pé e em silêncio pelas ruas frescas de Moema, cruzando com os manobristas e porteiros, resvalando nos carros mal estacionados na porta dos bares. No elevador, Celeste pede para ir ao meu apartamento, eu não discuto nem me surpreendo, e tento não pensar no que ela quer com isso.

Ela pede para usar o banheiro, eu vou até cozinha e bebo um copo d'água. Ela sai e ri da absoluta ausência de mobília, eu acho graça, mas estou cansado, e ela mais uma vez dá as ordens. Nós vamos ao meu quarto.

— Tomara que você esteja com uma daquelas cuecas novas...

Fiz o que ela mandou e me deitei de bruços, só de cueca, na cama ainda por arrumar da manhã. Ela afasta as cobertas, se despe do tênis e das calças justas. Eu me viro para finalmente ver seu corpo seminu, ela me repreende brincando e enterra meu rosto na cama.

— Bundinha mais branca, você tem certeza de que é carioca?

Ela apaga a luz do quarto e acende um abajur velho na cabeceira, a primeira vez que ele funciona desde que eu passei a habitar este cubículo. Ela ainda não tocou em mim, mas eu me preparo para o melhor, que ela faça o uso que quiser dessa nossa história e decida por nós dois, eu já não sei mais o que pensar ou querer, mas me opor a isso seria uma insanidade. Já me obrigo a tanta coisa de que não gosto e nem quero, este é um bom momento para não oferecer resistência.

Eu fecho os olhos, ela sai da cama. Abre uma torneira no banheiro, eu ouço cada passo, cada movimento, meu estado de relaxamento e de absoluta entrega atiça meus sentidos como há muito não consigo. Ouço a torneira fechar e o barulhinho dos últimos pingos, os passos de Celeste pela casa, ela procura alguma coisa. Volta ao banheiro. De olhos fechados, eu tenho a sensação de estar num filme, quase a vejo passeando descalça, tentadora. Ela volta ao quarto com algo nas mãos, se acomoda na cama e reclina-se sobre mim encostando o rosto na base da minha coluna, faz pressão com as mãozinhas aquecidas. Beija e me arrepia as costas nuas, deixa sobre elas algo morno e quase úmido, uma toalha, dobrada. Toca meus pés e os massageia com outra toalha igualmente quente e úmida. Vou ficar sem toalhas secas, mas não importa. Ela afasta minhas pernas e as percorre com as pontas dos dedos provocando arrepios de prazer e conforto. Abandona as toalhas no chão e palmeia meu corpo com sabedoria, explora os cantos vazios. Descobre metros e metros de pele abandonados por anos, virgens de atenção, carentes de cuidados. A velha carcaça agradece com ondas de vibração que me aquecem, emocionam. Ela continua me tocando leve e habilmente com as mãozinhas, cabelos, lábios. Sinto as pontas pequeninas e rijas dos dedos de Celeste me percorrendo as costas até a base da coluna. Fico excitado, meu pau cresce e me embaraça. Celeste percebe minha confusão e me abraça, me conforta, consola meu corpo que treme, tentando comportar uma convulsão de emoções que brigam para ocupar de uma só vez um espaço que abandonaram por muito tempo. Eu não resisto e deixo brotar uma lágrima, envergonhado mas protegido, adorado, velado por Celeste, que me aninha enquanto eu esgoto meu choro tímido, sentindo cada centímetro do seu corpo em minhas costas, provocando minha vida adormecida com sua beleza descabida e vigorosa. O rosto de Celeste se encaixa no meu ombro, ela me beija carinhosa, e ficamos assim, encaixados, em silêncio. Ainda excitado, embaraçado e sem controle sobre o que sinto, busco as mãos de Celeste que me abraça cúmplice. Eu relaxo bem devagar ouvindo a respiração dela resvalar no meu pescoço e adormeço exaurido, aquecido pelo seu corpo vigilante preso ao meu como se nunca dali tivesse saído.

Dormi horas de um sono profundo, o mais revigorante desde que cheguei a São Paulo. Acordei com o despertador, sozinho, ela já tinha ido. Deixou um bilhete em cima do balcãozinho que separa a sala da pequena cozinha:

*"Boa viagem, e boa sorte"*

Procurei um copo de leite na geladeira, bebi em goles grandes e lentos, lendo e relendo aquele bilhete mínimo. "O que será que ela imagina que eu vá fazer para precisar de sorte?" Não consigo pensar em nada além do óbvio, resolver minha vida com Lúcia de uma vez por todas, ainda que não saiba exatamente como fazer isso. Dizer a ela que nós ainda temos tempo para viver uma vida plena juntos, separados, amigos, amantes, casados, não importa, mas que não faz sentido não viver, prolongar esse acordo surdo de ver o outro envelhecer em silêncio. Nestes últimos dias vivi mais emoções do que em todo último ano, fui da frustração à excitação diversas vezes, desejei e fui desejado, voltei a sentir o gosto da vida, o medo de errar e o prazer sensual de ganhar, não dá para fingir que não aconteceu nada. Eu me sinto no jogo de novo, e estou entusiasmado com a possibilidade de voltar a ser um participante ativo nele.

Este sempre foi o meu canto preferido na casa. **Minha poltrona de couro velho**, minha janela, minha réstia de vista para a Lagoa. Abri mão de uma taça de vinho agora, como seria de costume. Nunca associei álcool aos momentos difíceis, e esta não vai ser uma noite fácil. Não é um momento de conforto. Sinto-me um estranho em minha própria casa, que já não me reconhece. Não achei meus chinelos, minhas revistas, parece que ela já se desfaz de mim. Minha assinatura do *Jornal do Brasil* deve ter montado pilha por alguns dias e se transformado num monumento à minha ausência. Sumiu, não acho nada, mas é compreensível, acho que eu faria o mesmo.

Lúcia está calma e isso não me surpreende, talvez ela saiba o que fazer nesta hora, as mulheres são melhores nisso. Toleram mais a dor, mas odeiam perder, preferem engolir qualquer coisa agora e sair por cima, deixam para desabar fora da área de conflito. Já está no banho faz uns trinta minutos, mas a ocasião não pede tantos cuidados, só um jantar na casa dos tios dela, deve estar tentando se acalmar embaixo do chuveiro. Eu gostaria de estar tenso também, mas não é isso que se passa comigo. Minha sensação é que já sei o final disso tudo, só não sei o que vai acontecer antes de chegar até ele. Apatia, essa é a palavra que me ocorre, o pior dos males. Tenho um desprezo patológico por gente apática, mas me parece que é isso. Um estado letárgico, quase uma hibernação dos sentimentos em defesa própria como se eu desejasse me poupar, mas não desejo, juro que não. Queria muito entender o que aconteceu, não me parece possível seguir adiante sem passar por isso, e eu quero seguir adiante, rápido.

Sinto-me cada vez mais longe da minha vida pregressa, e entendo como pregressa qualquer coisa antes de duas semanas atrás, mais exatamente daquele primeiro domingo frio e chuvoso no flat em Moema. Isso ficou bem claro hoje à tarde na fila da ponte aérea. Não me lembro de outra vez em que tenha feito esse voo sem brigar por um assento na janela. Centenas de vezes, idas e voltas, sempre fiz questão de uma janelinha. Nunca me cansei de ver a paisagem, as praias, os morros, os bairros do Rio, mesmo as praias do Litoral Norte em São Paulo, entre Santos e Ubatuba, as conhecia de cor sem nunca ter posto os pés nelas. Sabia a sequência dos movimentos do avião, conhecia as rotas, as manobras de decolagem, me arrepiava só de pensar na curva para descer no Santos Dumont e cair de barriga na Baía de Guanabara, mas hoje não foi assim, pela primeira vez. E daí se não visse as praias? Quarenta, cinquenta minutos de voo, e daí se me acomodassem entre dois gordos suarentos?

Minha primeira ideia foi de que o Rio tinha perdido a importância para mim, e isso não é uma coisa boa de pensar. Tudo o que eu tenho e o que fiz está aqui, bom ou ruim está aqui, foi aqui. Ainda que para as grandes empresas já não seja mais o centro do universo sul-americano, nem para os artistas o primeiro e grande palco. Ainda que a bandalha impere, que a falta de trabalho nos faça fugir para outros centros, minha breve e banal história de vida está aqui. Não me sentir parte disso é apavorante. Não ter vontade de voltar à minha própria casa é triste, me dá medo de tão triste. Sinto saudade da praia, só, nada mais que isso. Sentar na areia grossa e sentir o cheiro do mar do Rio, único, inconfundível. No Rio de Janeiro o mar cheira a água-viva, peixe fresco, tatuí, sarnambis esmagados pelos pés pretos dos vendedores de mate e biscoito de polvilho. Cheira a copertone besuntando o corpo da cariocada vadia, se exibindo a qualquer hora de qualquer dia, seminua como se essa fosse a forma natural de se mostrar ao mundo, ofertando desavergonhadamente suas estrias, suas coxas morenas. A praia me resgata e me conforta. A praia barulhenta e quente do Rio me conforta, e teria ido direto até ela se pudesse, se desse tempo, mas não deu. São Paulo me segurou um pouco mais e eu perdi a chance de molhar os pés e sujar a bunda de areia antes de vir para casa e encarar esta noite de decisões inevitáveis. Por sorte cheguei antes de Lúcia, e ainda tive tempo de me experimentar em meu antigo habitat e constatar o quanto já não faço parte disso. Por um momento cheguei a pensar em bater na porta do meu próprio quarto com medo de perturbar alguém em cena de privacidade. Foi um reencontro estranho, estava preparado para algum rancor, uma cena de ciúmes, qualquer coisa. Ela me viu já de banho tomado e calça de pijama, a única que encontrei no mesmo lugar.

— Deu mofo no armário, tive que mexer em tudo...
— E os jornais?

— A assinatura venceu, não renovei. Não leio. Se você quiser eu renovo.

— Não, não precisa.

— Você não vai voltar...

— Não, não vejo como. Você vai pra lá?

Ela sorriu e me deu a mão. Nos abraçamos, por muito tempo, como numa despedida. Havia muito o que falar, mas nada me ocorria, acho que a ela também não. Lúcia me lembrou do jantar, pediu para que eu fosse também e eu não discuti, mas não estava com vontade de fazer isso, e nem de mais nada. Agora ela se demora ainda mais no quarto do que no banho, muito mesmo. Imaginei que estivesse caprichando para o nosso último encontro, ou o último compromisso juntos, para que guardasse dela uma imagem espetacular, insuperável, vaidade de mulher, natural, competitiva.

— Estou pronta.

Nada. Nenhum capricho. Mal secou os cabelos, pôs um jeans e uma blusinha por cima, quase nenhuma maquiagem. Parecia abatida, mas empenhava energia para se recompor e me apressou para sairmos logo, o jantar tinha hora.

— Como é o apartamento novo?

— Um flat em Moema, nada de mais.

— Vai ficar lá?

— Acho que sim, nem pensei nisso. Foi tudo tão rápido.

É verdade, nem cogitei de procurar lugar melhor. O cubículo estava me servindo além da conta, mas era um sinal estranho tanto para Lúcia quanto para o Banco. Se a minha estada em São Paulo fosse definitiva, eu já deveria estar pensando em algo melhor, mas não estava.

— Você já falou com seus pais sobre nós?

— Não, não sei se há alguma coisa para falar por enquanto. Você falou?

— Sim, falei com a minha mãe, e ela falou com o meu pai. Eles estão preocupados, é bom você saber...

Que saco, boas chances de um draminha na noite, tudo o que eu não queria. Achei que ia ser só a conversa morna de sempre e umas cervejas pra relaxar, mas pelo jeito vai ser um pouco mais chato. Não entendo a pressa em dividir isso com a família, não sei se é excesso de senso prático ou algum tipo de pressão para nos pôr à prova, ela parece querer uma solução o quanto antes, seja lá qual for, e tem muito mais urgência disso do que eu. Eu não tenho a mínima pressa. Também não sei se isso é o normal, mas é assim que me sinto. Talvez me falte desejar algo novo, e neste momento eu não desejo nada. Se isso acabar eu não sei o que começar, e estar casado não está me impedindo de coisa alguma, nunca me impediu. Acho que mais uma vez alguém vai tomar a decisão por mim e me devolver ao mundo dos solteiros sem me perguntar o que eu acho, e sem se importar em saber se eu estou ou não pronto para isso. Senti um frio na barriga de repente.

O jantar acabou cedo e a noite também, não houve drama, apenas um abraço demorado da sogra, que me olhou nos olhos e segurou um choro como se nunca mais fosse me ver. Seu Gustavo me chamou de filho como sempre e bateu com a mão pesada no meu ombro repetidas vezes, e foi só. Comemos, bebemos e enxugamos uma garrafa velha de licor de jenipapo, só por graça. As irmãs de Lúcia não foram, apenas uns primos, tios, foi melhor. Prefiro não acreditar que foi uma despedida não premeditada. Gostando ou não, esses caras são um pedaço importante da minha vida, e é muito estranha a sensação de que não vou mais vê-los, como se tivessem morrido, ou como se já tivéssemos formalizado alguma coisa e determinado uma ruptura severa. Meu passado está se desprendendo de mim, mesmo aquele que não rejeito e que não faço questão que se vá, mas não tem jeito. Parece que é dessas coisas que não dá para se desfazer só das partes que você não quer mais, é tudo ou nada, e eu vou sentir falta desses encontros, da lasanha amargosa de berinjela, dos vinhos baratos guardados como um segredo na adega do seu Gustavo, dos fins de semana em Teresópolis. Eu não pedi isso, não preciso ser tão livre assim.

Voltamos para casa quase calados, trocando comentários bobos para preencher o vazio. Deitamos na mesma cama de sempre e sem beijo de boa-noite, como nunca. Dormi pesado e acordei sem saber o que fazer, sozinho. Lúcia já não estava. Sentei-me na beira da cama absolutamente sem planos, não tinha a menor ideia de como ocupar aquele sábado. Meus pais não estavam no Rio, e não me ocorria visitar quem quer que fosse. Nada para comprar, nada para resolver, nenhuma providência a tomar. A casa já não era mais minha e eu não tinha mais que me preocupar com ela, e esse foi o momento exato em que percebi que havia acabado, e acabado alguma coisa além do meu casamento. Lúcia chegou logo com pães e outras coisas da padaria, nós sempre gostamos de tomar longos cafés da manhã nos fins de semana. Ela preparou a mesa com capricho e, como não tinha mais o *Jornal do Brasil* à porta, conversamos.

— Acho que nós precisamos resolver algumas coisas.

— Sim...

Ela não parecia mais tão decidida, estava triste. Eu também estava. Nós não deixamos de nos amar, só não conseguíamos mais achar felicidade um com o outro, e aquele café da manhã sem assunto era só mais um exemplo disso.

Resolvi dar uma volta na praia, e ela ficou. Era cedo, as ruas estavam vazias, o céu nublado. Desisti rápido da praia, não estava me fazendo bem ficar olhando para o mar e vendo o passado sem dar atenção para o que estava acontecendo. Lúcia precisava de mim, ela não estava bem e eu sentia que isso seria mais fácil para mim, a minha catarse era maior e eu já estava ciente e provavelmente no meio dela, o fim do casamento era só uma parte do processo, talvez até a menos complicada, pelo menos isso uma hora tem um fim, sacramentado em documento inclusive, não dá para ter dúvida. Fui até a banca de revistas e já não tinha mais o jornal, tão cedo... Passei pela portaria com a sensação clara de que seria pela última vez. Cumprimentei o Severino tentando ver um olhar especial de despedida, afinal foram oito anos no mesmo prédio. Ele balançou a cabeça me retribuindo o cumprimento como sempre e apertou o botão para abrir o portão já olhando para o outro lado, nenhuma atenção especial, óbvio. O mundo não sabe que o meu casamento está acabando, não sabe e não se importa. Entrei em casa procurando por Lúcia, mas esbarrei com duas caixas de papelão montadas e lacradas e algumas malas largadas pelo corredor. Encontrei-a esvaziando um armário, nem me notou, já devia estar preparada.

— O que é isso?

— Minhas roupas...

— Eu sei, mas já? Para que tanta pressa?

— Você quer esperar o quê, João? Tem algum plano, vai mudar de ideia?

Ela resolveu ir para a casa dos pais. Talvez o medo fosse maior que a certeza da decisão, mas ela precisava fazer alguma coisa, não ia ficar na dependência das minhas reflexões sobre a vida. Eu não tinha mais ajuda alguma a prestar, nem ela queria, eu é que não percebi. Estava tudo resolvido, só nos restava dividir as coisas e as tarefas. Procurar um advogado, vender o apartamento, ela não queria mais morar lá, eu não tinha certeza, mas achei melhor concordar. Ia ser rápido, sem filhos, nem cachorro nem nada. Tínhamos lembranças registradas em fotos, filmes, discos.

— Pode pegar o que você quiser...

Ela não queria ficar com nada, e eu com muito pouca coisa, talvez com as nossas fotos. Eu estava assustado com a velocidade desse fim, e naquele momento as fotos me pareciam uma garantia de que essa vida não seria apagada. Ela saiu arrastando uma mala bem grande pelos corredores do prédio, nem conseguiu olhar para trás.

— Tchau João, boa sorte.

— Tchau...

Custei a acreditar que tudo o que tínhamos a dizer um para o outro era "tchau", além de meia dúzia de coisas para dividir. Ela nem fechou a porta, e eu me demorei diante dela parado, imobilizado, parecendo não perceber o que estava acontecendo. Dez anos vivendo juntos, dormindo e morando juntos, dividindo planos e sonhos, problemas, conquistas, e de repente não tínhamos mais nada a dizer um para o outro. Nada justificava isso, nada, nem a maior dor do mundo. Não conseguimos ser melhores que ninguém nesse final quase infantil. Eu estava chocado, provavelmente com o nosso fracasso, nossa deselegância e incompetência quando encaramos o fim. Nossa relação exemplar não nos serviu para coisa alguma quando precisamos dela para resgatar sua própria relevância. Olhei para as prateleiras cheias de livros e CDs, porta-retratos, vasos sem flores, e da mesma forma que Lúcia as deixei intocadas, quem sabe um dia voltaremos e escolheremos alguma coisa para nos acompanhar daqui pra frente. Hoje não deu, faltou coragem ou sei lá o quê. O nosso amor e tudo mais que construímos foi derrotado por um vazio avassalador e doloroso, mas estou assustado demais para chorar. Por um minuto me vem aquela sensação do meu primeiro dia no flat em São Paulo, não faço mais parte disso e não sei o que estou fazendo aqui. Minha tristeza se transforma subitamente em aflição. Esvazio duas ou três gavetas em uma mala sem pensar no que estou fazendo. Abro a geladeira e tomo uma garrafa de água quase inteira de uma só vez, e saio também sem olhar para trás. Estou com medo. Preparei-me para longas conversas, choro, mágoa, gritos. Nada. Em pleno espaço aéreo entre o Rio de Janeiro e São Paulo eu flutuava com a sensação apavorante de que uma vida pode terminar sem grandes explicações nem dramas. Achei que só a morte repentina fosse assim, mas não. Termina, ainda não sei exatamente como nem por que, mas termina, e começa-se outra imediatamente, sem deixar vestígios. Eu pensava em Lúcia, tentava me lembrar de quando foi nosso último beijo e de quando deixei de gostar do gosto de sua boca, talvez nunca. Minha mão se fechava em torno de seus braços imaginários, eu sabia exatamente a largura de seus pulsos, a tensão do pomo do seu polegar encaixado ao meu. Eu precisava preservar alguma coisa daquela vida ainda que fosse na memória, não foi ruim, não foi por nada.

O avião pousou, e o Rio de Janeiro ficou definitivamente pra trás. Pouco mais de meia hora de voo, mas parece definitivo como a morte. Tudo o que eu tenho agora está em São Paulo, ainda que seja pouco e insuficiente, está aqui. Mal dá pra encher duas malas. Um bom emprego, talvez alguns poucos amigos, uma banheira velha e alugada. E Celeste, que eu não tenho. Talvez ela tenha a mim neste momento, mas ainda que eu me entregue a ela não a terei. Se a tiver, não sei o que fazer com ela, mas ela sabe, sempre. Não saber o que me espera me desespera e me atrai quase com a mesma intensidade, mas neste momento ainda sinto o vazio deste fim de vida pragmático. Parece um poço seco e abandonado que não serve mais para nada, mas vai ficar lá me lembrando da sua existência profunda e do seu abandono de difícil solução. Eu não quero uma vida de buracos vazios, cavados ao acaso e abandonados um após o outro, até se achar o certo, mas não sei como fazer diferente disso. Não sei como fugir dos erros nem da dor, nem do vazio. Mais alguns metros e este táxi vai me deixar no flat que me trouxe de volta à vida e, junto, algumas promessas de emoção e novos erros, e nova dor, quem sabe um novo vazio a ser preenchido. Não é assunto pra hoje, mas é bom que eu me apresse. O resto da minha existência começa agora, e é bom eu ter noção do que quero se desejar estar no comando dela.

O amargo da boca seca me dava a noção exata do que tinha sido aquele dia, que a essa altura já se fazia em noite fechada, talvez já fosse domingo.

Desmaiei na cama assim que entrei no flat, deve ter sido uma reação do corpo em favor do espírito. Minha única refeição do dia tinha sido o café da manhã com Lúcia, ainda na minha outra vida, mas apesar da fome quase doída eu me sentia bem. Um leve incômodo no pescoço pela falta do travesseiro e muita sede, mas bem. Relutava em me mexer tamanho o conforto daquela cama na qual me joguei e de onde ouvia um burburinho de início de noite em Moema, bem ao longe. Mente leve, quase vazia, pensava em músicas, lugares, nada pra fazer, nenhuma urgência. Por um momento senti o tempo a meu favor, sem culpa nem preocupações, dei-me conta de estar realmente sozinho e que isso acarreta algumas vantagens, e esse momento era uma delas. Ainda que por pouco tempo, ninguém daria pela minha falta se eu resolvesse passar o resto do fim de semana com a cara enfiada naquela

## A carta amarelada

colcha barata. Bateu-me um certo orgulho por isso. Estava começando a gostar da minha nova condição de vida muito rápido. Virei de lado e percebi pelas frestas da janela que não devia ser tão tarde e ainda era sábado, mas hesitei em ver as horas. Queria prolongar aquela sensação de bem-estar, eu não sabia o que era isso fazia tempo. Sede, fome, bexiga cheia, meu corpo mais uma vez chamava por mim e me fez sair do conforto morno na cama. Sentei-me pra mijar que nem mulher, e na falta do jornal li a bula de um xampu que ganhei de brinde um dia desses. Peguei uma garrafa d'água que restou na geladeira, nem cerveja tinha mais. Sentei-me na sala sem ligar a TV, queria me manter ainda imerso naquela letargia boa que me afagava, me esvaziava a cabeça e as dores. A janelona semiaberta como sempre deixava entrar o ar fresco da noite, gostoso e seco pela falta de chuva do inverno. O flat começava a se parecer com um lar, ainda que eu não tivesse acrescentado quase nada a ele. Tudo indica que acrescentar a mim deve ser o suficiente, e este lento retorno à vida me recupera a noção de coisas como um lar que, agora entendo, passa a ser você mesmo sem precisar de nada à sua volta além do seu próprio desejo de assumi-lo como tal.

O bem-estar desperta meu corpo aos poucos, ainda que alguma preguiça persista. Vontade de pôr a cara na rua e ver gente, mexer as pernas, erigir a espinha. Tem alguma coisa no chão, perto da porta, ainda não peguei por absoluta falta de interesse, deve ser propaganda ou conta. Não. É um envelope simples com meu nome escrito à mão, parece uma carta.

*"O que eu era antes não me era bom. Mas era desse não bom que eu havia organizado o melhor: a esperança. De meu próprio mal havia criado um bem futuro. O medo agora é que meu novo modo não faça sentido. Mas por que não me deixo guiar pelo que for*

> *acontecendo? Terei que correr o sagrado risco do acaso, e substituirei o destino pela probabilidade."*
>
> *"Não sei o que fazer da aterradora liberdade que pode me destruir. Mas enquanto eu estava presa, estava contente? Ou havia, e havia, aquela coisa sonsa e inquieta em minha feliz rotina de prisioneira?"*
>
> *"Quem sabe me aconteceu apenas uma lenta e grande dissolução? E que minha luta contra essa desintegração está sendo esta: a de tentar agora dar-lhe uma forma? Uma forma contorna o caos, uma forma dá construção à substância amorfa."*
>
> *"... então pelo menos eu tenha coragem de deixar que essa forma se forme sozinha como uma crosta que por si mesma endurece, a nebulosa de fogo que se esfria em terra. E que eu tenha a grande coragem de resistir à tentação de inventar uma forma."*[1]

Eu li e reli **a carta amarelada** três, quatro vezes, misturando surpresa e alguma confusão aumentada pelo torpor do início da noite. Ninguém assinava, mas era Celeste, quem mais poderia ser? Eu a havia esquecido nas últimas horas, talvez de propósito. Não queria que tudo o que me acontecera nessa viagem curta tivesse alguma relação com ela, e não era para ter mesmo, mas não estava tão seguro disso. Ela me trouxe de volta o desejo de viver bem, e eu nem sabia que o tinha perdido. Este mérito é dela, talvez mais, mas não quero me apressar em descobrir, e acho que é isso que ela está querendo me dizer. Refiz a dobra do papel envelhecido e devolvi ao envelope com o meu nome, deixei em cima do balcão. Bebi o resto da água olhando para

---

1   Lispector, Clarice. *A Paixão Segundo GH*.

## A carta amarelada

a janelona, tentando lavar o amargo da fome e entender que prazer louco era aquele depois de um dia tão determinante e dramático. Eu não podia ignorar o papel de Celeste nessa história, mas não queria procurá-la naquela hora. Ainda estava sob o efeito de tudo o que tinha acontecido, precisava ganhar algum tempo comigo mesmo, as coisas pareciam estar funcionando bem assim. Tomei um banho rápido e sai para comer alguma coisa, longe do flat, não queria correr o risco de encontrá-la por perto. Peguei o carro e dirigi sem erro até uma cantina a caminho dos Jardins, simplesinha e vazia nesse início de noite de sábado, velha conhecida. Ocorria-me mais uma vez a sensação boa de me deslocar com desenvoltura por São Paulo, este lugar do qual tantas vezes desdenhei e que agora me proporcionava o prazer de ser reconhecido pelo garçom. Parado diante de um prato cheio de gnocchi e calabresa com molho de tomate eu continuava sem entender a razão desse bem-estar súbito, tão sozinho e tão longe de tudo o que conheci como vida até então. Não podia conviver em paz com a ideia de que todo o passado era ruim e não me servia, nem que esse alívio se dava pelo fim oficioso do meu casamento. Será que Lúcia estaria também aliviada? Será que meus pais tinham noção do que estava acontecendo comigo? Como bom cristão, tinha meia dúzia de motivos para sentir culpa naquele momento, mas essa onda saborosa que me preenchia o corpo não deixava espaço para qualquer outra sensação. Talvez a massa morna de batata e queijo no céu da minha boca fosse a responsável por isso, ou a cerveja gelada que a empurrava na direção do meu estômago faminto. Não importa, estava feliz demais para sabotar a mim mesmo e futucar as razões. Penso na carta de Celeste, ou de quem quer que seja, e francamente não preciso de muita coragem para me entregar a esse pequeno prazer, ele me faz falta há muito tempo.

— Quer que embrulhe pra viagem, patrão?

A pergunta me surpreendeu, mas claro que sim. Havia uma casa, uma geladeira e um fogão me esperando em Moema, até mesmo um micro-ondas que provavelmente funciona bem. Eu ainda não havia tomado posse dessa nova vida, mesmo com alguns bons momentos ela ainda era uma vida provisória, frágil, diluída na falta de interesse pela que se punha alguns passos à minha frente. Sim, quero levar este gnocchi para casa, e me esbaldar com ele diante da TV em alguma noite desta semana curta e agitada. Na quinta embarco para os Estados Unidos e para o tão desejado curso na Flórida. Temos um evento importante em algum dia antes disso, acho que na quarta, mas haverá espaço para essa massa requentada na minha geladeira, e eu vou providenciar para que seja muito bem acompanhada e servida.

Voltar para o flat não me parecia o desenrolar correto naquele momento, queria mais daquela noite. Queria prestar um pouco mais de atenção em mim e nas coisas que estava sentindo, identificá-las, uma pequena dose de ansiedade tentando sabotar este momento de prazer, mas não me privei. Na falta de plano melhor, passei no supermercado de sempre, sem sair do meu caminho a pretexto de um café e de ver se achava alguma coisa pra completar o enxoval do flat na sua nova versão "lar". Engraçado gostar de ir ao mercado e não ao shopping. Olho para as embalagens de biscoito e para as frutas frescas como se fossem roupas ou joias numa vitrine, ainda mais nesses mercadinhos chiques de São Paulo. Cozinhar nunca foi meu forte, nem o de Lúcia, mas não foram poucas as tentativas de melhorar isso. Muitas vezes nos presenteamos com livros, panelas, eletrodomésticos importados e reluzentes. Ficaram todos lá, nas prateleiras onde sempre estiveram, espólio do nosso fracasso. Ainda me surpreendia termos abandonado esse casamento com tão pouca luta, ou com essa luta surda, com negociações nas entrelinhas. Nunca imaginei que pudesse ser assim, talvez ela também não esperasse que fosse tão rápido, que eu me acostumasse tão facilmente com a ausência dela. Talvez ela confiasse demais no poder que tinha sobre nós, na minha dependência, no meu bom comportamento. Lúcia confundiu tolerância com medo. Isso é comum, eu acho. Mulheres jovens, bem-sucedidas e determinadas a viver todos os seus papéis plenamente, todas elas. Têm suas coisas muito bem resolvidas, metas exatas. Nós, homens comuns neste mundo de heroínas insurgentes, saímos com vantagem dessa revolução. É uma visão meio esquisita, confesso, nem tenho coragem de discutir isso com ninguém, mas é o que penso. As conquistas foram delas, mas o conforto é nosso, homens urbanos, civilizados, modernos. Acostumamo-nos a prolongar o enfado em nome dos benefícios adquiridos, e esperar o quanto for preciso por uma solução que venha sem dramas nem brigas, nem rupturas, nem perdas. Talvez seja medo mesmo, ou preguiça de começar de novo e encontrar as mesmas coisas, não ter nada a conquistar enquanto elas querem o mundo. Parecem obrigadas a pagar uma dívida atávica com uma eternidade de mulheres que não gozaram do que elas gozam, ou deveriam gozar, enquanto nós, confortavelmente, usamos essa energia delas para que os problemas se resolvam sem a nossa culpa. Elas começam, elas terminam, e nós saímos com o que temos, satisfeitos e na certeza de que haverá uma próxima, sempre há uma próxima. É uma maneira estranha de nos mantermos no poder, sem lutas e transferindo responsabilidades, mas é assim mesmo que temos feito, uma solução difícil mas que funciona, boa para quando se tem coisas demais para se preocupar e uma vida só.

    Enchi o carrinho com bugigangas, só não foi mais porque estou contando com a viagem para trazer novidades, mas a sensação é ótima, vou começar a ocupar em definitivo aquele mundaréu de armários do flat. Quando voltar dos EUA, vou entrar de uma vez para uma dessas academias cheia de gente que se penteia e maquia para malhar, quem sabe até trocar o carro, um outro sedã mais moderno, automático, com este trânsito de São Paulo vai cair bem. Chega de resistir ao inevitável. Uma cafeteira também, se não trouxer de Orlando compro uma aqui, e também um bom aparelho de som. Algumas coisas não vão se encaixar bem no flat, e isso é um problema. Temo que ele e Celeste sejam parte importante deste processo, mas já combinei comigo mesmo que não vou me apressar em descobrir, vamos fazer as mudanças aos poucos, e comprar coisas que eu tenha vontade de carregar comigo para onde quer que eu vá, e não deixá-las abandonadas em mais uma vida.

Subi apressado com as sacolas pelo elevador de serviço e encontrei um post-it de Celeste no batente. Queria me ver, já sabia da minha volta. Entrei e fechei a porta, minha primeira reação foi a de me esconder, talvez me proteger, mas não tive escolha, ela tocou a campainha antes mesmo que eu pudesse acomodar as compras em seus lugares. Por um segundo me passou pela cabeça que estava em mim a decisão de não abrir a porta, ou de abrir e pedir que ela se fosse, como se eu quisesse isso, como se ela representasse uma grande ameaça à minha felicidade. Por um segundo, o tempo decorrido entre pousar as sacolas, respirar fundo, me virar e abrir a porta, vivi a sensação de luta com o meu destino, certo de que esse era um daqueles momentos em que se decide um caminho a seguir. Eu podia excluir a Celeste do resto da minha vida, me poupar da sua história impregnada de máculas e poupá-la da culpa pelas minhas próprias decisões. Eu podia abrir mão do desvio turbulento ao qual me proporia no exato momento em que girasse a maçaneta e visse seu rosto, mas não o fiz.

— Ei!
— Ei, você voltou...

# A carta amarelada

Ela entrou e me abraçou com o rosto no meu peito, terna e demoradamente. Eu relutei, por dois, três segundos, mas me entreguei, como era de se esperar. Abracei-a de volta e beijei sua cabeça morena com os olhos bem fechados, por muito tempo. Entreguei sem resistência tudo o que eu tinha naquele abraço. Saudade, desejo, medo, amor, remorso... As sacolas se derramando pelo chão do flat, Celeste não me largava e nem eu a ela, só nos mexemos o suficiente para dar espaço à porta que insistia em fechar, e era bom que fechasse. Nos afastamos um pouquinho para nos olhar, ainda sem dizer nada, e eu beijei Celeste. Beijei sua boca escondida pelos olhos ainda baixos e úmidos, tímida, recolhida, que se entregou aos poucos como se eu a conquistasse e ela desejasse ser conquistada por mim, e enfim aconteceu. Nos agarramos por horas, pela noite toda, por todo o flat, explorando cada canto do corpo, como se quiséssemos tomar posse de cada dobra, cada pedaço de pele. Nos amamos lentamente, forte, repetido. Quase não dissemos palavra, não houve espaço nem tempo, não ousamos, não quisemos, não precisamos. Refizemos as forças nos olhando nos olhos, tateando cada centímetro de cada membro, reconhecendo um ao outro como a um refúgio onde se espera passar um bom tempo, até que a vida volte a ser segura para os dois.

Pausa. Sentados na cama, exauridos. Peguei uma caixa fechada de suco de laranja na cozinha e um copo. Enchi com gelo, e ela bebeu com os olhos grudados em cada gesto meu, e eu nos dela, engolindo o suco em goles barulhentos. Nua, com as pernas dobradas na cama vagabunda do flat, Celeste arrasta a boca lambuzada de suco no meu braço como se o dela fosse, e eu sorrio fascinado. Sua pele brilha de suor e cheira a sexo, e eu divago na ligação imediata do seu nome com as coisas que vêm do céu, e me sinto presenteado. A vontade de mais beijo, mais saliva, mais paixão exalava do seu corpo, e não me permitia distrair um segundo que fosse. Eu vertia o suco de laranja que sobrara na caixa enquanto ela tateava e procurava em mim mais de tudo, e mais nós tivemos naquela noite que não terminava, parecia que nossa reserva daquilo tudo era muito grande, ainda que nós não soubéssemos bem o que era. Saudade, amor, tesão? Pela manhã o cansaço nos venceu e eu vi o dia clarear grudado nela, literalmente, com nosso suor fazendo liga entre nós dois, fundindo nossas forças e medos numa coisa comandada por essa paixão improvável à qual nos submetemos.

O tempo definitivamente não faz mais sentido para mim. Deve ser domingo, espero que seja, e que dure muito. Não arredamos pé daqui, acordamos famintos, mas nos viramos com o que tinha nas sacolas de ontem, não era pouco. Celeste usa minha camisa quando quer se cobrir, eu não uso nada, eventualmente uma calça velha de pijama. Adoro vê-la de longe, por inteiro, seus pelos curtos nublando as coxas, sua tatuagem no alto do rego, seu pescoço moreno. Estamos ainda cheirando a suor, e a minha certeza é que adoramos sentir o cheiro um do outro, nem pensamos em outra coisa que não seja prolongar este estado de fusão. Ela volta da cozinha com um copo de leite, senta no meu colo, me cheira, me beija, esfrega a boca suja na minha, me provoca. Ainda estamos em outra dimensão, a mesma de ontem, falamos a língua dos olhares e das lambidas, e não há nada a nossa volta que nos desvie a atenção um do outro.

O dia está lindo, parece um veranico. O sol invade o flat e espalha calor sobre a cama desalinhada e nos aquece. Nós abusamos dele nos exibindo nus como se precisássemos mostrar ao mundo nossa nova condição de vida norteada pelo prazer, pelo conforto dos nossos corpos fundidos, nossa libido libertada. Eu me viro para conseguir ver o rosto de Celeste entretida com um biscoito de chocolate. Deitada no meu colo como uma criança olhando pro nada, seus cabelos se embaraçam com meus dedos e migalhas de biscoito se espalham pelo lençol que um dia foi branco. Eu nunca me entreguei nessa medida, se o fiz não me lembro de quando foi, nem como foi, então é nunca. Não consigo pensar em nada de importante que não caiba nestas paredes, talvez sair para comprar mais leite e biscoitos e ver Celeste se lambuzar com eles. Parece infinito. Olho para o balcão e vejo o envelope com a carta amarelada quase caindo, e por um instante me lembro de como esta cena começou. Ela cruza o meu olhar e responde, sem que eu precise perguntar.

— ... ganhei isso de alguém um dia, é um trecho de um livro...
— quando foi?
— um dia. Um dia importante num momento importante como o seu...
— de alguém importante...
— nem tanto, mas gostava de mim...

Eu não me surpreendia mais com as coincidências, não eram coincidências, nossa conexão não era normal, tinha que ser por alguma razão. Talvez por termos passado pelas mesmas coisas em vidas tão diferentes.

— Vamos tomar um banho, vamos sair. Eu quero sair com você.

Ela me sorriu um sorriso de moça feliz, aquele que se dá quando se ouve uma coisa boa, desejada, meio que inesperada, e me beijou sorrindo, o que é difícil. Beijar com a boca de um sorriso rasgado exige muita prática. Tomamos um banho rápido naquela banheira apertada, não estava à altura do nosso estado de adoração. Descemos juntos, passamos no apartamento dela para que se trocasse. Estava arrumado e limpo, ri de pensar o estado em que deixamos o meu. Fui com ela para o quarto a pedidos, nem precisava. Ela despiu-se na minha frente e eu sorri satisfeito, não me cansava de desejá-la. Abracei-a por trás e alisei seu corpo moreno mais uma vez, e mais uma vez ela se arrepiou, mordeu os lábios e me beijou como se não tivéssemos passado as últimas quinze horas nos esfolando. Guardamos a excitação, não sei se é algo que se guarda, mas estávamos certos de que não nos faltaria esse tanto. Eu escolhi sua roupa pensando numa menina que se revelava a mim, que se entregava sem pensar em nada tamanho o seu conforto, nada diferente disso me passava pela cabeça. Um short bem comportado, uma calcinha larga de algodão. Quanto mais simples mais gostosa ela ficava, mais eu a desejava, mais eu a queria grudada em mim. Fomos ao parque, andando, longa caminhada de mãos dadas e paradas para abraços, beijos um pouco mais contidos, mas molhados, escorregados, nada de beijos secos. Os beijos secam com o tempo, ou com a vontade, com a pouca qualidade do tempo que se passa junto, espero que seja isso.

    O parque nos adornava, **nossa avant-première** na vida pública diurna, agora com direito a beijo de língua. Ela estava feliz, publicamente feliz, e a felicidade dela me envaidecia, eu me enchia de prazer em vê-la assim, andando e esticando as perninhas, alongando o dorso do pé, ensaiando passos da bailarina que um dia esboçou ser. Eu cá esboçava também meus novos passos ainda incertos. Ora curtos, ora longos, lentos afinal, arrastados como a tarde que se prometia quente mas acabava em brisa, emanando em ondas o aroma da grama que ameaçava brotar. Aquele chão de grama rala do parque nos acolheu como num filme inglês, só que sem livros nem crianças vestidas como adultos, nem esquilinhos saltitantes roubando pipocas. Falamos coisas sem importância escorados um no outro sempre rindo, ainda que houvesse muito de sério a falar e pensar e combinar, não era a hora para combinações. Ainda que o futuro me assombrasse, prometesse constrangimento e vergonha, culpa, ainda que a minha vida de compromissos claros e incompatível com a de Celeste me esperasse na próxima manhã. Ainda que eu realmente soubesse do que me espera, e o que pudesse esperar disso, nada me afligia, nem a ela, que menos motivos não tinha para aflições quanto ao futuro. Passamos o resto daquele domingo e ainda um pouco do próximo dia entregues a nós mesmos, sem acordos nem expectativa declarada, apenas nós naquele momento e daquele jeito, como parecia ser o certo. Talvez uma concessão, talvez uma distração, ou simplesmente algo que não conseguíssemos evitar, que não nos coubesse omitir, que não fosse honesto roubar de nós mesmos. Celeste se impregnava em mim, e eu podia sentir isso como se fosse o sol arrepiando minha pele no frio do inverno. Eu não queria tê-la, queria que ela me fosse, que fosse a parte não declarada e omissa da minha alma revelada enfim em carne e osso, gestos, olhares, hálito. Eu a adorava, talvez adorasse até a sua putice, sua coragem, sua capacidade de separar as coisas e viver delas, não com elas. Celeste desmantelava docemente os meus pudores, e eu estava me acostumando com a ideia de que eles não me serviam mais, ainda que naquele universo paralelo situado entre o parque e o flat. O meu novo mundo aos poucos se reconstruía, graças a uma parte de mim que ensaiava se insurgir contra os meus credos e todo o resto não oferecer a menor resistência.

VENDE-SE

Acordar cedo tem suas vantagens. Ainda que não faça parte das minhas preferências, tenho que admitir, funciono cada vez melhor pela manhã, em tudo. Esta é uma semana importante e chegar cedo foi bom, já tenho uma lista de tarefas e providências prontas, o que para mim é o mesmo que serviço feito. Pensar nas soluções é a parte mais complicada, executar bem é consequência disso, nunca me preocupa. Alice me ligou, queria saber como eu estou e me ver antes da viagem. A empresa está tensa. Temos um produto importante para lançar esta semana, com festa e tudo, e a festa é tarefa minha, na quarta à noite, véspera da viagem para a Flórida e sem muito tempo para os preparativos, tanto a festa quanto a viagem foram decididas nas últimas semanas. O Belisário está ausente das decisões, deve deixar o Banco a qualquer momento, não é o tipo do cara que dissimula as contrariedades, e o PC não gosta de gente infeliz, não vai durar muito, ainda que seja uma tarefa difícil, política. Minha tranquilidade em meio a toda esta confusão é um bom sinal, estou voltando mesmo à vida e separando as coisas, os mundos, achando espaço para tudo o que preciso. Carinho, trabalho, diversão...

Minha equipe está ligadíssima. A cada cinco minutos entra alguém na minha sala com alguma coisa para aprovar. A máquina caríssima de café espresso ferve, gente trocando sussurros o tempo todo, menos o meu time entretido com trabalho de verdade. Estão focados e eu estou feliz com isso, recuperei uma parte boa do que já fui, pelo menos é um começo, parece que os problemas diminuíram, ou que não me incomodam tanto.

— Vamcomê?

— Mas já? Que horas são?

— Quase uma, o refeitório vai encher.

— Vamos sair então, preciso aproveitar pra ver umas coisas e voltar logo.

É bom voltar a ver o Nino, fiquei meio puto depois do nosso último almoço, mas a culpa era minha, ele merece mais de mim. Contei para ele como estavam as coisas, meio por alto, não entrei em detalhes, bem que ele queria.

— Fez bem, deve ser duro se separar, mas fez bem. Ficar casado já deve ser difícil, se as coisas não estão bem então, tortura pura.

Correto, não era bem como eu me sentia, mas era lógico e simples, principalmente vindo de alguém que, apesar de ser um quase gênio, tinha a maturidade emocional de **uma cabra no cio**. Estar casado não foi sempre difícil, nem sacrifício, mas por algum motivo deixou de ser bom. Eu sabia que ainda ia pensar muito sobre isso, não é o tipo da coisa que se pode simplesmente deixar pra lá, no armário das coisas mal resolvidas, mas eu estava muito envolvido com todo o resto de coisas boas que estavam me acontecendo, era fácil não pensar nisso naquele momento, e não pensava. Pensava em mim, em Celeste, na viagem, no meu trabalho...

— Eu sei que você não vai me falar, mas o PC não te adiantou nada?

— Me adiantou o quê?

— Não se faça de besta, o Belisário tá cai-não-cai. Alguém vai pro lugar dele...

— Que nada, engano seu. Ele não cai, se cair ninguém vai pro lugar dele, e se alguém for não serei eu...

— Ok, ok, já entendi...

Meu Zeus, as pessoas vivem deste burburinho corporativo, vibram com isso, mesmo que não lhes diga respeito. É por isso que a empresa está tão agitada e acham que eu sou o responsável e o beneficiário dessa coisa toda, ainda bem que eu nem percebi.

— E a sua amiguinha do flat?

— Celeste?

— Ãh, Celeste... Já chama pelo nome, pelo jeito já estão namorando. Vai levar na festa de quarta-feira?

— Claro que não, que ideia. Por que levaria?

— Bom, se eu tivesse uma namorada levaria, mas as que eu tenho não dão nem pra chamar exatamente de namorada...

— Festa de trabalho....

— É, mas o convite é pra dois, você devia ter reparado, foi você quem mandou fazer...

Assunto estranho. Não era uma novidade, mas chegou mais cedo do que eu esperava. Festas como essa exigem a minha atenção, mesmo que eu não esteja à frente da produção tenho que ficar ligado nos detalhes. O mercado todo vai estar lá, o Banco todo também, e parceiros, clientes, fornecedores, concorrentes... Não levaria ninguém mesmo. Talvez minha mulher, minha esposa, alguém a quem não precisasse dar tanta atenção, que pudesse fazer o papel de meu par sem se incomodar com o fato de estar trabalhando e me dedicando a outras coisas e pessoas. Quase tenho vergonha de pensar desse jeito, mas não seria muito diferente disso mesmo se tivesse alguém comigo hoje. Fazer o papel do "par", um "parceiro," está incluído no pacote do casal feliz ou mesmo do infeliz. Não me parece muito justo, mas já que estou revendo todos os meus conceitos fundamentais vou pôr mais este na fila, uma hora dessas eu paro pra pensar.

O Nino tentava não me sacanear muito, mas eu era um prato cheio. Estava na cara que eu me sentia melhor e isso tinha a ver com um monte de novas coisas que ele bem sabia o que eram, mas eu me esforçava para confundi-lo e não confirmar qualquer uma delas. A minha felicidade não era para ser tão pública, não podia ser. Eu não tinha planejado e acho que nem desejado essas coisas todas, pelo menos não agora, mas elas estavam acontecendo e eu não as estava dividindo com ninguém. Estar ocupado e me manter ocupado era fundamental para me estabilizar nesse estado de felicidade, e eu tinha muito com o que me ocupar, pensar atrapalha, às vezes. Tentei expressar alguma preocupação com a festa, com a minha ausência durante o curso na Flórida, com o futuro do Banco sem o Belisário, mas era bobagem, só piorava as coisas. O Nino tentava esconder o riso, mas não se aguentava. Eu banquei o sério, não sei se deu certo. Tinha muito mais a esconder, tentei mudar de assunto, deixar o Banco dominar a conversa. Não queria falar de Celeste, de Lúcia, do casamento, de nada disso. Era um terreno ainda mais frágil na minha recém-reconquistada autoestima, não podia vacilar.

O dia não acabou cedo e me deixou cansado como havia muito não me ocorria. Certeza de estar no caminho de volta à vida normal, e isso me proporcionava um estranho prazer. Fui para casa sem planos, queria só ver Celeste e falar com os meus pais. Eles precisavam de notícias, não sabia exatamente do que eles estavam informados. Minha mãe me preocupava, adorava a Lúcia, e elas se davam muito bem. Meu pai já se dava conta de um certo distanciamento, não ia se surpreender. Mergulhei na velha banheira antes de qualquer coisa, e com a visão do teto encardido pingando o suor do meu banho tentei não pensar em nada, não tirar conclusão de coisa alguma que se relacionasse à minha recente onda de bem-estar e os últimos acontecimentos. Era tudo muito óbvio, eu era muito óbvio, não tinha mesmo muito o que pensar, as coisas se resolvem sozinhas, não sei porque eu continuo tentando ignorar isso. Lembro-me de que quando criança eu tinha a fantasia de que o mundo vivia em função de mim, que as coisas boas aconteciam para o meu prazer e sorte, e as ruins para me ensinar ou me salvar de algum perigo, como num filme. Mesmo pensando assim eu não me achava especial, nem que merecesse ser o escolhido do universo para ter o mundo à minha disposição, tinha muita gente melhor que eu para esse papel de protagonista. Essa ideia me acompanhava, mas era um segredo. Contei isso para alguém uma única vez, pro Jovino, um vendedor ambulante que fazia as vezes de ama-seca de toda a meninada do Leme. Ele não arredava pé da areia enquanto as mães não viessem buscar um por um no fim do dia, depois ia para casa com seus tambores de mate e limonada vazios. Acho que ganhava uns trocos com isso, mas gostava mesmo era de tomar conta da meninada, nunca tive dúvida. Um dia minha mãe demorou, ou as outras chegaram cedo demais. Nós ficamos conversando um tempão, e tive tempo de dividir com ele a minha preocupação com essa falta de critério do universo em eleger seus escolhidos. Ele ouviu como se fosse a coisa mais séria do mundo, acostumado que estava em ouvir histórias absurdas de gente que se acha de fato muito especial, e me confidenciou de volta seu próprio segredo. Havia outros escolhidos pelo universo e ele era um deles, mas tinha recebido a missão de cuidar da praia como preço pela sua existência privilegiada, e um dia eu também compreenderia a minha missão, e tudo passaria a fazer sentido, pois eu também era muito especial, só não sabia disso ainda. Não sei se o Jovino teve noção do quanto ele mudou a minha vidinha a partir daquele dia, nunca tive a oportunidade de dizer isso a ele.

Numa quinta-feira triste um menino se afogou no mar, bem em frente ao nosso ponto, e não apareceu mais. O Jovino ficou na praia por dias, mergulhando, zanzando de um lado pro outro, mesmo depois que os bombeiros deram o corpo como desaparecido, e aí ele acabou sumindo também. A vizinhança tentou procurar, foram no morro onde ele morava, mas não teve jeito, ninguém achava o Jovino, e só eu sabia a verdade, mas não podia contar a ninguém. Ele havia falhado na sua missão e perdeu o direito à sua existência privilegiada, foi excluído dessa dimensão. Eu lamentava, mas resignadamente entendia, e rezava por ele com a certeza ainda maior da minha própria razão de estar aqui, esperando o dia em que a minha missão pessoal com o universo finalmente se revelasse. Até agora, nada.

Saí da banheira renovado e com vontade de beijar Celeste na boca, mas esperei um pouco mais. Não queria a decepção de procurá-la e não achá-la, resolvi deixar pra depois das dez. Liguei para meus pais e falamos longamente. Meu pai queria vir me ver, e minha mãe só queria saber se eu estava bem, ela estava ótima, dava para notar. A gente subestima as mães, sempre, se esquece do vínculo que elas têm conosco, sabem de tudo, sempre, quase tenho inveja disso.

Liguei para a Celeste um pouco antes das onze. Nada. Liguei mais tarde, e pela última vez à meia-noite. Ela não havia chegado, fui à porta dela para verificar. Não pude evitar a decepção, nem o monte de ideias sujas que naturalmente me vieram naquele momento, as mais óbvias, mas tentei resistir. Ninguém está à disposição de ninguém 24 horas por dia, nem eu, muito menos eu; tentei me conformar. Voltei para o meu cubículo e abri uma cerveja para relaxar e tentar não pensar na vida mais uma vez. Celeste estava ocupando um espaço grande nesse processo novo, e eu tinha que me acostumar com isso, ao custo que fosse, pelo menos era o que a terrível sensação de vazio naquela noite sem ela me dizia.

São Paulo tem coisas que eu tenho dificuldade em entender como podem se sustentar no mundo real. Cada cadeira desta sala deve custar o mesmo que toda a mobília do meu flat. Estes móveis, prateleiras, adegas refrigeradas, vinhos que custam o preço de um carro quase novo. Esta fulana servindo os vinhos, onde é que eles foram arranjar uma mulher bonita destas só para servir vinho? Ela nem fala, deve estar inibida por este outro que não para de explicar coisas que não vão ter a menor importância amanhã, aqueles caras bebem qualquer coisa, e se eu disser que é bom eles vão achar bom, nem sei o que eu estou fazendo aqui, poderia ter passado uma lista dos vinhos por email e pronto. Alice discorda, felizmente.

— Gostou deste?

— Adorei...

— E do primeiro?

— Muito bom também, excelente...

— Vai escolher qual?

— Nenhum dos dois, custam uma fortuna, bobagem.

— Olha que o PC vai reparar...

Alice queria jantar, almoçar, fazer qualquer coisa antes da minha viagem, não se continha. Estava pilhada com toda essa ferveção no Banco, e eu ainda era um desafio para ela, não ia desistir tão fácil. Trazê-la para a degustação das bebidas da festa de amanhã era uma boa saída pra atendê-la e ao mesmo tempo arranjar companhia para esse compromisso bizarro, só achei que ia ser mais simples.

— Acabou?

— Não, senhor, agora vamos fazer uma harmonização e servir com alguns pratos na sala ao lado, tenha a gentileza de me acompanhar.

Queria ir para casa, ver Celeste, também precisava comprar algumas coisas pra viagem, me enfiei numa armadilha. Alice se deliciava, claro, era o mundo dela, o mundo ideal, menos pelo vinho e mais pelo glamour, pela bajulação, pelas taças caras de cristal se sucedendo à nossa frente como se estivéssemos na corte do rei da França à espera do prato principal, que nunca vinha. Ela estava tão maravilhada que nem me incomodava com seu interrogatório de sempre, e eu não posso negar que gostava de vê-la ao meu lado, à minha disposição para quando eu quisesse.

— Melhora essa cara. Não vai dizer que não está gostando...
— Não é isso, é que eu tenho muita coisa pra fazer...
— Relaxa, aproveita. Você tá ficando muito chato...

Não ia ser fácil relaxar, mas ela tinha razão. Eu não tinha ficado tão melhor assim por causa das coisas boas que aconteceram. Elas se acomodaram em mim rapidamente, e agora eu continuava a excluir as pessoas e coisas da minha vida da mesma forma que estava fazendo antes, talvez com uma sensação maior de prazer e confiança, mas ainda esbarrava nos limites da minha ideia mal-acabada de como o mundo funciona. Estava ansioso também por não conseguir falar com Celeste, talvez mais ainda por não saber como ia ser lidar com esta situação de dependência de alguém que não vai se comprometer comigo do jeito que eu estou acostumado que isso aconteça.

— Por que você não arranja um namorado, Alice?
— Não sei se você percebeu, mas eu estou tentando...
— É só pegar um na fila...
— Não sou do tipo que faz uso de fila, você já devia saber. Acho que você está mesmo precisando prestar um pouco mais de atenção em mim.

Alice ficava cada dia mais bonita e mais gostosa. Prefiro quando não exagera nos decotes nem nas saias justas, mais suburbana do que matadora. Falei para ela da Lúcia, do iminente fim do casamento, e ela foi generosa, não me cobrou a desfeita do outro dia quando neguei que isso estivesse acontecendo. Não falei de Celeste, por algum motivo não falei, mais uma vez. Talvez porque não fosse ainda um relacionamento, talvez porque não me orgulhasse nem um pouco por me envolver com uma garota de programa, talvez porque ainda a quisesse manter na lista de espera, confiando no seu interesse por mim. Nenhuma dessas razões me envaidecia, mas não sou cínico a ponto de ignorá-las, é fácil saber que estão todas presentes, talvez ao mesmo tempo. Eu gosto de ter de novo a sensação de despertar os desejos de alguém, ou a atenção, ou seja lá o que for, e não sentir culpa por isso. Não seria difícil gostar de Alice e de como ela iria se entregar e se dedicar a mim se eu deixasse. Ela ia se encaixar bem nos meus planos, na minha vidinha burguesa, meus cursos na Flórida, minha carreira...

— Vamos tomar um café em casa?

Quase fui. Quase sucumbi a esse desejo de conforto no colo branco de Alice, no seu bem decorado apartamento de Moema. Fiquei na porta, do meu flat, ela me deixou lá na sua pick-up Preciosa. Lançou-me mais um de seus olhares cheios de promessa, agradeceu o convite, eu devolvi com sinceridade. Ainda não conseguia entender bem esse interesse tão intenso. Ela me enchia de carinho e cuidados e bagunçava o pouco de emoções que eu já estava conseguindo organizar em mim toda vez que nos víamos. Eu me aproximei para beijar seu rosto, ela me interrompeu a meio caminho:

— Será que um dia eu consigo um beijo seu sem ter que roubar nem pedir?

Foi uma pausa mínima, difícil de resistir à Alice doce, linda e disponível a meio palmo da minha boca destravada pelo vinho caro da degustação. Eu a beijei suavemente. Seus lábios se abriram o suficiente para encaixar os meus, como **um beijo prévio**, uma outra degustação sem promessas de compra naquela noite morna.

— Boa noite, Alice.

— Tchau, João...

## Um beijo prévio

Vi a pick-up se distanciar e olhei para cima. A janela de Celeste estava iluminada e um arrepio de culpa me percorreu a espinha. O porteiro enxadrista me olhava com uma cara marota, devia achar que eu estava nadando de braçada no meio da mulherada, me divertindo como um adolescente. No andar de cima me esperava um sonho impossível, talvez minha alma gêmea com cara de anjo mas encarnada em forma de pecado social, uma promessa de confusão e paixão pro resto da vida. Na rua, se afastando ao som do ronco macio da Preciosa, ia Alice, a versão bem-acabada da mulher ideal. Bonita, bem-sucedida e pronta para entrar na minha vida sem sobressaltos, vida que precisava ir em frente, pois eu precisava ir em frente, e a vida me chamava.

Ameacei passar no meu apartamento, mas não tive tempo, Celeste me esperava no elevador vestindo uma camisola de algodão e bichinhos, fomos pra casa dela. Ela me beijou em cima da marca do beijo de Alice na minha boca, eu não pude evitar a comparação.

— Quem era essa moça?

Não tinha muito o que explicar. Pulei a parte do beijo, dos vestidos curtos e da calcinha de seda branca, era só uma colega de trabalho que me deu carona, mas não fui muito convincente. Eu minto mal, e estava especialmente incompetente nos últimos dias. Disse que esperei por ela na noite anterior. Falei da festa do dia seguinte, num impulso eu a convidei para ir, seria a minha despedida antes da viagem. Ela riu e desconversou, mas não era isso que eu queria ouvir. Insisti e ela foi direta.

— Você não quer isso, João, convide a sua "colega".

Eu não sabia se ela me desafiava, se estava com ciúmes ou se estava só sendo prática, mas sabia que aquele era o momento para entender os limites da nossa história e da minha disposição em enfrentar tudo o que teria pela frente:

— Do que você tem medo? Pensei que você não se envergonhasse do que faz...

Ela sorriu debochada e balançou a cabeça lamentando a mediocridade da minha provocação. Pôs duas xícaras fumegantes de chá na mesa onde eu já estava, tomou um gole com os olhos no fundo da xícara e sem mudar de posição sentenciou:

— Eu já sei como isso tudo vai terminar, João, não precisamos discutir agora, ainda é cedo...

Por um momento eu não reconheci Celeste, aquela menina que ignorava o medo e que me encantava até lavando pratos, mas ela realmente devia saber o que estava por vir. Pegou na minha mão com os seus dedinhos miúdos, brincou com as minhas unhas tentando achar palavra que servisse para aquele diálogo desnecessário, era tudo muito claro mas doído de se dizer. Pensei em perguntar onde ela estava ontem, o que ela fez, por que demorou, e o que faria amanhã na hora da festa. Tudo inútil, nós contaríamos mentiras um pro outro, ainda que não quiséssemos. Eu me levantei e a levei para o sofá, ficamos deitados juntinhos, encaixados vendo o tempo passar com a TV ligada em alguma bizarrice. Eu não sabia bem o que estava acontecendo, mas uma vez mais não me importava. O cheiro do cabelo lavado de Celeste tinha o poder de me acalmar, me assear a alma. Nada nela, nem naquela casa, lembrava a sua vida de liberdades excessivas. Não era por acaso tanto asseio, tanto capricho, elegância, simplicidade, ela não queria deixar vestígio do que passava durante o dia em nada. Eu não queria pensar muito naquele momento e naquele sofá, mas não seria possível ignorar os fatos por muito mais tempo. Limpar a casa e lavar os cabelos não bastava para nos manter longe da sua vida de verdade, que agora começava a ser a minha vida também.

— Sua amiga mora aqui por perto?

— Sim...

— É aquela que te levou à festa?

— Siimm...

— E ela te beija toda vez que te deixa em casa?

Eu não tinha o que dizer, e nem sabia o que dizer, nem como explicar. Talvez tenha beijado Alice só por beijar, para não ter que passar pelo drama de recusar um beijo e ter que explicar o motivo, ou porque Celeste não era minha namorada mesmo, ou porque ela beijasse vários homens todos os dias e eu por isso me sentia desobrigado de preservá-la, ou porque eu simplesmente quisesse beijar Alice. Nenhuma dessas respostas servia. Nada do que eu dissesse expressaria o que eu sentia, nem iria desfazer o mal feito. Era um problema sem solução honesta. Eu não podia gostar de Celeste desrespeitando-a, nem tirar dela o direito de me cobrar respeito. Minha única opção era aceitar o que ela fazia todos os dias sem reclamar e receber dela o que ela me desse, como um castigo e um novo tipo de subserviência ao qual eu teria que me acostumar caso quisesse levar isso adiante, e ela também. Ceder ao que fosse necessário para poder estar com ela, como se eu não merecesse mais que isso, como se essa fosse a missão a mim entregue pelo universo que me escolheu como alguém especial, talvez como uma prova de superioridade legítima no melhor sentido cristão. Bateu-me a dúvida doída, angústia, dor de estômago, sei lá o quê mais pode ser isso. Eu não sei se seria capaz de me anular tanto assim, mesmo que fosse pelo maior prazer do mundo, acho que não conseguiria, não agora com minha autoestima renascendo, minhas chances de felicidade aumentando, ainda que em ritmo lento. Tentei reatar a conversa sem responder a suas perguntas:

— Eu senti falta de você ontem.

— Eu também senti...

— Mas não perguntei onde você estava...

— Quer saber, eu te conto. Em detalhes...

Não tinha jeito, eu não vencia Celeste, nunca. Ela sabia onde queria chegar, eu só queria fugir, sempre. Levantou-se, foi ao banheiro lavar o rosto e voltou. Linda como sempre, sensual como sempre, ainda que de camisola longa de bichinhos, como uma criança. Minha vontade era abraçá-la, me atracar com ela naquele minuto, me consumir em mais uma noite em claro gozando tudo o que houvesse para se gozar em mim e nela, suando em bicas. Ela, aparentemente, não. Olhava-me de longe quase fria, aguardando a minha reação, mas como sempre não esperou muito tempo.

— Isso não tem futuro, João, e no nosso caso significa que não tem presente também.

— Nós não precisamos pensar no futuro, Celeste...

— Não mesmo, nós já estamos nele, estamos atolados nele. Esta é a nossa vida, João, e eu não consigo gostar de você pela metade, e nem você consegue. É tudo ou nada, e nós não vamos conseguir encarar o tudo...

— Então é nada...

— Então é nada.

Minha segunda perda, em menos de uma semana. Eu nem podia acreditar.

— A gente não precisa resolver isso agora, precisa?

— Já tá resolvido, João...

— Não sei, não quero. Não quero ficar sem você, não é possível que isso não tenha um jeito de se resolver...

Eu estava em vias de perder o controle, mas ela, como sempre, não. Fechou todos os botões da camisola, caminhou e se ajoelhou na minha frente como sempre faz quando quer minha atenção total. Alisou o meu rosto, afastou meu cabelo, e encostou a testa na minha sem falar nada, muda. Não há mais nada para se falar quando falar implica encontrar a razão, ou respostas que não nos servem. Nos agarramos em silêncio no sofá, abraçados, tentando conter a fuga da felicidade que experimentamos por tão pouco tempo, intensa, explosiva, e que se esvaía no terreno seco da vida de verdade. Uma tristeza humilhante tomou rápido o lugar daquilo que me encheu de vida e esperança nos últimos dias, e eu não conseguia impedir que isso acontecesse.

Continuamos agarrados até que ela adormeceu no meu colo, como a menina que sempre foi. Alisei seus cabelos mais um pouco, tragando o perfume da sua cabeça lavada para que ele não me escapasse mais da memória, e a deixei no sofá dormindo sozinha, por mais que me doesse. Não sei se foi um fim, não consigo entender que seja um fim. Talvez o fim de hoje, o fim dessa semana curta, dessa discussão muito mais razoável do que estou disposto a encarar, mas parece um fim, o fim de um devaneio irresponsável, delicioso e mais perigoso do que eu consigo suportar. Meu sonho inocente de ignorar meus escrúpulos rodou na primeira curva. Corromper meus valores não vai ser suficiente, eu precisaria romper com toda a minha vida para ser feliz com ela, justo quando eu estava voltando a gostar de mim. Não quero definir nada hoje, nesta noite, não consigo. Ainda que me desagrade este vício de deixar as decisões nas mãos do destino, desta vez não vai ter jeito. A resposta está em mim, mas eu não estou no comando, é uma peleja entre o que eu sinto e o que eu devo num campo frágil, combalido, que merecia se recuperar antes de tanta confusão, mas a vida não funciona assim, é pegar ou largar aqui e agora, ainda que o aqui seja a delícia de um amor condenado agora e sempre.

Eu não costumo beber nas festas quando isso envolve trabalho, talvez mais para o fim, mas hoje não dava para encarar toda essa agitação de cara limpa. O mundo inteiro está aqui, nem era pra tanto, mas cresceu. Virou a festa do ano, pois juntou o lançamento de um produto importante com o anúncio do resultado espetacular do trimestre e mais uma bomba de última hora: o Belisário anunciou a sua saída do Banco, hoje. A versão oficial é a de um acordo, ele pediu para ser demitido, uma aposentadoria antecipada, e vai se dedicar à vida acadêmica. Explicou tudo num email em tom quase festivo, como se tivesse sido um prêmio, mas não é, e a cara dele recebendo os cumprimentos e despedidas deixa isso bem claro. Não é a saída que ele planejou, por baixo, num cargo de cabide, excluído da linha de frente e das decisões importantes como se tivesse sido superado pelo tempo, o que não passa sequer perto da verdade, ele só não jogou o jogo certo.

Do outro lado da sala, sempre a uma distância segura para evitar encontros constrangedores, estava o PC, hoje um vitorioso sem glória. Perder o Belisário era uma vitória de Pirro, seria melhor se ele tivesse conseguido mantê-lo no grupo, motivado e produzindo. Ter que demiti-lo sugeria uma patente falta de habilidade em viabilizar os talentos nos quais o Banco investiu. Não havia o que se dizer contra o Belisário e isso era ruim, ele precisava achar uma justificativa para sustentar tal coisa. Eu, sem saber mais que papel tenho neste roteiro bizarro, tento

Doce sacrifício

me manter fora do foco das conversas e especulações, mas é inútil. Não se passam cinco minutos sem que alguém venha me provocar com um "parabéns" ao pé do ouvido, como se um suposto plano meu tivesse dado certo e o caminho estivesse aberto para a minha escalada ao poder absoluto do Marketing no Banco. Eu realmente não sei como consigo me meter em tantas histórias complicadas ao mesmo tempo sem fazer o menor esforço, parece mesmo que o universo resolveu prestar atenção e direcionar suas energias a mim, só não sei ainda se é contra ou a favor. O Belisário vem na minha direção e eu confesso que não estou com coragem para falar com ele, se não fosse ficar muito feio eu sairia correndo daqui agora, mas não tem jeito. Estendo a mão para um aperto, ele se livra rápido e alcança duas taças de champanhe que o garçom nos traz quase em sintonia com os seus próprios passos. Seu sorriso é tímido, mas me parece sincero.

— A que brindamos?

— Saúde, João, só saúde. Não precisa se conter tanto assim, é um bom momento pra você, aproveite.

— Saúde, Belisário, e boa sorte.

A conversa não se estendeu, ele logo foi resgatado por um grupo de velhos colegas da contabilidade e embarcou em algo bem mais festivo que o nosso brinde. Não sei exatamente o que foi isso, mas acho que ele me inocentou, deve saber que eu sou o mais tonto desta turma toda, não tramei coisa alguma, nem mesmo o tal curso na Flórida. Sou um inocente útil nas mãos do PC, a quem eu começo a admirar menos a cada dia que passa. Sua simplicidade me parece cada vez mais premeditada, é bom que eu me cuide. Quanto ao Belisário, minha admiração cresceu. Já penso que ele também não foi pego de surpresa, e acho que algo de bom o espera daqui pra frente, e ele sabe disso.

— Saúde, chefe, e parabéns. A festa é um sucesso.

— Trabalho seu, Guta, parabéns também.

Minha estagiária é uma graça, e está vibrando como se fosse um baile de debutantes, dela. Não sei se percebe o mundo de coisas que está acontecendo aqui esta noite, e que não tem nada a ver com o propósito original do evento. Os "donos" do produto não estão lá muito felizes, a saída do Belisário dominou as conversas da noite, sequer o PC teve coragem de falar alguma coisa além do óbvio na hora do anúncio dos resultados do trimestre, nem brinde fez. Ela se diverte, comenta a decoração, me elogia pelos vinhos, promove o bufê e espera ansiosa pelo jantar. Por um momento tenho inveja dela com estas joias baratas e este vestido alugado que exibe orgulhosa, fascinada com o circo que eu ajudei a armar.

— Melhora esta cara, não vai dizer que está com pena do ex-chefe...

Os comentários do Nino ficam mais idiotas a cada dia que passa. Tinha vontade de contar tudo para ele, quem sabe ele acorda e para de falar tanta bobagem. Quem sabe eu recupero o amigo em quem já confiei os meus segredos um dia. Não ter ninguém para contar tudo isso é uma tortura, queria muito que soubessem que esta confusão me perturba, mas que a verdadeira razão da minha cara de poucos amigos não está aqui. Queria dizer que até poderia estar me divertindo, que o Belisário é o herói da noite, que adoro encher a cara de champanhe francês pago pelos outros, mas que não estou. Usufruir disso tudo tem um preço, que é não estar agora com quem gostaria de estar, simplesmente porque não é possível para ela estar aqui, e provavelmente nunca será. Nossos mundos não se misturam em público, parece um romance medieval. Devemos nos conformar com encontros furtivos, anônimos, cenas de amor e paixão na madrugada, condenados a uma vida de segredos e riscos, sem direito a reclamação nem cobranças. Antes de vir à festa cruzei com Celeste no flat, foi fazer o mesmo que eu, se preparar para um compromisso importante à noite, onde deveria se apresentar com mais distinção. Ainda bem que eu já havia me trocado, não me restaria ânimo para fazer isso com o devido capricho se a tivesse visto antes, foi muito humilhante para nós dois.

— Ei, bonitão, está com o pensamento onde?

Alice demorou a chegar, ou pelo menos não a tinha visto ainda. Nem preciso dizer que estava linda e cheirosa. Um vestido leve e preto pendurava-se delicadamente em seu pescoço e acomodava-se com intimidade por todo o resto do corpo. Aproveitou para se encostar bem em mim quando limpou a marca de batom que me deixou no rosto e se afastou em seguida, poupando-me do constrangimento de lembrá-la de não chamar muito a atenção para nós dois. Seu desfile pelo salão com as costas nuas e um par de saltos muito altos roubou os olhares de toda a audiência, e mais uma vez eu me pergunto o que fiz para merecer tudo isso ao mesmo tempo. Por que eu resisto tanto aos encantos de Alice e me entrego a Celeste? Seria tão mais fácil se fosse o contrário, duvido que alguém condenasse um caso com Alice, mesmo no Banco, mesmo sob a jurisprudência das regras de bom comportamento e ética subentendidas numa empresa séria e respeitável como a nossa. As pessoas transam, têm desejos, todo mundo entende isso, ou não entende mas convive com essa ideia, não fica bem se queixar da vida sexual alheia. Eu não duvido de alguns comentários maldosos por inveja e até ciúme, mas estou certo de que a maioria nos acolheria. É um pecado pequeno perto de qualquer outro a nossa volta, e é possível, cabível, quase desejado. Nós somos do mesmo mundo, frequentamos os mesmos lugares, nos protegemos, nos preservamos, ninguém vai se chocar. Que **doce sacrifício** seria me submeter a Alice, que confortável seria a rebeldia de burlar as regras do Banco sob o olhar cúmplice de todos, jogar dentro do jogo possível que sei jogar, e não essa convulsão emocional que é estar com Celeste.

 Ao sentar à mesa o meu coração já está menos apertado, e a festa menos tensa. Consigo olhar para os lados e ver gente se divertindo naturalmente, gozando este momento de luxo patrocinado por dinheiro alheio. Por que não fazer o mesmo? O Belisário não ficou para o jantar, retirou-se de cena. Acho que fez a coisa certa, mais uma vez. Mesmo que tudo tenha sido um plano bem desenhado, não dá para comemorar, pelo menos não em público. A esta altura o álcool já fez efeito e estão todos mais relaxados, inclusive o PC. A mesa dele está cheia de bajuladores, que bom, não sobrou lugar pra mim. Ele me vê de longe e me cumprimenta com a taça, eu retribuo com um sorriso largo, e ele me diz algo que eu penso ser "boa viagem", não dá para ouvir mas eu acho que foi isso, e agradeço do mesmo jeito, articulando "obrigado" com a boca bem aberta. Felizmente ele se descontraiu também, e isso começa a virar uma festa de verdade. Quando volto minha atenção para a mesa, Alice está sentada à minha frente de papo com um vizinho, que abandona assim que se dá conta da minha atenção. Eu não sei bem que sorriso é esse de Alice, mas ela me tranquiliza. Seu rosto está emoldurado pelos cabelos presos em trança como na outra festa, liberando os ombros nus para o nosso deleite. Parece uma ninfa, suave e perigosa, vestida para seduzir no limite exato que a situação permite e sabiamente, dramaticamente, com perfeita consciência do seu poder. Eu tive vontade de pegar na sua mão, agradecer por toda atenção que tem me dado ou só sentir seu toque fresco e relaxante em mim, não sabia bem, mas era um desejo inegável. Ela fez perguntas, elogiou minha elegância e levantou-se. Circulou entre as mesas, cumprimentou pessoas, clientes. Ela estava a trabalho e

Doce sacrifício

não seria ali que se desviaria de seus propósitos, e eu a admirava por essa capacidade de sempre achar espaço para as suas vontades ainda que em pleno fogo cruzado da cena corporativa, quisera eu conseguir conviver com essas coisas com a mesma tranquilidade. Quando voltou, a cadeira ao meu lado estava vazia, a festa já se encaminhava para o seu desfecho e eu era o último diretor presente. Ela tomou um gole da minha taça sempre reabastecida, gelada e borbulhante, os garçons sabem quem paga a conta. Cruzou as pernas e me olhou demoradamente, quase séria:

— Eu juro que nunca mais vou implorar por um beijo...

Eu sorri bem devagar, envaidecido, aquecido pelo desejo renitente de Alice.

— Acho que bebi demais. Você me leva pra casa?

— Qual casa?

— A que você quiser...

Eu nem estava tão bêbado assim, só o suficiente para abrir a guarda e deixar que Alice fizesse o resto, covardemente, usufruindo desse momento de confusa bondade do destino para alisar meu ego. Deixei nas mãos dela a responsabilidade pelas próximas horas, e ela não me decepcionou. Saímos juntos da festa embarcados na Preciosa, em direção à casa dela. Entramos na sua garagem e dessa vez ela não subiu sozinha, foi à minha frente sem me esperar, como a testar seu poder sobre mim. Eu fiquei pra trás observando seu corpo deslizar por baixo daquele vestido generoso. Ela me deu as costas no elevador, fingindo se importar com a imagem do seu rosto refletida no espelho. Não havia o que retocar, ela estava irretocável, perfeita como se a festa que acabamos de deixar estivesse só começando. Eu ameacei beijar seu pescoço e ela fingiu escapar quando a porta do elevador se abriu e revelou sua sala esplêndida, seu piso de mármore herdado do bom casamento.

Ela continuou a andar ainda mais provocante, como se precisasse me levar ao extremo para detonar uma reação que a satisfizesse enfim. Acendeu um, dois abajures, para marcar sua passagem, e recostou--se numa mesa negra e polida como eu jamais havia visto, iluminada por um feixe de luz bem definido que brotava do teto. Ela me fitou desafiadora, aguardando a minha reação como se dessa vez a decisão tivesse que ser minha. Ela já tinha feito a sua parte, agora era a minha vez de mostrar algum interesse legítimo, e de maneira convincente. A dois metros dela eu também parei, admirando aquela pintura que era Alice e seu corpão delicioso esperando por mim no meio daquela sala de jantar como numa cena de film noir, o cafajeste conquistador e a loira linda e vulnerável, desejando ser dominada. Desfiz-me da gravata e do paletó e me aproximei sem pressa. Toquei o peito de Alice com as costas dos dedos, expus suas coxas grossas com suavidade como se seu corpo tivesse que se revelar aos poucos, em pedaços, recuando um passo a cada instante para poder vê-la inteira. Alice se aquecia e me olhava tensa, levemente tensa, uma gotinha de suor finalmente brotava sob a maquiagem na sua testa, bem diante dos meus olhos. Eu não me excedia, ela também não. Continuava a minha suave exploração ainda que meus lábios começassem a secar, e a mulher segura e desafiadora cedesse lugar à menina trêmula em vias de ser tomada pelo desejo. Com um toque nos ombros o vestido cedeu até os quadris, e com mais um toque foi ao chão. Alice dos desejos de meio mundo estava à minha frente em saltos e mais uma calcinha de seda, dessa vez negra, mínima, e eu continuava a tocar seu corpo de porcelana com delicadeza, como que deslumbrado com sua branqueza irretocável, agora definitivamente trêmula, arfante. Ainda que o momento sugerisse, eu não a ataquei. Beijei Alice, toda, dos pés à nuca, reverenciei-a até que ela se sentisse desejada como deveria, como merecia, até que ela se entregasse a mim ainda vestido, ainda naquela mesa e no silêncio ártico daquela sala esnobe. Naquela noite cheia de surpresas Alice foi uma escolha. Não um acaso, nem um consolo. Preenchia com precisão uma parte destroçada da minha vida, recuperava o homem poderoso e bem-sucedido que eu devia ser. Alice era o meu troféu, e eu me exibi com ele para mim mesmo. Ele seria meu enquanto eu o quisesse, e se o quisesse.

Não demoramos a nos satisfazer. Havia algo nela guardado, pronto para aflorar, e eu precisava de alívio. Ainda nos faltava o fôlego quando nos separamos, e eu tinha a garganta ressecada pelo champanhe excessivo daquela noite cheia de emoções diferentes. Ela me seguiu pela casa, nua e meiga como um gato se roçando em mim enquanto eu ajeitava as calças ainda meio tonto, procurando por um copo d'água ou uma cocacola na cozinha. Ela me abraçava as costas e eu matava a sede em copos seguidos, só a luz da geladeira nos iluminava. Beijei-a muito, ainda na cozinha, esfregando suas costas frias, sentindo sem culpa o seu corpo nu totalmente encaixado no meu. Adorava o gosto da sua boca, suas coxas trepando nas minhas, seu cabelo loiro e agora solto tombando pelo rosto. Ela continuava nua, serena e obediente, respondendo docemente a cada beijo, cada afago.

— Tenho que ir embora...

— Eu sei, só mais um pouquinho...

Deixei Alice com os pés e tudo mais nus no mármore frio do seu hall do elevador, me olhando pidona como a menina do Belenzinho, terna, vulnerável, e minha única preocupação era achar um táxi para me levar de volta ao flat. Bobagem, eu estava em São Paulo, lugar de porteiros profissionais e pontos de táxi que realmente funcionam a noite toda. Sentado no banco de trás de um Santana barulhento percebi que não dava para me arrepender agora, era tarde demais e eu tinha gostado demais de cada momento, desde que aquela bendita noite invertera seu rumo do dever ao prazer, e eu me entregara a ela. Eu não estava apaixonado por Alice, o que é uma pena, mas definitivamente já não sei mais diferenciar estas coisas, paixão, amor, tesão...

 O flat está às escuras, minhas malas vazias, falta pouco mais de uma dúzia de horas para o embarque. Celeste não chegou, ou se chegou já dormiu e não quer me ver. Não tem post-it na porta nem ninguém me esperando de camisola no corredor. Queria contar para ela que a festa foi um sucesso e que o Belisário saiu do Banco e que Alice me beijou, se esfregou em mim e deu pra mim, e foi bom. Queria contar tudo para ela e não sentir mais culpa, não esconder nada, não deixar ela de fora da minha vida, mas ela não chegou, ou não quer me ver, e eu estou cansado demais para pensar nisso.

*DRINKS*

Adoro Orlando. Sei que não pega bem, bacana é adorar NY, Paris, a Capadócia, mas adoro Orlando também, não tem jeito. Adoro essa sensação de estar num mundo de brinquedo, feito para diversão e onde todos trabalham obsessivamente por isso. Adoro este sorriso bem treinado das garçonetes, os ônibus coloridos, as árvores de crescimento instantâneo, as filas divertidas. Orlando inventou a fila divertida, a noite eterna, o réveillon todos os dias. Não tem rua suja, nem tráfego, nem sinal de trânsito. Talvez no centro da cidade, mas não preciso ir lá, a festa é aqui, nos parques, e ainda vi pouco dela desta vez. O curso mal começou, mas foi intenso, aulas em sala e em campo dia e noite, esta primeira noite de sábado livre é um prêmio.

 — Você ia enlouquecer na Índia com esse seu nariz sensível...

 O indiano está me sacaneando. Insisti neste restaurante de co-

## Meu incômodo segredo

mida mexicana, adoro as fajitas, mas disse que entrei porque o cheiro me lembrava comida de botequim no Rio de Janeiro. Ontem ele ficou impressionado quando disse que gostava do cheiro das lojas da Disney, e mais ainda quando abri a janela do carro para sorver o aroma da grama cortada na beira da estrada. Fiquei com saudade do cheiro do capim-gordura, que me lembrava das viagens para a casa do sogro em Teresópolis, subindo a serra nas manhãs de sábado. Este retiro disfarçado em viagem de estudos tem me proporcionado bons momentos comigo mesmo e minhas lembranças, ainda que o tempo livre seja pouco. A sensação é de que a distância pôs um filtro na minha memória e só me lembro das coisas boas. Talvez seja só o começo, uma trégua, antes de retomar as coisas como deixei, mas vou tentar prolongar esta sensação boa e leve de férias muito bem remuneradas aqui nesta terra de prazeres inocentes.

Meu pequeno grupo de novos amigos ajuda a completar a ideia de fantasia deste momento. O indiano tem uma cara de indiano indisfarçável. Dirige uma fábrica no Uzbequistão faz anos, e fala da Índia sem parar, deve estar precisando voltar para casa. Tem um italiano também típico, meio simplório, gerente de uma revenda de vending machines, e uma chinesinha obcecada pela América. Não sei o que nos juntou, acho que foi o aluguel de um carro que nos agradasse a todos, mas está funcionando bem. Adoro conversar com eles. Os assuntos surgem do nada, como se alguém estivesse simplesmente pensando em voz alta e isso surpreendentemente não me incomoda, pelo contrário, eu paro para prestar atenção, parece que preciso muito disso, dar atenção a alguma coisa que não me traga qualquer benefício, só pelo dever de dar espaço às coisas que acontecem a minha volta, ceder a vez, respeitar. A compensação é que posso contar para eles o maior segredo do mundo sem correr qualquer risco, eles vão voltar para casa e nunca mais vamos nos ver, apesar das promessas em contrário. Falar é um exercício terapêutico revelador quando você consegue ultrapassar a camada protetora do ego e perfura a sua essência. Isso é mais simples quando você está falando sem expectativa de censura ou quando não se importaria com ela, e deve ser por isso que está me fazendo tão bem.

Ontem à noite conversamos até mais tarde, os três sentados na varanda do quarto da chinesinha, tomando cerveja e comendo batatinhas gordurentas, para ódio do italiano que queria sair para comer uma pizza e ver gente. Eles queriam saber do Rio, da beleza da cidade, das mulheres nuas na praia e da violência nas ruas e nos morros. Perguntaram se eu já havia visto alguém ser morto, estavam obcecados com essa ideia, e eu estava ficando meio incomodado com isso. Disse que não, ser morto não, e que quando via algum corpo na rua ele já estava coberto com um pano branco e tinha uma vela ao lado. Não sei de onde surgem estas velas, nem os panos brancos, mas eles logo aparecem. O indiano, louco, me perguntou se eles estavam sem sapatos, para meu espanto e o de todos. Disse que era importante estar sem sapatos, pois os espíritos deixam os corpos pelos pés, e é preciso libertar o espírito o quanto antes, que é assim que se faz. Me fez prometer tomar essa providência na próxima vez em que visse um "presunto" na rua.

— Eu nunca vi uma pessoa morta – disse o italiano.

— Nunca? Nem num enterro?

— Nunca, ao vivo nunca, não tenho coragem...

Eu também não tinha visto até o dia em que minha avó nos deixou, bem velhinha, cansou de viver mesmo, e eu não tive como escapar. Meu pai quis que ela fosse sepultada na cidade pequenina onde nasceu e me escalou para ajudar nisso. Tomei fôlego e vi minha avó em casa, na cama, durinha e branquinha como nunca. Demorei a entrar no quarto, mas quando criei coragem sentei ao seu lado, ajeitei seus cabelos fininhos e pus a mão no seu corpo frio. Ela me parecia viva e atenta, como sempre foi. Alisei suas mãos de fortes veias azuis saltadas e conversei com ela falando bem baixinho, me despedindo e declarando meu amor e admiração. Logo os encarregados pelo traslado vieram e viajamos juntos, seguindo o carro funerário pela madrugada até o salão do velório, lá no interior de Minas Gerais, e eu vi o dia amanhecer no cemiteriozinho na entrada da cidade enquanto servia café com leite e pão para minhas tias. Passamos a madrugada relembrando histórias antigas ao lado de minha avó, e eu entendi naquele dia o significado desse ritual duro dos velórios e enterros como um desfecho, uma despedida, a conclusão de alguma coisa que não pode ser feita por ninguém além de você mesmo e que te autoriza a seguir em frente.

— Vocês estão me devendo um jantar em algum lugar mais chique do que este...

A chinesa era uma graça. Séria, compenetrada, mas muito divertida, vestida de grife da cabeça aos pés, sempre. Ainda no primeiro dia apostei com o Rajani que ela ia cair nas garras do italiano, mas acho que vou perder a aposta. Ele é muito tosco pra ela, mesmo confiando na cara de pau infalível do Baldini, a chinesinha vai preferir alguma coisa mais refinada. No momento ela está com a cara enfiada num prato de costeletinhas de porco sem a menor cerimônia, mas acho que para companhia ela deve preferir coisa melhor. Hoje ela já mencionou o namorado duas vezes, com um certo desprezo, é verdade. Tem muito homem na China e este é um namorado de infância, quase uma combinação entre as famílias, e ele trabalha como supervisor numa fábrica de eletrodomésticos. Não é páreo para esta menina cheia de planos, ela está fascinada com o outro lado do mundo, vai dar um pé neste namoro arranjado assim que tiver uma chance.

— Você ainda não falou da sua namorada...

Ela está me provocando, mas a curiosidade é geral. Rajani já estava ficando íntimo e quis ver fotos, mas eu não tinha nenhuma. Nenhuma foto e nenhuma namorada, apesar de três mulheres na minha vida. Tentei contar para eles mais ou menos o que estava acontecendo, mas fiquei surpreso com o meu próprio embaraço. Estava disposto a falar tudo, sem medo nem culpa, nem remorso, mas não consegui. Pulei partes importantes simplesmente porque não sabia o que dizer, as palavras não saíam, não sabia como explicar ou tinha vergonha de explicar. Minha história não convenceu a ninguém, mas marcou a noite. Rajani sempre é o mais incomodado, fez várias perguntas como se estivesse tentando montar um quebra-cabeça, encaixando as peças dentro da lógica dele. Pro Baldini eu virei um ídolo, tinha três mulheres e ainda me dava ao luxo de escolher. A Lin fez cara de dúvida, pra ela eu estava contando vantagem, tentando impressionar, mas é claro que não estava. Estava falando em voz alta e pela primeira vez coisas que eu não havia falado nem pra mim mesmo, e me dava conta de que elas não faziam sentido. Como dar por terminado um casamento se ele ainda está valendo? Eu ainda sou oficialmente casado e nem me dei ao trabalho de providenciar o desdobramento disso, nem de contar isso pros amigos, para a empresa. Ao mesmo tempo, como abrir mão de uma mulher pela qual eu me percebia apaixonado, e como não me apaixonar por uma outra que tanto me seduzia e encantava? Meu relato de vida era uma bagunça, não cabia em mim e no que eu aparentava ser em qualquer aspecto. Eu não tinha casa apesar de ser um executivo bem-sucedido, nem plano, nem pretensões.

Nem um carro decente eu tinha, parecia um fugitivo, um exilado que perdeu o direito a tudo o que tinha, sem ter optado por isso.

— Sua mulher sabe que você está aqui?

Eu demorei um pouco a responder. Parecia uma dramatização boba, mas não era. A ideia de uma mulher como "minha" ou parte da minha vida já não fazia mais sentido. Eu não tinha uma mulher, nem estava com uma mulher, apesar de ter preenchido gloriosamente minha vida recente com algumas, e me peguei pensando que talvez elas sequer soubessem mesmo onde eu estava naquele momento. Talvez Alice, mas essa definitivamente não se incluía nos meus planos. Senti-me vazio, repentinamente vazio e quase ausente daquele momento, mas o Baldini insistia na pergunta:

— Sua mulher, com quem você se casou, lembra? Você se casou na igreja? – perguntou o italiano.

É claro que eu havia me casado na igreja, comunguei, prometi fidelidade, fiz festa e lua de mel. Não tenho certeza se disse pra Lúcia que estaria aqui. Não falo com ela desde o dia em que nos encontramos em casa, pela última vez. Também não falei mais com Celeste nem com Alice desde que cheguei. Não falei com ninguém, por mais apaixonado ou preocupado ou comprometido que pudesse estar, não dei notícias nem tive vontade de falar com ninguém, e ninguém entende isso. Acho que eu também não entendo. Não entendo esta vontade exagerada de estar longe de tudo, se tudo parecia aos poucos se encaixar na minha vida de novo, ainda que em meio a alguma confusão. Talvez seja só um cansaço de mim mesmo, e uma tremenda preguiça de encontrar respostas para os problemas que eu mesmo criei. Talvez eu só quisesse esperar o tempo passar mais uma vez e deixar as coisas se resolverem sozinhas como sempre fiz, e este seria o lugar para se fazer isso, longe de tudo e de todas que se pusessem no meu caminho tentando interromper o curso natural das coisas. Talvez essa vida que eu vivi não me servisse mais, talvez eu não tenha a chance nem o direito de optar por outra vida, talvez eu só queira descansar e esquecer de tantas coisas me empurrando para uma solução que eu não sei qual é por enquanto.

— Vamos pedir a sobremesa, vocês estão me deixando tonto, preciso de açúcar...

Só o italiano achou graça, e começou a falar das suas namoradas achando que tinha uma história igual a minha, com a vantagem de nunca ter se casado. Eu remexi o sorvete à minha frente tentando achar o rumo da conversa e trazer de volta a descontração para aquele encontro que só existia para ser agradável, leve, mas não foi fácil. Felizmente a noite foi longa, e eu tive tempo para relaxar de novo. Caminhamos pelo píer enfeitado de luzes e bares temáticos até muito tarde, quase vimos o sol nascer. Nos revezávamos em duplas, trios, e como amigos antigos ouvimos as histórias uns dos outros, coisas boas, coisas nem tão boas, dramas, esperanças, vitórias. Lin perdeu um irmão que nem pôde ver morto, ficou enterrado numa mina bem longe de casa, nem a família nem o governo pagaram para trazer o corpo de volta. De tão triste foi morar em Beijing, com os tios e primos pequenos, e teve a chance de estudar. Seu medo de voltar ao interior e ter de novo a vida miserável dos pais era tamanho que ela mergulhou nos estudos. Falava inglês, espanhol e alemão, formou-se em comércio exterior e vivia em viagem, e se dependesse dela não colocaria mais os pés no país onde nasceu, ainda que tivesse que largar a família para trás.

— O comunismo é um credo agnóstico. Por mais que as coisas mudem as pessoas continuam acreditando nisso, eu não consigo entender...

Lin tinha uma vida inteira para mudar dentro dela. Ela odiava o seu passado e se empenhava para apreender este novo mundo que lhe era apresentado, mas isso lhe custava as dores de abandonar o lugar em que nascera e as pessoas que amava, pois elas não mudariam com ela. Eu a entendia, claro, e quase tinha vergonha dessa empatia pelos problemas que eu julgava serem comuns a nós dois, a minha luta era só comigo mesmo.

Antes que o sono nos impedisse de dirigir voltamos para o hotel, mas a vontade era ficar ali, acolhendo uns aos outros, desprendendo aos poucos os pedaços imprestáveis da nossa história de vida, emagrecendo o remorso e a culpa sem nos preocuparmos com a solução. No banco de trás do carro com a cabeça encostada no meu ombro Lin parecia dormir, mas num espanhol quase perfeito para que os outros não entendessem ela me confidenciou:

— Você tem muita coragem, vai encontrar sua vida de novo, não vai demorar muito.

Eu a olhei, sorri e beijei sua cabecinha de cabelos muito lisos e curtos, e ela tentou adormecer de novo se acomodando no meu peito. Eu não reconhecia em mim esta coragem que os olhos generosos de Lin acusaram, mas tentei acreditar no que ela disse e me imaginei feliz de novo um dia com Celeste, que era a primeira que me vinha à mente quando eu pensava em felicidade plena. Na portaria do hotel, meio bêbados, trocamos um abraço grupal que acabou em gargalhadas e um tombo patético. Meus novos melhores amigos eram a surpresa boa desta viagem, eu reencontrei minha turma onde menos esperava e me sentia mais completo com eles. Na porta do quarto, Rajani, meu temporário vizinho, pôs a mão no meu ombro e aconselhou:

— Pegue mais leve com você mesmo. Você tem muitas vidas aí

dentro e não sabe o que fazer com elas. Deixa elas te dizerem alguma coisa antes de decidir seja lá o que for, você não tem motivo pra pressa.

— Isso é filosofia indiana?

— Não, isso é a experiência de um pai e de um irmão de seis rapazes e cinco moças...

Rajani não tinha sono, e o meu já se tinha ido. Ele dizia dormir pouco, menos de quatro horas por noite, e quando bebia ficava quase sem dormir. Me contou sua vida em cinco minutos. Havia muito mais para contar, mas ele só queria dizer o suficiente para me mandar para cama com um conselho, que ele guardou a noite toda até que tivesse minha exclusiva atenção.

— Eu não entendo os seus rituais para se despedir dos mortos, mas fico feliz que você tenha aprendido alguma coisa com eles e, se me permite dizer, acho que as lições aprendidas são para ser usadas...

— Você acha que eu não enterrei alguma coisa que devia ter enterrado...

— Não, não sei de nada. Mas você vai descobrir. Depois que relaxar, ouvir seu coração e deixar as palavras descansarem dentro de você. A verdade precisa de silêncio para ser ouvida e você precisa da verdade para ser feliz. Não se apresse.

Não era difícil entender o que ele me disse, nem precisava de uma grande revelação para sentir amor por ele, por Lin e até por aquele italiano maluco. Nós éramos refugiados de nós mesmos, e precisávamos disso. Um lugar longe de tudo para abrir nossas malas e tentar pôr as coisas em ordem, sem pressa e nem cobranças, só compreensão e um pouco de diversão, todos nós.

No dia seguinte continuamos juntos, e assim foi por todo o tempo. Estávamos cada vez mais próximos, e eu cada vez mais distanciado do mundo que me esperava na volta. Confiro os emails do escritório uma vez por dia, só respondo o essencial. Alice me ligou, disse que queria ouvir minha voz. Nenhuma notícia de Lúcia, nem de Celeste, a única que de alguma maneira me frustra. Queria poder ligar para ela e contar desses dias bons, dos novos amigos, mas não consigo. Não sei se ela está esperando por isso, ou se quer que eu me afaste, que a nossa história não continue, não sei mesmo, e não tenho pensado muito nisso também. Estou me esforçando para deixar que as tais vozes falem logo dentro de mim, me contem as coisas que eu preciso entender. Aqui na terra do Mickey a vida de verdade parece um filme. Eu vejo os passos que dei, as opções que fiz sem razão aparente, mas não me sinto enganado. Muitas vezes os caminhos se abriram ao acaso, mas eu sempre soube onde estava me metendo, nunca os evitei. Os meus medos não me abandonaram, as coisas que me incomodavam também, mas eu não me desviei, como se confiasse sempre na solução mágica no meio do caminho; como o tal menino que confiava na missão cármica que lhe cabia nesse universo, tudo iria se resolver.

    Fazia parte do curso um almoço no centro de Orlando numa rua que à noite vira festa, com bares e casas de show de ponta a ponta. Fomos lá para ver como organizavam tudo de novo todos os dias para a ferveção madrugada adentro, uma operação impressionante. A tarde era livre e decidimos esperar pela noite por lá mesmo andando e conversando sem parar. Tive mais uma vez a chance de contar para o trio sobre Celeste, o que ela faz, o que eu sinto e como não conseguimos levar isso adiante, mas não deu. Parece que minha coragem diminui à medida que minha ligação com eles aumenta. Estamos ficando mais amigos, mais íntimos, acho que tenho medo de decepcioná-los. Difícil de explicar e de entender, sinto muita vergonha quando penso nisso. Em algum momento imaginei que pudesse ser por Celeste, pelo que ela é e o que ela faz, mas não é, ou não é só isso, é por mim. Fraqueza, preconceito, imaturidade, coisas que eu não queria reconhecer em mim. Não ter tido alguém com quem pudesse dividir tudo que aconteceu foi muito ruim. Precisava de um ouvido atento, ou simplesmente precisava falar. Falar é de fato muito mais lento do que pensar. Demanda organizar o raciocínio, transformar ideias difusas em frases, e só então se expressar, pronunciar as palavras uma a uma de maneira audível, compreensível, organizada. Pensar não, pensar é jogar uma saraivada de coisas numa caixa todas ao mesmo tempo, umas em cima das outras, que vão se amontoando e nem sempre se completam, não se organizam, não se concluem. Eu não organizei o que estava vivendo e por isso não consigo entender o que senti. Na minha compreensão de leigo é disso que os terapeutas vivem, ouvir e organizar o que as pessoas dizem para que elas possam ouvir a si mesmas, pois quando pensam não se ouvem. Acho que é isso que está se dando comigo aqui. Ouço lá no fundo as tais vozes, bem aos poucos, devagarinho, e começo a tirar dessa montoeira de emoções uma ou outra conclusão sobre o que de fato está se passando comigo.

    No nosso último fim de semana juntos combinamos de ir a Nova York, já tínhamos até hotel reservado, mas na última hora desistimos. Preferimos ficar ali nos esbaldando nos parques, bebendo cerveja e falando, muito, cada vez mais. Dividi com eles o meu deslumbramento com Manhattan da primeira vez que lá estive. Contei que estava no metrô e dei de cara com uma negra, cega, cantando sozinha, maravilhosamente, parecia a Ella Fitzgerald num palco, só que bem ali num corredor protegido do frio de janeiro. Fiquei mais de meia hora parado diante dela, só saí quando ela parou para descansar, e deixei dez dólares na caixinha me achando o cara mais sortudo do mundo por presenciar aquilo. É por isso que o cinema americano é tão bom, eles só têm que ligar a câmera e filmar, concluí.

— O cinema americano resolveu por você o que era bom, eles fizeram parecer bom o que pra eles era só a realidade, até as coisas difíceis. A confusão dos imigrantes, a pobreza, a falta de emprego...

Rajani tinha uma compreensão das coisas que me fascinava. Ele não era muito mais velho que eu, talvez uns cinco, seis anos, mas na minha mediocridade eu imaginava que só um ancião poderia acumular tanta sabedoria. Eu gostava cada vez mais de estar com eles, mas nosso tempo tinha se esgotado, e eu continuava com o **meu incômodo segredo**. Sentia um remorso crescente por isso, pois eles se empenhavam todos os dias pelo meu dilema, mas não tinham a informação que poderia levar à solução do problema, a equação não fechava.

O curso terminou e o grupo foi se desfazendo. Primeiro o Baldini, a Lin foi na sequência, e me custou a confissão envergonhada da aposta que fiz com o Raji no começo das aulas. Ela me abraçou sorrindo, por um tempo longo, e fez também sua confissão:

— Acho que os abraços que eu dei em vocês aqui são mais ou menos o mesmo tanto que eu recebi de qualquer outro homem em toda a minha vida...

— Nem do seu pai?

— Meu pai, que eu me lembre, me abraçou quando meu avô morreu. Talvez alguma outra vez quando eu era criança, mas não passou muito disso...

Não sei como isso é possível, mas naquele momento a Lin era uma das pessoas que eu mais amava no mundo, e eu desejava a felicidade dela como a minha própria. Não sabia como dizer isso e nem tentei, nada que eu dissesse seria melhor do que aquele abraço no corredor do hotel, que ela levaria de lembrança para uma vida onde o que ela sente e o que quer não são páreo para o que tem e o que deve fazer. Só disse a ela que fosse feliz e que não deixasse de tentar ser feliz nem por um dia. Ela, sim, era uma mulher de coragem. Os meus desafios perto dos dela eram uma bobagem juvenil, e eu já nem me lamentava mais por eles.

Rajani ia ficar mais uma semana nos EUA e o meu voo era no domingo à noite. Passamos o sábado juntos, e à noite criei coragem e contei só para ele o que deveria ter dito a todos:

— Eu já imaginava alguma coisa parecida...

Sua expressão era de uma felicidade contida. Ele entendia a minha confusão e em sua generosidade desmedida sentia-se aliviado. Eu não sabia bem como continuar a conversa, não esperava conselhos nem respostas, só queria mesmo me redimir, fazer jus à nossa cumplicidade, principalmente a ele que tanto me acrescentou naqueles dias. Ele não me falou nada de imediato. Pediu mais uma cerveja e contou mais um episódio da sua vida, em doses capsulares como sempre, econômico e preciso. Já havia me falado de seu pai e sua família, que eram relativamente bem-sucedidos na Índia desde o tempo de seus avós. Contou-me então que seu pai, num esforço de boa convivência, cedeu um terreno muito bem localizado na capital para que um executivo inglês construísse sua casa. Ele fez uma mansão belíssima, cheia de cômodos e espaços para jogos e diversão, mas que foi sempre frequentada só por ingleses, nem o pai dele foi convidado a visitá-los depois que ficou pronta. Ele cresceu revoltado com essa história, mas não tinha muito o que fazer a não ser conviver com isso, era assim que as coisas funcionavam. Um dia o filho do executivo inglês convidou Raji para a festa do seu aniversário, e isso o deixou empolgadíssimo. Seu pai desconfiou, mas ele o convenceu de que os tempos eram outros, as coisas estavam mudando, e se preparou para o evento com roupa nova e muita expectativa. No dia da festa ele foi recebido no portão e acompanhado por um criado até um pátio onde outros rapazes locais como ele já aguardavam à volta de uma mesa com sanduíches e refrescos. O aniversariante apareceu para cumprimentá-los e agradecer por terem vindo, educadamente, mas foi só. Voltaram a se encontrar apenas no pequeno campo de críquete, onde dois times de garotos do colégio inglês se enfrentavam, e o máximo que coube a Raji e seus colegas foi assistir ao jogo e vez por outra buscar as bolas isoladas no bosque que eles bem conheciam. Ele não esboçou reação, nem qualquer dos outros meninos, que continuaram docilmente trocando piadas entre si e buscando as bolas, como se aquilo fosse a coisa mais normal do mundo, uma festa particular dentro de uma outra festa maior, onde cada um tinha o seu papel, e todos pareciam muito bem resolvidos com isso.

— Hoje tenho vários amigos ingleses e gosto deles, mas levou muito tempo para que eu voltasse a falar e conviver tranquilamente com qualquer inglês. A vergonha por não ter ouvido meu pai era grande, mas eu não conseguia mesmo era aceitar aquela situação e nem sabia o que fazer para mudá-la, então fugi dela o quanto pude, até que um dia as coisas se acomodaram, e isso ficou só como a lembrança de um jeito duro de aprender a viver com aquilo que a gente é aos olhos do mundo e não simplesmente como nós queremos que seja, tentando mudar as coisas na hora que nos convier. A vida não funciona assim.

Rajani não precisava de muita explicação para entender o que se passava comigo, e acho que com ninguém. Eu me confessei a ele para me libertar da minha culpa, queria ser perdoado, consolado, compreendido, me redimir submetendo a ele essa verdade mal guardada. Ele me devolveu sua própria fraqueza e sua própria vergonha, nos colocou no mesmo patamar, me tirou do limbo no qual eu me arriscava a mergulhar valorizando meus supostos defeitos, e transformando minha fragilidade num bem que eu devia reconhecer e respeitar.

— Ame quem você quiser, João, mas se **você não** está disposto a enfrentar a fúria do mundo invente outra vida, pois nesta você já sabe quem é, e o que você é precisa prestar contas das escolhas que está fazendo.

Procurei por um rosto bonito ainda no saguão de espera do aeroporto, antes do embarque. Faz parte das minhas fantasias de viagem encontrar na poltrona ao lado uma mulher linda e carente de companhia, mas isso nunca aconteceu. Não fazia a menor diferença acontecer dessa vez, pura força do hábito e canalhice atávica.

Essas quase três semanas foram uma dádiva. Nem por um minuto me esqueci do que me esperava na volta, mas muito pouca coisa me trazia preocupação de verdade, e nada me fez falta. Ainda que eventualmente pensasse em Celeste, foi uma pausa necessária, mesmo dela, e só de pisar neste aeroporto e pensar em voltar já começo a sentir a vida velha reclamando seu espaço em mim. Há muito o que retomar, coisas boas e recentes, outras antigas e das quais não pretendo me desfazer, mas preciso pensar em reposições, novos hábitos para reabilitar uma vida que já não é mais a mesma.

Na fila de embarque me distraí com uma moreninha de traços latinos bem marcados. Não aparentava ser tão jovem, mas tinha um rosto bonito de menina, quase uma indiazinha, disfarçado por um par de óculos preto moderninho, premeditadamente urbano e bem escolhido, caía bem nela. Desejei que estivesse por perto, mas ela viajou sozinha numa poltrona do corredor na classe econômica e dormiu a viagem inteira. Eu também acabei voando sozinho, e me restou usufruir de todos os mimos que me faziam jus, largado numa poltrona da classe executiva. Maneirei no champanhe de entrada para descontar no vinho do jantar, que prometia ser bom. Se há alguma coisa que pode ser melhorada em Orlando, eu sugiro uma oferta de pelo menos duas ou três opções decentes de vinho nos menus. Os restaurantes são divertidos, mas não dá para acompanhar tudo com cerveja.

Tentei provocar o sono lembrando os últimos dias e me encharcando de vinho, mas também já começava a pensar em meus pais, e na minha banheira velha no flat, e em Celeste, e em Alice também. Sentia uma saudade discreta dessa minha vida recente que tanto tem me desafiado, e isso me parecia progresso. Gostar daquilo que se tem me parece o caminho certo, e eu voltei a gostar das coisas e a sentir falta delas. São prazeres ainda muito pouco claros, parece até que se misturam. Alice, Celeste, as ruas largas de Moema, as árvores do parque, o café do mercadinho chique. Parece que é tudo igual, que são doses iguais de prazer vindas de coisas muito diferentes, mas que me alimentam o espírito judiado pelos anos passados em letargia. Vou recebendo pequenos afagos, doses medicinais de carinho que recuperam aos poucos minha autoestima, conquistam espaço no meu corpo, eu quase sinto isso, e quero mais, mais de cada uma dessas coisas, todas elas. Eu começo a ver tudo isso à minha volta, parecem opções infinitas de prazer. Estou perdido no meio de um círculo e escolhendo uma casinha de prazer para entrar. Casinha da Celeste, do café no mercadinho, da praia do Leme à tarde com o sol amornando a areia... As casinhas se multiplicam e eu fico confuso, mais coisas que me dão prazer vão aparecendo, coisas que eu nem imaginava e eu me perco no meio delas. Não consigo achar mais a casinha de Celeste, nem a de meus pais, nem Alice, nem a banheira, e saio correndo olhando dentro de cada casinha, já são centenas, e me encanto com cada coisa que vejo. Tudo me dá prazer, mas eu não consigo parar em nenhuma delas, corro para a próxima, e para a próxima, ansioso, com o coração aos pulos, como cabe a um bichinho assustado que se distraiu e não sabe mais o que escolher.

Acordei desnorteado com a aeromoça me oferecendo o café da manhã e o dia ainda escuro lá fora. A viagem chega ao final e em algumas horas eu vou estar de volta à vida que deixei em São Paulo. Desci do avião ainda um pouco tonto e vi à minha frente a moreninha do embarque indo já longe, balançando um rabo de cavalo que se perdeu no mundaréu de gente apressada para pegar as malas. Mais adiante, já com uma sacolinha do free shop e pronta para sair, ela reapareceu um pouco diferente. Os cabelos pretos e escorridos estavam agora soltos, o agasalho antes fechado até o pescoço se abriu mostrando uma promessa de grandes seios, e os óculos moderninhos sumiram. Ela piscava sem parar, eram as lentes de contato certamente, a mocinha se arrumou como pôde para chegar bonita ao encontro de alguém. Minha reação inicial foi de despeito, mas rapidamente se converteu em ternura ao perceber o esforço da menina em se fazer bonita. Inveja, inveja da boa. Acho que aprendi a reagir bem à inveja, fazer bom uso dela, que sinaliza minhas áreas pessoais carentes de atenção. A ideia de alguém me esperando no desembarque ainda me parece confusa, quero tempo para pensar em quem eu gostaria que estivesse ali, mas pouco tempo. Quero logo poder contar com alguém para me receber com beijos demorados, abraços cinematográficos e olhos brilhando, dramático como todo amor merece ser. Ela acelerou o passo e eu ganhei o meu próprio sorriso de satisfação pela história que concluí ser a dela e que eu gostaria que fosse minha. Quase senti remorso pelo meu desejo grosseiro ainda no embarque, mas sem motivo. Vinte dias sozinho justificavam tesão sem culpa alguma, mas não é o que me ocorre agora. A mocinha dos óculos moderos encheu meu coração de ternura e de vontades novas, ou velhas, reaparecendo, abrindo espaço na minha demanda por prazeres simples.

Vontade de segurar na mão fria de alguém que ficou te esperando e agora não quer te soltar, e que tateia sua pele, suas ranhuras, e as ama, porque são suas. Vontade de reconhecer o cheiro e o gosto na boca que te recebe saudosa. Vontade de não desejar nada além de estar junto, de ter alguém para contar as coisas que viu e que fez, de sentir o conforto quente no colo conhecido, de compartilhar o silêncio.

Alice foi meu último beijo, mas é o gosto de Celeste que me vem à boca quando penso em alguém para me esperar. Celeste desafia meus princípios. Alice, meus limites. As duas ressuscitam meus instintos. É engraçado saber disso, mas eu começo a saber e a desejar **o prazer do medo** e o conforto da confiança quase ao mesmo tempo.

O táxi segue rápido pela Marginal ainda escura, cortando os carros com agilidade neste fim de madrugada fria em São Paulo. O trânsito fica lento, quase para. O rádio informa um acidente com um motoqueiro na nossa pista, alguns quilômetros à frente. Os carros passam um a um, o corpo está estirado e coberto pelo manto refratário do serviço de resgate, sozinho, sem vela nem ninguém para chorar sua vida desgraçada. Procuro por seus sapatos, angustiado, e vejo um tênis branco solto no asfalto úmido, e seu pé direito descalço escapando da manta prateada.

### VENDE-SE

A coisa que eu menos queria fazer neste momento era estar neste lugar, mas achei melhor vir. Eu virei assunto no Banco desde aquela festa e depois sumi, é bom saber como andam as coisas, e um pouco de informalidade pode ajudar.

Meu primeiro dia foi agitado como era de se esperar, mas não precisava tanto. A primeira conversa com o PC foi um desastre. Ele me cobrou uma posição sobre Alice, que surtou e disse a ele que nós estávamos namorando. Louca. Mesmo que fosse verdade, isto é assunto proibido e ela foi dizer logo pro PC, não imagino o que pode querer com isso. Fiquei naquela posição onde qualquer coisa que eu faça vai dar errado. Negar é péssimo, confirmar é péssimo, tentar explicar o que realmente aconteceu é impossível. Ela sumiu, sabe que eu cheguei e ainda não me procurou, deve estar ciente da bobagem que fez. Fora isso a boataria quanto à minha promoção corre solta, o que pelo menos é um sinal de que a língua frouxa de Alice não passou da sala do PC.

São Paulo "indoor" se parece um pouco com a Flórida, este bar muito bem produzido não me deixa negar, e eu gosto disso, ainda que não me entusiasme com o que me trouxe aqui. Fico impressionado com a capacidade que algumas coisas têm de resistir ao tempo, como essa bobagem de despedida de solteiro. Este cara jamais foi solteiro e nunca fez nada que fosse digno de um solteiro convicto, tá fazendo o que aqui, hoje? Chega a ser patético, ele nunca deve ter bebido mais que duas cervejas numa semana inteira, vai desmaiar daqui a pouco. Quero ver se estes imbecis liderados pelo Nino vão cuidar dele até chegar em casa, ainda bem que só se casa no próximo sábado, tem uns três ou quatro dias pra curar este porre.

— Presidente, tá bebendo pouco. Pode relaxar aqui, é tudo entre amigos...

Até este mané da tesouraria me sacaneia, não tem jeito. Ainda se houvesse algum benefício nisso... Se estes caras soubessem o quanto eu não estou interessado em sair da minha salinha protegida do mundo e de toda esta confusão...

— Tá faltando mulher nessa despedida de solteiro...

Ainda bem que alguém reparou. O mais bobo do grupo ameaça fazer uma graça para a gordinha na mesa ao lado, mas felizmente se distrai e desiste, ela tem cara de chata, e tem amigas que, numa escala de 1 a 10, não chegam a 4 no quesito beleza. As brincadeiras são as mais idiotas e previsíveis, o grupo não tem traquejo para uma farra bem-feita, e eu não vejo a hora disto acabar.

— Nino, por que não trouxe suas amigas?

— Pra que elas continuem sendo minhas amigas. Devia ter trazido umas putas...

— As putas são as melhores...

— Um brinde às putas!

— Viva as putas!

A mesa foi se esvaziando, e eu fiquei. Gostei mais do bar à medida que esses nerds foram saindo e deram espaço para que gente de verdade sentasse à nossa volta. Ficamos eu, o Nino e o Almeida, um cara que eu não conhecia ainda. Bêbados, fizemos vários brindes às putas, virou nosso bordão. Estava esperando o Nino me provocar falando de Celeste, mas não aconteceu. Acho que eu queria que acontecesse. A bebedeira estava me deixando sensível e eu queria falar dela, qualquer coisa, bem, mal, mas queria falar dela, e como ele não o fizesse fui eu quem provocou de novo o assunto.

— Você acha mesmo que as putas são as melhores?

— Claro...

— Melhor que sair com uma gata, sem pagar?

— Melhor. Melhor não, diferente...

— Diferente como?

— Transar sempre é bom. Até quando é ruim é bom, que nem pizza. Mas quando você paga e manda tem um outro sabor, não dá pra comparar...

— Será?

— Vai dizer que você não gosta? Põe o bolinho de dinheiro na mesa, tira as calças e diz...

— Não sei, não sei. Nunca pensei nisso...

Me arrependi, ia começar a ouvir coisas que não queria. Tentei mudar o rumo da conversa, mas o Nino se empolgou, ajeitou-se na cadeira, estufou o peito e começou a dar detalhes. O Almeida ria e eu tentava rir também, mas fiquei tenso, e não tinha o que fazer. Eu provoquei o Nino e ele respondeu sem rodeios, era simples e honesto mesmo que eu não gostasse, ou gostasse e não quisesse admitir, não sei exatamente, mas ele sabia:

— E elas gostam...

— Acho que não.

— Gostam. As boas gostam. Você acha que dá pra viver disso sem gostar? Quanto mais safadeza mais diversão pra elas, e pra você também...

Dei cinco minutos e pedi a conta, não dava mais para me divertir, e eu não estava feliz, quase nunca estava. As coisas evoluíram, estão ficando mais claras, se desenrolando, mas neste momento meu estado geral é um misto de confusão mental com impaciência, permeada por alguns bons momentos de diversão e relaxamento. Não é tédio, não é a angústia de não saber de onde o incômodo vem, é o contrário disso. É o início da consciência dos problemas e da origem deles e da minha dificuldade em resolvê-los, em ter que conviver com eles enquanto a solução não chega. A lucidez não é um fim, deve ser uma passagem para o prazer de verdade, pois entender o que se passa à minha volta ainda não me recupera a **felicidade plena**, se é que isso existe. Parece que o passo seguinte para entender as coisas é a ação, e isso implica tomar decisões, mas não exclui a dúvida nem garante a felicidade.

Tenho pensado nos meus medos, nos menos óbvios, aqueles que a gente pensa que não existem ou que são tão naturais que não se reconhecem como tal. O medo de gostar realmente de Celeste encabeça a fila, este é fácil de identificar, mas ele agora me vem sem vergonha, ele é um medo verdadeiro, legítimo, só um idiota não teria esse medo. Enterrar meu passado para dar espaço a uma vida nova, deste eu não sabia, é um medo novo. Desconectar-me da minha história, amigos, família, lembranças, sem a garantia de poder fazer tudo de novo daqui pra frente, longe de casa, da minha praia, minha areia, meu chão, minha pilha de jornais velhos, isso eu sequer sabia ser uma possibilidade. Eu tenho uma vida nova para construir, isso não é uma opção, é um fato. Desfazer-se de uma relação de mais de dez anos é perder um pedaço de você, inevitavelmente, e não pode ser diferente, não faria sentido. Tentar escolher os pedaços que vão e os que ficam é um esforço legítimo, mas inútil. Muito do que você foi ou quis ser vai ser soterrado na construção da sua vida futura, necessariamente soterrado e sem chance de convivência pacífica. Minha cabeça lateja, meu estômago arde, pode ser excesso de cerveja ou falta de paz, ou os dois. O táxi para mais uma vez na portaria do flat, a janela de Celeste continua apagada, não sei o que aconteceu, parece que ela não mora mais ali, ou viajou, sei lá. Fico preocupado, minha dor de estômago aumenta, mas não tenho coragem de perguntar ao porteiro se ela está, ele me diria se fosse alguma desgraça, melhor ficar calmo.

É uma semana atarefada, não só pela ausência por conta da viagem como pelas novas responsabilidades herdadas do Belisário. É o máximo que vai acontecer, essa promoção é uma fábula gerada no inconsciente neurótico deste povo obcecado pela vida corporativa. Ontem à noite conversei com Alice pela primeira vez desde que cheguei. Fomos a um restaurante do shopping, propositalmente público e sem glamour, ela nem se importou, estava irreconhecível, assustada, frágil, com medo de tudo. Pediu desculpas, disse que foi surpreendida pelo PC e não teve como negar, achou melhor dizer o que disse do que mentir ou sugerir qualquer outra coisa, um namoro era mais justificável do que uma aventura sem juízo com alguém do Banco, ainda mais que eu agora *"iria ser promovido a VP"*.

— Até você, Alice?

— Qual o problema? Você não quer evoluir?

Senti raiva de Alice. Aquele interesse todo sempre foi um pouco estranho para mim, e agora me pairava a dúvida de que ela me imaginasse como um futuro e poderoso marido, presidente do Banco ou algo do gênero. Fazia sentido, todo sentido do mundo. Esta paixão repentina tinha que ter um motivo, e este era o motivo perfeito para esta menina ambiciosa passar a prestar atenção em mim de uma hora para outra. "Cretininha", pensei, mas isso de uma certa forma resolvia as coisas e me isentava de culpa no caso de uma recaída. Não era fácil me afastar dela, nem depois dessa confusão toda. Hoje estava vestida de "executiva quase séria". Saia nos joelhos, blusa abotoada até em cima e cabelos presos. Linda, cada vez mais linda, e uma delícia fazendo esse tipinho frágil, convincente, parecia mesmo assustada. Se isso era realmente um plano de bom casamento tinha dado errado, ou encontrado um obstáculo, e estava mesmo se desculpando. Eu quase sucumbi enquanto ela se lambuzava com o sorvete gigantesco da sobremesa e me oferecia às colheradas na boca. Impossível resistir a ela, ainda mais depois desse tempo de abstinência na Flórida, ela me irrita mas mexe com meus hormônios, eu pelo menos quero acreditar que sejam só os hormônios. A lembrança de sua pele branca e macia naquela mesa preta no meio do seu apartamento me dá arrepios, e eu tenho que me controlar. Ela me sorri relaxada, sente-se perdoada e vai aos poucos retomando a confiança, pega na minha mão, encosta a cabeça no meu ombro, e eu gosto, ainda mais agora que tenho a desculpa perfeita para tratá-la como uma putinha interesseira, ainda que alguma dúvida possa pairar quanto a isso. Eu peço a conta e ela reclama, quer que eu vá à sua casa, mas eu faço um esforço e recuso. Seria uma delícia abusar de Alice naquela noite, ela está me devendo. Linda e ajoelhada faria o que eu mandasse, por remorso, por prazer, e pediria mais, sem bolinho de notas na cabeceira, só porque eu quero, e porque ela adora. Ela para na porta do flat e me pede desculpas mais uma vez, e eu a beijo, muito. Agarro sua coxa por entre as pernas e ela suspira com a boca ainda ocupada pela minha, que eu deixo escapar sem aviso.

— Tchau, Alice.

Eu desço da Preciosa e passo pelo porteiro mordendo os lábios, sem saber se fiz a coisa certa. Mantenho Alice na minha vida dominado pelo desejo, ignorando a razão. Melhor seria perdê-la junto com o passado que se desprende de mim cada vez mais rápido e definitivo, mas não. Eu a quero ali, ao alcance da minha mão e da minha vontade. Queria acreditar que é por maldade, egoísmo, tesão, absoluta falta de respeito por ela, e que ela merece, mas não é, é medo, puro medo. Mais um daqueles óbvios e inconfessáveis que me espreitam e que eu vou descobrindo aos poucos. Medo do fracasso e da mediocridade, e de me faltar companhia e orientação quando eu tiver que me render a este mundo besta que tanto rejeito, mas que a cada dia que passa se estabelece em definitivo no futuro que eu estou construindo.

---

Conferi o endereço por hábito, mas a placa em ágate lascado não me permitia a dúvida:

*"Costura-se"*

Empurrei o portãozinho barulhento com a sacola de roupas e

avancei em passos cautelosos pela viela murada e caiada dos dois lados, até chegar a uma pequena alameda sombreada por um fícus, velho como tudo à sua volta. Meia dúzia de casinhas, não mais, todas com a mesma pequena varanda e uma janela na frente carecendo de nova pintura. Ao fundo da vila uma senhora com a cabeça enrolada em lenços varria a calçada sem pressa, e uma panela de pressão assobiava por trás das paredes. Aproximei-me para pedir informação, mas não foi preciso, na terceira casinha estava a velha costureira sentada diante de sua máquina quase à porta de casa, entretida nos alinhavos da barra de um vestido azul e muito brilhoso. Apresentei-me e entreguei a sacola com as roupas. Barras desfeitas, botões caídos, colarinhos puídos, de tudo um pouco. Ela me olhou por cima dos óculos e perguntou esboçando um sorriso:

— O senhor é carioca, não é?

Eu repeti a resposta de sempre quando sou flagrado nos meus esses chiados. Ela manteve o sorriso e foi abrindo peça por peça, eram muitas. Lúcia as enfiou numa caixa e me mandou sem aviso, coisas que eu nem usava mais. Ainda não sei por que ela fez isso, mas as pessoas fazem coisas estranhas em momentos de pressão. Abrir aquela caixa cheia de roupas que eu nem lembrava que existiam foi muito esquisito. Talvez fosse o caso de pensar no passado impregnado naquilo tudo, lembrar de coisas boas, mas não foi isso que se passou. Eu só conseguia pensar em Lúcia pegando as roupas, dobrando uma a uma e as empilhando, fechando a caixa, duas na verdade, grandes, e se dando ao trabalho de me enviar em vez de simplesmente as deixar lá para que eu as retirasse. A primeira ideia que me ocorreu foi que ela talvez quisesse voltar a morar no apartamento, mas não. Liguei assim que as recebi e ela foi clara, quer mesmo vendê-lo e recomendou que fizéssemos isso logo. Não discuti, só tentei conversar um pouco, mas ela encurtou o assunto, não quis saber de nada nem me disse muito também, e desligamos, com a promessa de acelerarmos a busca de um advogado único para formalizar a separação. Era fato consumado em que não havia muito o que discutir, não tínhamos nenhum grande ponto de discórdia. Foi sempre assim enquanto deu certo, não haveria de ser diferente agora, nada nos impedia de resolver o que estava por ser resolvido e assim seria, ainda que eu não tivesse pressa alguma. Mesmo entendendo e concordando com tudo era cedo para mim, muito cedo. Nunca achei que pudéssemos voltar, que fosse haver uma recaída, mas era cedo demais para decretar o final definitivo de uma coisa tão fundamental e que por tanto tempo foi não apenas parte da minha vida mas sim "a" minha vida, a vida que eu vivi todos os dias e que me alimentou, me vestiu, me fez feliz e infeliz. Não me parecia certo, só isso, mas eu não conseguia alinhar qualquer argumento que justificasse a manutenção desse estado pastoso das coisas, só o pouco tempo que deixamos passar entre um momento e o outro. Ela não quer prolongar, e eu não quero pensar, deve ser um jeito diferente de se resolver exatamente a mesma coisa. Parece que atingimos um ponto de saturação total, como uma fruta que um dia amadurece e despenca do alto da árvore, se esborracha na terra sem aviso nem demora, cai de madura. Nós caímos de maduro antes de apodrecermos no pé, antes de nos deteriorarmos nas alturas, nos soltamos e nos estatelamos no chão com a sorte lançada para nos refazermos. Talvez seja esse o sentido dessa suposta pressa, nos preservar da podridão, ainda que esborrachados na grama...

— O senhor quer que lave e passe também?

Acho que a senhorinha estava se divertindo comigo, meigamente. Eu não tinha a menor pressa, e nem ela. Aceitei um copo d'água, recusei um cafezinho e esperei pacientemente sentado na cadeira de palhinha com as costas para a vila, enquanto ela anotava todas as costuras num caderno encapado em papel pardo. Aquela vilinha velha parada no tempo era a cara de boas coisas do meu passado no Rio, como as visitas à casa da minha tia Carmen no Andaraí, numa vilinha também, pouca coisa mais bem arranjada do que essa. Os anjos de porcelana na cristaleira, o balde velho improvisado em vaso com um comigo-ninguém-pode e as espadas de São Jorge no canteiro embaixo da janela. Tudo era muito familiar, e talvez por isso a minha vida passasse em flashes à minha frente enquanto eu esperava. Aceitei tudo o que a velhinha me propôs, costurar, lavar, passar, perfumar. Deixei que ela cuidasse um pouco de mim e remendasse o meu passado com a dedicação que prometeu, ainda que eu não soubesse o que fazer com aquela pilha de roupas velhas quando ficassem prontas, mas era uma boa reforma, nessa tentativa de vida nova resgatando as coisas que eu sempre tive e não fiz bom uso.

    Voltei a pé como fui, uns dez minutos de caminhada até o flat. Não tinha planos para aquele sábado, só tinha vontade de ver Celeste, mas isso estava fora do meu alcance. Não queria ligar, romper o que eu supunha ser um tipo de exílio, mas estava ficando aflito. Por absoluta falta de pressa no caminho de volta, sentei-me para um café na calçada de uma livraria pequenininha e charmosa, quase escondida, apinhada de livros de arte e literatura estrangeira. Comecei a descobrir que, dependendo da esquina, Moema e cercanias podem ter um certo ar de Baixo Leblon a caminho da Gávea. Atendeu-me uma mulata sorridente, mais dentes do que eu podia contar, quase gordinha, e não fosse pelo piercing de brilhante no nariz seria aquilo que no passado se qualificaria como brejeira. Puxou assunto, reparou também no meu sotaque e riu por nada. Ela me contagiou, e eu quis saber seu nome.

— Moema.

— Vai, fala sério...

— Tô falando sério. Maria Moema.

O café acabou e ela me fez entrar para admirar o pequeno jardim que crescia em torno de um pé de carambola no fundo da livraria. Era de fato admirável, e ela chamou pelo nome cada uma das orquídeas que crescia na casca da árvore, eram mais de vinte. Disse que virou uma mania trazer para amarrar nos galhos mais baixos as orquídeas presenteadas depois que as flores caíam, e os clientes habituais eram os abastecedores principais de orquídeas debilitadas. Foi me contando a história de cada uma delas, quem deu, como estava quando veio, detalhes sem fim. Não fosse a necessidade de ir ao balcão fechar a conta de um casal que ia embora teria passado a manhã comigo elogiando as orquídeas, ela se orgulhava de cada uma delas, e eu começava a me alimentar desse orgulho. Sentia um conforto estranho em me cercar daquelas plantas coloridas e daquele jardim espremido no fundo do sobrado cheio de caprichos. Havia dedicação naquele lugar, naquele jardim, e naquele trabalho. Havia doação, identidade, amor, e esse amor me envolvia como uma onda de calor. Eu sentia o mesmo conforto que senti sentado em frente da velha costureira, uma coisa muito difícil de explicar, uma sensação antiga, uma lembrança remota e que me fazia bem. Ocorreu-me que fosse pelo carinho dedicado a um estranho, talvez a minha cara de desamparo fosse tamanha que eu despertasse a compaixão de qualquer um, ou qualquer um com tempo e atenção suficiente para se dedicar a ouvir suas histórias, mas não sei se é isso. Não me parece que seja algo que elas me deram, mas algo que elas têm e que eu talvez não tenha, ou tenha perdido. Não contei o tempo que fiquei observando as mãos miúdas da costureira palmeando minhas roupas velhas à procura de defeitos, mas sei que foi muito,

muito mais do que o meu limite normal de esperar pelo que quer que seja. Parecia a coisa mais importante do mundo, ela fez parecer que fosse, e talvez seja mesmo. É o trabalho dela, tem que ser importante, mesmo que sejam só as minhas roupas velhas. Acho que o que sinto é inveja, mais uma vez. Eu não me dedico a nada nem a ninguém a não ser a mim, mesmo em momentos de desespero, ao meu resgate imediato, à minha sobrevivência, e é evidente que isso não ajuda na recuperação da minha autoestima, é quase um suicídio do orgulho. Só falo do meu trabalho com meus pares, e quando falo não conto vantagem, não me entusiasmo com meus feitos, eles não me completam, não me acrescentam qualquer satisfação, apenas me sustentam enquanto eu tento achar o caminho de volta a uma condição onde eu consiga viver dos meus prazeres legítimos, mas acho que ainda estou longe de alcançar isso. Para os meus olhos pragmáticos esta livraria não vai se sustentar aqui perdida numa dobra desta cidade imensa, com meia dúzia de clientes tomando café e folheando os livros sem pagar, mas é evidente que ela sustenta essa morena exuberante com nome de bairro, tanto quanto essa árvore velha sustenta estas orquídeas de quem vive neste bairro com nome de mulher. Parece que essas pessoas se completam e que essas vidas se bastam e se explicam simples e definitivamente: **Costura-se**.

Despedi-me de Moema prometendo voltar, e ela me sorriu com a desconfiança devida a uma promessa carioca.

Continuei meu passeio a pé até o flat olhando para cima, descobrindo outras orquídeas ressuscitadas no meu caminho. "Isso é a cara de São Paulo", pensei. De um lado uma indústria de flores caras produzidas em escala industrial e vendidas a preço de semijoias, para serem abandonadas tão logo percam o viço. Do outro, gente celebrando a vida de uma planta resgatada por alguma mão carinhosa, uma em mil, uma em cada milhão talvez. São Paulo se parece comigo e eu com ela, cada vez mais. Eu sobrevivo por conta de gente que vive por amor à vida e me deixa em dívida, torcendo para que não me cobrem, nem desistam, pelo menos até eu me refazer, me reencontrar ou me encontrar, já não sei bem o que é o certo. Minhas roupas reformadas certamente vão parar na mão de alguém que precise, mas meu orgulho roto vai ter que ficar comigo mesmo, e é bom que eu trate de dar um jeito nele antes de me aventurar de novo por estas esquinas floridas.

VENDE-SE

O flat está barulhento. Alguém saiu e abandonou o cachorro em casa, e ele não quer ficar sozinho, late sem parar punindo a nós que não temos culpa do seu dono ser um imbecil sem o mínimo de respeito a quem está à sua volta, muito menos ao cachorro. O interfone da portaria toca o tempo todo, deve ser gente reclamando. Os bares gritam, as motos se exibem, não ouço os pássaros que já ouvi outras vezes. Talvez eles tenham fugido desta barulheira para cantar em outro bairro, não dá para competir. A tarde já se vai indo e está quente, acho que é o dia mais quente que enfrentei em São Paulo, e o verão ainda está longe.

Tentei dormir depois do almoço mas não consegui. Não quis sair, acho que não quero ficar longe do flat. Sinto-me esperando por Celeste chegar, mas isso não faz sentido, preciso me afastar desta ideia, talvez deva começar me afastando deste flat. Ele já não me basta. Numa tarde de sábado ele não me serve para nada. A TV é ruim, a vista é péssima, eu não caibo mais nele. Quando o verão chegar pra valer isso aqui vai virar um forno e eu vou estar aqui. São Paulo está se convertendo no meu novo lugar. As coisas estão acontecendo e modificando a minha vida, ainda que eu não saiba exatamente para onde estou indo, mas há um movimento claro e contínuo em alguma direção, e eu prefiro que seja assim, "like a rolling stone...". A vocação de São Paulo é essa, uma cidade de gente que está aqui para fazer alguma coisa, por algum motivo, e eu gosto de acreditar que uma boa parte delas também não tem uma ideia muito precisa do que está buscando. É fácil e confortável se sentir parte disso, uma população imensa de expatriados voluntários ou não que se acomodam sem cerimônia nem resistência dos habitantes locais, a cidade entende e honra essa vocação. Isso me serve, meu exílio de conveniência me faz melhor. Estaria me refugiando no bar do Raimundo se estivesse no Rio, ou com amigos, ou dormindo na rede da varanda depois do almoço na casa de uma tia, mas não estou, não tenho mais esses esconderijos. Estou sozinho e incomodado com a minha falta de opções para um sábado tão bonito, e certo de que isso é o melhor que poderia me acontecer.

Alice já me ligou três vezes, e eu não atendi. Deixou recado, quer me ver, mas estou resistindo. É difícil. Jantar, musiquinha e transar muito com Alice fariam uma noite de sábado perfeita, desde que eu pudesse deletar tudo da memória dela no dia seguinte. Eu tenho muita vontade de apertar aquelas coxas grossas de novo e deixar que elas me apertem. Quero que ela me beije, que se esfregue em mim e eu nela, mas tenho que tomar cuidado, Alice é uma bomba com pernas, pode explodir a qualquer momento e eu não quero ser responsável por isso, nem receber estilhaços. Tomo um banho frio e desço para caminhar, tentar achar um jornal do Rio ou uma revista que me interesse. Queria um suco, isso é uma coisa que São Paulo não tem e me faz falta, uma casa de sucos em cada esquina. Se um dia eu for prefeito daqui vou determinar que entre duas farmácias, três cafés e uma padaria tem que haver uma casa de sucos naturais, a cidade ia ser muito mais saudável. Enquanto isso não acontece eu passo no mercadinho e compro frutas, falta um liquidificador, o do flat é muito ruim. Preciso comprar um, mas já é noite, vou passar no flat e saio de carro para um shopping, belo programa para uma noite de sábado. O porteiro enxadrista me olha cúmplice e me avisa como se fosse um segredo:

— Aquela moça está te esperando...

Alice estava sentada numa poltrona velha do hall dos elevadores. Cabelo solto, vestido idem, linda e indecente com as pernas à mostra. Olhou-me tranquila e com o sorriso contido, só se levantou quando eu lhe estendi a mão:

— Não faz mais a barba?

— Sábado? Não.

— Não atende telefone?

— Também não...

— Não interessa, eu não vou desistir...

Ela segurou minha boca como se eu fosse fugir e me beijou, encaixou-se em mim como nas outras vezes, roçando as coxas brancas com força nas minhas. Eu tentava não reagir, não deixar ela perceber que estava louco para que ela se atirasse em cima de mim e eu dela, mas devia fazer isso muito mal, ou Alice não se importava, não parava, não sei por que mas não parava. Decidiu que era eu, e eu não ousava perguntar exatamente para que é que eu servia na sua vida, talvez a resposta me agradasse.

— Eu vim te buscar.

— Eu não quero sair...

— Então ficamos...

Subimos. Aparentemente ela não se incomodou com a espartanidade do meu cubículo, apenas riu das minhas roupas jogadas pelos cantos. Perguntou mais uma vez se eu não queria mesmo sair e eu disse mais uma vez que não, mas acho que foi só teimosia. Devia ter saído. Ela não discutiu, pediu para usar o banheiro. Deixei as frutas na cozinha, tomei um copo d'água, lavei as mãos com detergente e me enxuguei com o resto de papel-toalha em cima da pia. Tinha uma mulher no meu banheiro, linda, irresistível e pronta para fazer o que eu quisesse num sábado dado como perdido, e eu me guardava para alguma coisa que eu sequer sabia se iria acontecer. Comecei a duvidar da minha sanidade mental. Aprendi a tomar cuidado com as mulheres que se vestem para um homem, não com as que se despem, talvez isso me assustasse. Alice descobriu essa sensualidade e a incorporou sem medo, mas não é sexo que ela quer de mim, ela quer mais, e decidiu que esse é o caminho para me atingir. Aposto que vai sair nua deste banheiro, ou de lingerie, e eu não vou resistir. Preciso fazê-la entender que não vai ter muito mais de mim do que isso, do que estes momentos. Acho que preciso entender isso também...

— João...

Eu me virei e ela me esperava na porta da cozinha, vestida, impecável, sedutora, inteligente. Ela sabia apertar os botões certos na hora certa, não errava nunca.

— Alice, isso não vai dar certo...

Ela sorriu, pegou no meu rosto de novo, agora com carinho:

— Para de pensar, João, você pensa demais. Eu vim aqui porque estou com vontade, porque eu quero você hoje, e só isso. Você não sente vontade de me ver também?

Eu sorri desdenhando, e ela também. Abriu minha camisa me olhando nos olhos e beijou o meu peito, bem devagar. Eu fechei os olhos e apertei sua nuca, e ela parou.

— Vai fazer essa barba, não quero ir pra casa toda arranhada.

Fiquei com raiva daquele tom mandão, mas ela queria brincar, dar as ordens e se manter no controle. Parado na frente do espelho e com o rosto empastado de creme percebi que estava bancando o idiota, ela não estava me pedindo cuidados e eu os inventava por pura covardia. Rejeitava essa mulher que se vestia e se despia por mim e que declarava não me pedir nada, o que mais eu estava esperando, uma declaração por escrito? Saí do banheiro com a cara e mais alguma coisa lavada. Ela investigava a geladeira, e se divertia reclamando da absoluta falta de opções à altura dela, me provocando até o limite. Eu a tirei delicadamente da frente da geladeira e ordenei enquanto fechava a porta:

— Me espera na sala.

Ela me olhou surpresa:

— Nua!

Fechei a porta antes que ela reagisse e dei tempo para que se refizesse, torcendo para que cumprisse a minha ordem. Tirei uma garrafa de Bordeaux debaixo da pia, a melhor que eu tinha não era lá grande coisa, mas era o suficiente para o que estava por vir. Peguei as taças, lavei, enxuguei, abri lentamente a garrafa deixando tempo para que ela se incomodasse com a demora, na sala, nua como eu mandei, nem tem muito onde se esconder. A cortina estava aberta, eu não a ouvi fechar. Ou desistiu e não tirou a roupa ou tirou e está realmente no jogo. Eu estava. Jogo arriscado de prejuízo incalculável, mas o prêmio seria espetacular. Alice me esperando sem roupa, na minha sala, a minha mercê, acuada. Eu estava começando a gostar e me excitar, finalmente. Ela pode estar vestida, e aí eu não sei o que fazer, mas se estiver nua é caminho livre. Ela me provocou e ganhou, vai ter o que merece.

— Joããoo...

Ela está ansiosa, não vai ter jeito. Abro a porta e não a vejo, ela ouve o barulho e vem ao meu encontro. Nua, inteiramente branca e nua. Não apenas nua, manteve os sapatos altos, pretos, com uma corrente fina e dourada na cintura e duas ligas também pretas em renda, uma em cada coxa, e só. Ela tem muita coragem. Deve ter visto um filme pornô-soft na TV a cabo ontem à noite e se encheu de ideias libidinosas, mas estava uma delícia, eu quase não acreditei. Era muito melhor do que podia ser, ela estava preparada para isso, queria isso tanto quanto eu, só é mais honesta. Veio andando na minha direção fingindo timidez, lenta, tentou alcançar a taça na minha mão. Eu respirei fundo e mandei que parasse:

— Quer o vinho?

— Quero...

— Vai fazer o que eu mandar...

Ela se assustou e disfarçou mordendo os lábios...

— Vire-se, e apoie as mãos na parede...

Eu puxei uma cadeira e sentei, enchi as duas taças, tomei um longo primeiro gole, sozinho, antes de Alice, que se prostrava obediente à minha frente.

— Ajoelhe-se.

Ela obedeceu, fingindo não ter opção, humilde, resignada, e nua, toda nua. Pediu o vinho e eu negociei cada gota, cada gole derramado em sua boca redundava num gemido baixinho na troca das minhas vontades, que fizeram as dela parecerem desejos de adolescente. Não sei de onde tiramos tanta cumplicidade, esse prazer sádico em abusar de Alice, esse desejo de se entregar a mim naquela espelunca quente e mal-acabada. Meu repertório de torpezas era tímido, mas explorei o que pude, o que consegui imaginar, e ela não me negou nada, não reclamou de nada, cedeu a tudo até que eu me satisfizesse, repousando a cabeleira loira no meu colo nu e grudento de suor. O vinho acabou junto com as minhas forças, mandei que ela se vestisse, ela resistiu.

O ídolo dos porteiros

Sentou-se no meu colo de frente pra mim e me beijou, me inundou a boca com saliva e me lambuzou a perna com os restos do seu prazer reticente. Eu insisti e ela se levantou, ajeitou o cabelo parada diante de mim e seguiu desfilando em direção ao banheiro, linda e nua. Inacreditável. Eu ainda me refazia largado na cadeira da sala quando ela reclamou uma toalha seca e reapareceu mais uma vez nua, com a minha toalha enrolada na cabeça. Era uma deusa, uma deusa louca, eu não conseguia entender o seu interesse em mim.

— Vai se lavar, estou morrendo de fome.

Agora ela voltava a dar as ordens, e eu voltava a obedecer. Parece que esse acordo funcionava para nós dois. Tomei um banho sem pressa, relaxado, pensando na minha sorte, quase um carma. Saí do banho e a encontrei ainda nua na minha cama, com a TV ligada e um secador de cabelos que ela achou em algum lugar, eu não sabia da existência dele. Fiquei parado na porta admirando Alice entretida com o fim de alguma novela e montada no meu travesseiro, como se quisesse deixar nele sua digital íntima para a minha lembrança. Ela ria sozinha de alguma bobagem, confiante como se estivesse trancada no seu próprio quarto, bonita como se estivesse enfeitada para um baile de formatura. Não percebeu a minha presença e me chamou como das outras vezes, sem se virar nem despregar o olho da TV, gritando meu nome com autoridade. Eu respondi da porta, e ela se assustou, quase ficou sem graça, pelo menos tentou.

— Você não vai se vestir?

Aproximei-me dela e abracei suas costas nuas e agora frias, cheirei seu pescoço devidamente reabastecido de perfume e nos beijamos por muito tempo, com carinho e desejo, reintegrando as bases bem comportadas do que temos, ainda que para mim isso ainda seja um mistério. A fome nos chamou e saímos. Eu não queria mais que uma pizza, mas ela insistiu em algo no seu estilo, eu não neguei, era o mínimo que ela merecia. Ouvi suas histórias à luz de velas num bistrozinho caro do Itaim, também contei as minhas, ainda que economicamente. Ela soube um pouco mais de Lúcia, da viagem, pouquíssimo do trabalho, nada de Celeste, ainda que ela me perguntasse sobre alguma namorada.

— Não estou com tempo nem cabeça pra isso...
— Mentiroso. Isso não existe...

Ela me acusava rindo, eu me desviava consentindo. Tentava me convencer de que não estava esperando de mim um compromisso, de que essa nossa relação vadia lhe servia, pelo menos por enquanto, e que ela gostava, e se descobria e se divertia. Me elogiava e adulava como homem, beijava minhas mãos, meus dedos, mas na mesma medida me disparava críticas e recomendações profissionais:

— Você tem que ocupar o espaço que o PC está te dando...

Isso me cansava, ainda que ela tivesse razão, era a parte que eu não queria gastar tempo pensando, e isso a fazia perder pontos na minha escala de consideração romântica. Talvez eu precise de críticas, mas não as quero. Quero antes recobrar minha autoestima, coisa que ela sabe fazer bem, mas deixava pistas de uma ação por interesse desnecessariamente, bobamente, infantilmente. Eu sorrio debochado para as suas observações profissionais, e ela desiste fingindo frustração. Acha que não a levo a sério, mas a cada dia que passa está mais errada. Quis que eu dormisse com ela, na casa dela, prometeu que não ia me fazer mal nem me prender lá. Eu recusei, e ela não insistiu, inteligente, vítima, credora da minha insensibilidade. Mais uma vez me deixou na porta do flat e, sem o mínimo medo de expor suas vontades, se ofereceu para subir. Eu resisti sem susto, estava cansado e com sono, e ela se conformou com um último amasso nos bancos de couro da Preciosa. Estou virando **o ídolo dos porteiros**, ainda que isso me custe as dúvidas do dia seguinte.

Meu apartamento parece uma república de estudantes com estas coisas espalhadas por todo canto, um lençol no chão da sala, copos vazios, garrafas abandonadas. Respiro fundo e dou-me conta da insensatez dessa relação com Alice, não sei aonde isso vai nos levar. Abri espaço para que qualquer coisa possa acontecer a partir de agora. Cobranças, discussões, uma cena de ciúmes em plena sala de reunião, tudo é possível, nem sei o que posso esperar. Transar com Alice é uma dádiva, tenho vontade de fazer coisas que nunca fiz com ninguém, e faço, e ela gosta, cada vez gosta mais. Não sei o que é isso, o que será que nós somos? Amantes? Isso ainda existe? Só sei que minha cabeça se esvazia quando deixo que ela tome conta de mim, só penso nela, e na pele dela, no cheiro, naqueles cabelos loiros presos com capricho, naquelas coxas grossas. Ela me faz perder o controle, e eu não sei mais fazer isso sem sentir medo ou excitação, ou as duas coisas. O medo é a minha nova droga, coisa que só ocorre a quem tem o que perder. Meu medo de perder o controle é a sirene da minha apatia, minha indiferença pelo mundo que me cerca e que volta a se apresentar em ondas de intensidade assustadora. Primeiro meus sentidos, depois meus prazeres, e meus valores, minhas obrigações, meus planos. Nada vem aos poucos, são doses industriais e eu tenho que decidir muito rapidamente se faço uso delas ou não, mas enquanto não decido me aproveito, como num trem descontrolado que você não sabe exatamente para onde vai, mas adora a emoção de estar nele.

Adormeci cansado e feliz. Vinho, um prato quente e uma mulher espetacular. Um homem de bem não pode exigir muito mais do que isso da vida. O corpo agradece, o espírito também. Deixei meia janela aberta para que a brisa da madrugada se misturasse ao cheiro dos nossos fluidos largados no flat, junto com os restos de vinho secando nas taças e as toalhas molhadas encardindo o sofá. Sexo sem culpa. Não sei se é bem o nosso caso, mas gostaria que fosse, e fantasio que seja. Me faz sentir mais livre, confiante, suficiente. Transar com Alice sem ter que pensar em mais nada. Linda, gostosa, inteligente, boa companhia e vai pra casa sozinha. Não vai ser assim para sempre, duvido que seja, não é o que ela quer embora diga o contrário. Pra sempre é uma ideia idiota que eu não me acostumei a abandonar, ainda que a vida me lembre a toda a hora que o sempre não existe.

 O domingo está ainda mais bonito que o sábado, e mais fresco. Podia ligar para Alice e convidá-la para um café da manhã no lugar do almoço, ela ia ficar feliz, eu até tenho vontade de vê-la, mas não vou fazer isso. Estamos indo bem, e eu estou indo bem. Ela é ótima, mas eu sei que não é ela quem eu quero para passar um domingo. Sinto falta de Celeste apesar de tudo e Alice não é um plano B, e não será, para a felicidade de nós dois. Não é simples, mas estou tentando ocupar os espaços vazios com as coisas certas. Ainda que falte muito para saber quais são as coisas e as pessoas certas, os espaços vazios já estão mais expostos, e eu quero escolher o que pôr em cada um deles. Quero sair logo de casa, talvez em definitivo. Preciso melhorar um pouco esta bagunça, pelo menos catar as roupas espalhadas, pôr as toalhas na área de serviço antes que o mofo tome conta de tudo. Não ter vontade de arrumar este cubículo deve ter alguma coisa a ver com não querer fazer disto o meu espaço definitivo, eu preciso viver melhor e quero viver melhor. Quero de uma vez por todas assumir esta vida neste novo universo. Voltar a me exercitar, ficar sócio de um clube, comprar uma planta, uma poltrona, ver meus amigos, mas preciso começar pelo básico. Não tenho uma camiseta limpa o suficiente para sair, até mesmo para tomar café da manhã na padaria. Tenho que

O ídolo dos porteiros

lavar roupa, tenho que começar a procurar um lugar para morar, boas opções para preencher este domingo antes que a ansiedade me domine. Visto uma camisa polo, que eu odeio, não gosto e nunca gostei, tenho várias. Lúcia gostava, achava que era uma maneira de ficar "informal e elegante". Horríveis, mas a gaveta está cheia delas, algumas até fui eu mesmo que comprei. A indiferença me fez adotar as coisas que as pessoas resolveram por mim como boas, definitivas. Prometo que é a última vez que uso uma camisa polo na vida.

Vou a pé. O zelador está cobrindo a folga de alguém na portaria. Nunca falei com ele, acho que ele não tem cara de zelador e tem um carro igual ao meu. No Rio, tivemos que fazer uma vaquinha para ajudar o zelador a comprar um carburador novo para a Brasília dele, do contrário alguém ia ter que se responsabilizar pelas compras do condomínio no supermercado. Este flat é mesmo muito chique...

— Bom dia, seu João.

— Bom dia...

— A dona Celeste chegou.

— Como?

— A dona Celeste... já chegou.

Perdi a voz, o rumo, quase voltei para o apartamento. Aquele homem não sabe quem eu sou, mas sabe que estou aflito pela volta de Celeste. Parece uma alucinação, uma cena de novela, e eu não sei o que fazer. Por pura inércia continuo caminhando rumo à padaria. Felizmente ela está lá no mesmo lugar de sempre. Eu entro e me sento na primeira cadeira vazia que encontro, peço o que sempre pedi, não seria capaz de pensar em outra coisa. Celeste voltou, e meu coração pula como se eu fosse um menino. Percebo que era real o medo de que ela não voltasse, que é real o que eu sinto por ela, e a vontade de vê-la, de estar com ela não era uma confusão dos sentidos. Tento fazer planos, ensaio frases, penso em como ela deve estar, se sentiu falta de mim, se quer me ver. Sinto calor, estou tenso, ansioso. Peço um café preto, e mais um, pra ganhar tempo e recobrar a calma, mas não funciona, lógico, café não acalma ninguém. Volto pelo caminho mais longo, passo na lavanderia, deixo as roupas, mas antes confirmo se não tem mesmo uma camiseta mais ou menos limpa para usar e ver Celeste, ela também deve odiar camisas polo. Não tem, não vai ter jeito, vou assim mesmo. Que bobagem, estou inventando coisas, até parece que ela se importa com isso.

— Ela quer falar com o senhor...

— Quem?

— A dona Celeste...

Este zelador é louco, parece que é o primo dela me trazendo recados, de onde este cara foi sair?

— Quer que eu interfone pra ela?

— O quê?

— Interfonar, ligar pra casa dela. A dona Celeste...

— Não, não precisa...

Tenho que passar em casa, lavar o rosto, escovar os dentes, sei lá, pensar no que eu vou falar. Entro no chuveiro, de novo, é a segunda vez hoje e a tarde mal começou, preciso respirar. Ela já deve estar sabendo que estou aqui, quem sabe ela sobe? E se não subir? Vou esperar um pouco. Mas, e se ela sair? Melhor ir logo até lá, preciso vê-la, preciso resolver isso que eu não sei bem o que é mas que está me desequilibrando, e me move, e me motiva, e me faz ter vontade de fazer alguma coisa. Bato na porta, ela chega rápido e abre, e me olha, parada. Também acabou de sair do banho, tem os cabelos molhados e aquele cheiro de maçã verde que me acalma. Ela estende os braços em volta do meu pescoço, me aperta, e eu retribuo sem sair do lugar por um tempo que parece infinito. Seu corpo pequenino expande-se envolvendo o meu por inteiro e sinto cada centímetro da sua pele se grudando na minha.

— Pensei que você tinha fugido, se mudado...
— Fui ver minha irmã. Ela vai embora, pra Austrália.
— Senti sua falta...
— Eu também. Muito.

Mais uma vez nos atiramos um no outro e ficamos abraçados em silêncio ainda por muito tempo antes de começarmos a contar o que tinha acontecido nesse intervalo imenso pra nossa história tão curtinha. Trocamos um beijo longo com gosto de perdão, e desculpas, e saudade desmedida, mas eu tinha muito pra falar, tinha muita vontade de falar, tudo, de Alice, da viagem, de Lúcia, do trabalho, tudo. Queria pôr minha vida em dia com Celeste, queria que ela soubesse de mim tudo o que eu me lembrasse, que ela soubesse tanto quanto eu mesmo sei de mim, como se disso dependesse o meu laço com ela, como se essa fosse a maneira de amarrar nossas vidas, comprometer nossos destinos tão desiguais, como se pudesse usar isso contra mim para que eu não mais ousasse fugir, nem deixasse que qualquer coisa me obrigasse a abrir mão dela. Ela me ouviu e também me falou das suas coisas, bem menos que eu, tinha pendências muito simples para resolver e não dependia disso para ficar comigo. Fez algumas perguntas, quis saber detalhes da viagem, do estado das coisas com Lúcia. Eu respondi a tudo que ela perguntou sem embaraço, como se fosse uma entrevista na TV e eu contasse uma história, uma coisa distante de mim, uma peça de ficção. Ela se mantinha serena, segura de que nada daquilo a ameaçava, nem ameaçava o que quer que fosse ser a nossa vida dali pra diante. Pendurava-se em mim enquanto eu falava, olhava nos meus olhos, encostava a cabeça no meu peito. Agarrou-se às minhas costas feito um filhote de bicho-preguiça quando levantei para buscar um copo d'água, e eu a carreguei como se um filhote fosse, não queríamos mais nos soltar um do outro. Saímos para almoçar mais uma vez nos Jardins, é sempre lá que eu vou quando quero me sentir num lugar que seja meu, ou ao qual eu pertença, melhor dizer. Talvez me faça lembrar o Rio, mais que Moema. Andamos a pé pelo bairro antes de voltarmos ao flat. Eu tinha um desejo súbito de me exibir ao mundo com Celeste, usufruir de uma vida comum com ela, sem medo, sem culpa, sem território limitado e sem perda de tempo. Estava decidido a não brigar mais com o meu desejo, e o meu desejo era ser feliz e deixar meu coração livre, meu corpo leve, e era ela quem me fazia sentir assim. No comecinho da noite o celular tocou, no caminho de volta para o flat. Era Alice, queria fazer alguma coisa, eu disse que não podia, ela não entendeu, eu disse que explicaria depois e desliguei. Celeste ouviu tudo, me olhou, beijou minha mão demoradamente e encostou a cabeça no meu ombro. O centro de equilíbrio da minha vida estava ali ao meu lado, agarrada a mim como seu eu pudesse escapar, como se isso fosse possível, mas não era. Naquele domingo eu concluí que o meu maior medo neste novo momento da minha vida era perder aquilo, e não qualquer outra coisa, e era com esta certeza que eu viveria daqui pra frente se fosse preciso optar por uma vida.

---

Nada como um olhar fotográfico para se ter a dimensão real das coisas, acertar o foco e manter-se a distância com uma lente entre você e a verdade. Virar **um estrangeiro** na minha própria cidade foi mais fácil do que eu podia imaginar. Bastou um par de meses, uma vida conjugal descontinuada, o coração logo aquecido por alguém,

# Um estrangeiro

um remelexo na carreira, coisa pouca. Eu me procuro quando ajusto as lentes aqui do alto do Morro de Santa Teresa, mas não é fácil me encontrar. A cidade não acusou a minha ausência. Seguiu sem mim, vadia e cada vez mais bonita, desdenhando dessa minha tentativa de abandono.

— Dá uma olhada nesta porta de pinho-de-riga, só isso aqui vale toda a reforma...

O Acácio andou sumido, mas é bom vê-lo, e ouvi-lo. Crescemos juntos no Leme, mas ficamos amigos mesmo quando chegou o tempo do vestibular. Ele fez arquitetura, e eu invejava a coragem dele de se atirar numa carreira tão incerta aos meus olhos, ainda mais neste Rio de Janeiro que se deteriorava a galope. Nossa conversa rendia, sempre rendeu, e eu me sinto melhor como amigo ao perceber que me orgulho pelas conquistas dele. Especializou-se em restaurações, fez cursos pra todo lado, hoje é uma autoridade no assunto. Foi contratado por uma ONG para recuperar este casarão e transformá-lo na futura sede, trabalho bom e bem pago, mas não livre de chateações...

— Querem que eu faça e mantenha um blog durante a restauração. Não sei pra que serve um blog numa obra, mas acho que é moda, todo mundo quer ter um blog...

Ele estava de bem com a vida, corado, quase gordo. Nunca se casou, mas vivia faz tempo com outra arquiteta que foi sua estagiária, sempre viajando os dois, se encontravam onde dava, mas para ele parecia que era a medida certa.

Santa Teresa parece um cenário. Nunca fui um habitué, mas gosto da mistura de casebres malcuidados com a pompa destes casarões centenários, botequins e este bonde insistente que passa fazendo barulho. É um Rio lisboeta, mesmo que digam que é a cara mais autêntica da cidade, não é. O Rio é mais caótico do que isso, mais debochado.

## Amor de Puta

Tem muito mais telha de amianto, lixo nas ruas e paredes de tijolos novos eternamente aparentes. Acácio adora isto aqui, então marcamos de almoçar sem pressa, falarmos das nossas vidas que andavam descoladas havia muito, e muito ele ouviu. Ouviu o que ninguém ouviu estes meses todos. Acho que é a primeira pessoa a quem tive vontade e coragem de contar o que tem acontecido; ainda que em partes, é coisa demais. Ele não perguntou muito, mas tinha dificuldade de entender a minha relação com Celeste, minha calma em falar dela o surpreendia. Perguntou o que meus pais achavam disso, mas eles não sabiam de nada ainda, e acho que tão cedo não saberão. Cheguei hoje de manhã na casa deles, beijei, abracei, tomamos café, matamos a saudade um pouquinho, vou dormir por lá. Já faz alguns meses que não nos vemos, parece mentira, nunca havia ficado tanto tempo longe deles. Quiseram ir me visitar em São Paulo e eu os desaconselhei. Disse que não havia conforto para recebê-los adequadamente, mas a verdade é que eu não sabia o que dividir com eles, o meu verdadeiro desconforto era ainda maior do que a minha recomendação sugeria. Vi meu pai sair para a feira e deixei minha mãe me abraçar um pouco mais, alisar mais meus cabelos, meu rosto, ela precisava e eu também. Sempre tive uma relação silenciosa com minha mãe, não ouvi dela muitos conselhos, nem queixas. Talvez a música falasse por nós. Lembro-me dela cantando na cozinha enquanto eu estudava trancado no meu quarto. Uma vizinha, velhinha, também gostava de ouvi-la, dizia que ela tinha voz de contralto. Eu nunca soube se era verdade, nem ela, mas aprendi a cantar com aquelas músicas antigas que ela gostava e repetia sem parar, Dalva de Oliveira, Orlando Silva, Nélson Gonçalves. Não sei o que ela diria se soubesse da minha história com Celeste, nem sei se ela entenderia bem como é isso. Talvez imaginasse que eu fosse visitá-la num puteiro todas as noites e varasse a madrugada bebendo e fumando, esperando ela terminar seu turno até poder finalmente se entregar a mim. Talvez não haja grande diferença entre isso e o que eu realmente faço e por isso seja tão difícil de entender, até para o Acácio, até pra mim mesmo.

— Acho que você podia dar uma ligada pro Emílio.

— Já pensei nisso, mas não sei se vai ajudar ou piorar tudo...

O Emílio foi nosso terapeuta, deixou de ser quando virou amigo e passou a beber com a gente. Fui parar nele por conta do Acácio mesmo, velho paciente, pais separados, relação difícil. O Acácio não jogava bola, não pegava onda, tinha um brinco em cada orelha. O pai achava que ele era gay, a mãe foi morar no Chile, via pouco. Cresceu à base de safanão na cabeça e desconfiança de qualquer coisa que fizesse. Gastava o tempo livre desenhando, saía para ir ao cinema, e só. As coisas começaram a melhorar no dia em que o Emílio mandou ele para casa e convocou o pai para uma conversa, e aí começou a tratar da pessoa certa. Gostei tanto daquela história que um dia pedi o telefone dele, marquei uma consulta e fui. Achava que não tinha um grande problema para contar, mas fingi que era curiosidade. Havia iniciado no Banco fazia pouco tempo, ainda nem namorava Lúcia. Ele atendia numa sala de um prédio antigo na Praia de Botafogo, grande, calculo uns sessenta metros, um lavatório minúsculo e uma salinha de espera onde só cabia um sofazinho. Até hoje me lembro daquela sala ampla como uma referência de lugar onde me sinto bem. Uma janela imensa de frente para a enseada, duas poltronas, a escrivaninha dele e uma estante com livros se apertando. No meio da sala um tapete iraniano, na parede duas fotos do tempo de faculdade, só. Empaquei no primeiro dia, não conseguia responder às perguntas mais simples que ele fazia. Meu prato preferido, a cor de cabelo que eu mais gostava nas meninas, nada era muito claro pra mim, mas eu gostava de tudo, e não me apaixonava por nada. É estranho pensar nisso hoje e nas coisas todas que eu fiz de lá pra cá, e que as fiz bem, e gostei de fazer, e como cheguei de novo a esta sensação de não estar no comando da minha própria vida nos últimos meses, talvez nos últimos anos. Voltei várias vezes ao Emílio, ia e vinha, ele sempre me ajudou a recuperar o trilho das coisas, mas não tenho coragem de ir lá agora. Só de lembrar a inveja que eu sentia daquela sala vazia demais para um homem só me dá arrepios, não quero voltar tanto assim no tempo. Sei que a minha vida agora parece um caos, e talvez seja mesmo. Um caos sereno, elegante, onde minhas extravagâncias só se revelam quando eu quero e para quem eu quero, mas eu me sinto vivo e responsável por mim e pela minha felicidade, coisas que por um bom tempo andaram à deriva. Tenho medo de mexer nisso, ainda que a solução para a minha vida social daqui pra frente seja uma promessa de grandes problemas, e que a confusão de Acácio quanto às minhas escolhas se justifique plenamente.

    Comi a minha primeira feijoada em meses, e tomamos uma cachaça alardeada como excepcional. Nenhum de nós dois é fã de cachaça, mas o clima pedia, acho que ambos precisávamos nos sentir mais locais, mais cariocas, menos ingratos com a cidade que nos pariu e que aos poucos nos expeliu. Já sob o efeito de umas três talagadas na pinguinha ele me confessou uma ponta de remorso pela absoluta falta de apego ao Rio, principalmente para ele que empenhava seu talento na recuperação do viço de cidades por todos os cantos, enquanto a sua própria se deteriorava sem freio. Era uma lucidez de dar inveja. Eu não sabia bem ainda qual era a minha dívida com a velha Guanabara, mas alguma coisa parecida com os remorsos de Acácio também me ocorria. Talvez não me sentisse tão útil, nem depositário de talentos à altura de contribuir com a municipalidade, mas ver a cidade dos sonhos de tanta gente se desprender de mim enquanto São Paulo me engolia era um desgosto, felizmente abafado por dezenas de preocupações mais urgentes.

— Não estou com a menor vontade de ir lá hoje à noite...

— Nem eu, mas vamos, é um compromisso.

— É uma obrigação...

— Encare como uma medida terapêutica, uma chance de nos reconciliarmos com essa coisa toda...

— Que coisa toda?

— A cidade, o nosso passado, nossa história...

— Nós mesmos?

— Nós mesmos...

Ficar no Rio esse fim de semana tinha muitos motivos, e o aniversário do Murilo era um deles. Resolveu festejar os quarenta com todo estilo. Fechou boate, convidou todo o mundo, gente que eu passava anos sem ver, sem me fazer falta. Gosto do Murilo, mas não temos mais muito que falar quando nos encontramos. Ele me exibe o carro novo, importado, conta alguma farra recente na casa de Angra, reclama do sogro. Dos que ficaram no Rio é um dos poucos que está bem de vida, o pai vendeu as lojas que tinha para uma rede de supermercados, enriqueceu e ainda conseguiu uma posição garantida para os dois filhos nos primeiros cinco anos por conta da transição. Dos outros, nada que se possa chamar de uma carreira brilhante, pelo menos aos meus olhos. Alguns militares, o que no Rio já foi coisa de muito destaque, um professor que não dá aula, um dono de bancas de jornal, um ou dois funcionários públicos, até um técnico de futebol da segunda divisão brotou disso aqui. As mulheres se saíram melhor, parece. Tem uma pediatra muito bem-sucedida e socialite, outra é dona de um petshop famoso em Ipanema, e as demais estão quase todas bem casadas e aparentemente realizadas com isso. A minha preferida é a Arlete. Gay mais ou menos assumida, virou produtora de TV e está linda, melhor do que antes quando escondia as formas magras em roupas de menino e usava cabelo joãozinho. Ela se mistura conosco e ri sem reservas das nossas piadas machistas, mas se encabula na frente das meninas. Deve ter alguma paixão mal resolvida naquele grupo de ex-beldades, e como eu sou o novo solteiro da turma ela se escora em mim a noite inteira, e eu a provoco:

— Você podia ter ficado assim...

— Assim como?

— Casada, gorda e com esse cabelo mal pintado amarrado pra cima da cabeça...

— Deus me livre... Isso é a praga do pinto!

Não obstante os estragos do tempo, as mulheres ficam mais bonitas nas festas, principalmente em festas sofisticadas como esta tenta ser, mas perdem a leveza. O tempo não ajuda mesmo, nem o excesso de maquiagem, nem o tecido brilhoso tentando esconder as fissuras vincadas no corpo e o cansaço de uma vida sem sutilezas vivida entre o supermercado e a porta do colégio das crianças.

— Você devia ter tido filhos, com Lúcia, ia ficar bonitinho, barrigudinho e grisalho.

— E você devia ter trocado de nome. Já te disse que Arlete é nome de viado, não de viada...

— Bobão...

Ela estava bonita mesmo, um sorriso lindo, dentes perfeitos, rosto moreno e sem marcas do tempo. O cabelo ainda era um pouco curto, mas muito sensual, repicado pelo rosto. Vestia uma calça justa, as pernas longas se encaixavam numa bunda firme que ela não tinha antes, mas que agora se fazia notar e chamava a atenção dos homens, principalmente daqueles que não sabiam das suas preferências. Era a mulher mais bonita da turma, todos concordavam, e comentavam o que parecia o óbvio: homem faz mal, filho faz mal, e mais algumas bobagens do gênero. Eu duvidava. Pensava em Celeste, em Alice e nas mulheres de São Paulo. Essa vida encurralada é que nos faz mal, homens e mulheres, uma geração inteira crescendo espremida nos cercadinhos da nossa rotina ordinária no Rio de Janeiro, invejando os prazeres e as regalias dos realmente abastados sem poder deles nos servir, mas insistindo, ostentando o que não temos com prazeres de segunda classe, medianos, incapazes de alcançar a opulência dos originais nem a espontaneidade sem cuidados dos assumidamente desfavorecidos. Essa população gigantesca de herdeiros de uma cidade que já foi não apenas grande e bela, mas o centro das decisões federais, culturais e quaisquer outras, e que agora se espreme no que sobrou de riqueza às margens deste cenário de exuberância persistente. O dinheiro faz falta, a aura de relevância também. A maquiagem fica mais barata, a comida mais gorda e insalubre, o corpo padece e contamina o espírito. Eu já me sentia um estrangeiro antes mesmo de ir para São Paulo e não sabia. Gozava das vantagens de alguma coisa que me mantinha aqui por puro afeto e talvez covardia, num processo onde eu me recusava a perceber que as coisas mudaram e que eu devia mudar com elas, ou abandoná-las. Olho pro Acácio, pra Arlete que vive no seu mundo paralelo, pro Pedro Paulo que nem família tem mais aqui, migraram todos, e os vejo diferentes. Ainda não estou com eles, mas é com eles que eu me conecto, com culpa, com medo, com o coração apertado por olhar tão cruelmente para isso que sou eu, onde eu nasci e me produzi, mas onde já não consigo mais buscar abrigo, de onde quero fugir.

    Tiro foto com os filhos do Murilo, beijo suas cabeças com carinho pensando que eles são exatamente aquilo que eu já fui, talvez até uma versão melhorada, com mais recursos, ou pelo menos mais dinheiro. Penso que eles têm a chance de ser algo melhor que o pai, um herdeiro gordo que contrata secretárias que têm fotos de corpo inteiro no currículo e se gaba disso. Tomara que eles sejam algo melhor, mas não consigo pensar no que seja, certamente não eu com esta vida fragmentada. Talvez o Acácio, talvez Arlete, talvez Celeste. Talvez eu deva me preocupar comigo mesmo e não com eles que, ao que tudo indica, vão indo muito bem, não dependem para nada deste carinho carregado de remorso que lhes ofereço.

Arlete me resgata, está com Acácio e sua namorada que definitivamente não se misturam ao ambiente. Eles me propõem sair. Eu reluto um pouco, mas eles felizmente insistem. Nos despedimos alegando compromissos e vamos para um bar na Gávea, Arlete me leva no seu carro. Eu fico pensativo e ela quer saber em quem estou pensando, e respondo como quem quer impressionar alguém:

— Estou namorando uma puta – digo de estalo, pra ver se ela se choca...

— Ai, que coisa mais cafona...

Eu tento explicar como foi, ela se arrepende um pouco do que disse pois percebe que não se trata de uma paixão de aluguel, quase se preocupa. Falo de Alice, em detalhes, atiço sua curiosidade, ela adora. Pergunto dela, das suas namoradas. Ela não fala muito, é visivelmente um assunto difícil, achei que não fosse, que estivesse mais resolvida, mais tranquila, mas não. A família finge que não sabe, ela finge que não se importa. Fico pensando em como ela conseguiu viver tanto tempo com isso, em como conseguiu ser feliz, ficar tão bonita, mas ela não quer falar muito.

— Eu tenho uma namorada... Deve estar com o marido agora, dormindo.

— Marido? E ele sabe?

— Deve saber, sei lá. Eles não transam faz anos... Eu me sinto a amante dela.

Ela se emocionou, molhou os olhos e ficou encabulada. Eu peguei na sua mão e ela me olhou tentando rir das coisas, mas foi um desabafo. Uma mulher tão bonita, tão bem-sucedida, com a felicidade comprometida, talvez para sempre. Encarar o mundo e dar espaço para o que somos tem um preço, e eu estou aprendendo isso, talvez um pouco tarde. Tive vontade de beijá-la e de abraçá-la como faço com Celeste. Tive vontade de falar mais para ela do que se estava passando comigo, da minha dificuldade de entender as coisas e de lidar com elas, de aprender a separar o bom do certo e de viver com isso. Esse fragmento da história de Arlete me ajudava a entender a razão de me aproximar tanto dela, e de Acácio, e de Celeste e de um monte de gente que talvez tivesse me passado ao largo antes, quando eu estava dominado pelo medo de me destacar de minhas bases e fazia-me de surdo e cego ao que se passava à minha volta. Eu não era mais inteligente nem mais bem-sucedido, nem disciplinado, nem nada. Eu só não estava mais disposto a ignorar o que eu sentia, e era isso que me fazia sentir diferente. Eu não queria mais repetir os mesmos gestos por conveniência, assim como eles. Ainda não estou certo do que me despertou para isso, mas ir para São Paulo foi o primeiro passo. Escapar do meu mundo confortável e previamente resolvido. Talvez tenha sido a atração inexplicável por Celeste que aos poucos se faz compreender. Talvez seja apenas o tempo que consolidou seu projeto dentro de mim, e eu passei a prestar atenção nisso por absoluta ausência de coisa maior para me preocupar.

Chegamos ao tal bar cheio de gente bonita. Aquele povo sem idade nem profissão que se estampasse na face se divertia sem esforço, e eu me surpreendia. Nada de mais, só um espaço despretensioso, quase improvisado como essas coisas costumam ser por aqui. A música ao fundo era original e conveniente, favorecendo a conversa e os encontros. Era só um bar, mais um bar, mas essa descontração me parecia incomum, uma gente incomum, uma gente que eu não conhecia mais, que estava desacostumado a ver e que me fascinou instantaneamente. Eu estava sensível, vulnerável. Estava disponível para rever o mundo e prestar atenção nas coisas, e talvez por isso as visse em cores exageradas. Esta gente aprendeu um jeito de viver bem neste espólio da Guanabara desmontada, e aos meus olhos desejosos de respostas me parecia mais feliz, ainda que pelas aparências.

Arlete se acalmou, eu também. Acácio e sua namorada eram um casal de dar inveja, ela tinha os olhos claros e os cabelinhos da Shirley Temple, e falava sem parar do seu trabalho, que ela adorava. Lembrei-me dos melhores tempos com Lúcia, quando eu me orgulhava de ouvi-la falar das coisas que fazia, mesmo que durasse uma noite inteira. Desavisada, disse que eu e Arlete fazíamos um par bonito, eu concordei e ganhei um beliscão doído quando me aproveitei para abraçar sua cintura e alisar acintosamente suas coxas grossas. Coxas avolumadas andam me tirando do sério ultimamente.

O sol já apontava quando Arlete me deixou na porta da casa dos meus pais. A noite havia sido muito melhor do que o previsto, todo o fim de semana estava sendo assim. Eu me sentia em casa pela primeira vez em meses, e não era uma questão geográfica. São Paulo tirou alguma coisa de mim e me expôs, e agora eu tinha a chance de ver coisas que eu não via, mas que estavam à minha volta. Era uma revelação às avessas, confusa e excitante, trazia ao mesmo tempo conforto e a aflição de um desconhecido amistoso demais para ser verdade. Arlete me beijou na boca. Começou com um selinho moderno e inocente, mas eu prendi seus lábios bem de leve entre os meus, como Celeste gosta de fazer comigo, e ela murmurou como uma gata se entregando aos poucos, mas, arisca, me afastou quando eu ameacei amassar seus seios.

— Safado. Para que eu estou ficando com tesão.

— Eu também. Tá com medo?

— Vocês são muito galinhas... não tem vergonha de se aproveitar das amigas, não?

Despediu-se rindo e me abraçando, me fazendo prometer que voltaria, e que iria me ver. Disse para ter cuidado com Celeste e para me afastar de Alice, ela não servia para mim.

— Você ia gostar dela...

— Duvido, detesto perua...

Foi-se embora linda e sorridente, deixando meu ego inflado e meu coração apertado de saudade dessa vida que eu não tive e tão à minha volta. As mulheres têm uma vocação de generosidade mas não sabem disso, um poder natural de nos fazer sentir bem sem muito esforço, basta um beijo, um afago de mão nos cabelos, um elogio falso, mas sincero.

Subi pelo elevador barulhento de tantos anos. Entrei em casa tentando não acordar ninguém como havia muito não fazia, fui até o quarto ver meus pais dormindo tranquilos como sempre. Eles nunca me esperaram acordados, não sei se confiavam em mim ou naquele Rio de perigos conhecidos, mas deu certo, cresci sem sequelas. Minha cama estava feita e me esperando, e eu não tinha sono. Deixei um bilhete e desci de bermuda e tênis. Tomei café com leite e um pãozinho amassado na chapa da padaria velha na Princesa Isabel. Depois fui sentar na calçada da praia para ver o sol acabar de nascer, os camelôs chegarem, os velhinhos passarem fazendo exercício no ar fresco da manhã. Ainda eram poucos os carros e dava para ouvir as ondas batendo na areia e trocar saudações de bom-dia com os passantes. O Leme me abençoava naquela manhã de domingo ensolarado, e eu agradecia em silêncio. Os olhos começaram a pesar. Comprei o *Jornal do Brasil* e cheguei em casa com pão fresco. Meu pai já se levantara, sentamos e tomei mais um café junto com ele, com toda a calma do mundo, dando notícias da festa e dos amigos que por muito tempo frequentaram minha casa. Minha mãe apareceu já arrumada como sempre, perfumada e sorrindo tranquilizadora. Beijou minha cabeça e me abraçou demoradamente diante de meu pai que sorria sereno.

— Queria que você ficasse aqui.

Eu também queria. Queria que aquele momento se cristalizasse, que o tempo parasse, e que eu pudesse guardar todos numa caixa para usar quando a aflição me batesse em São Paulo, que me espera para continuar a vida, essa vida nova que não me deixa escolha a não ser continuar a viver e a descobrir as coisas de que não fiz uso por não saber que eram minhas.

São Paulo está ilhada. Ruas e estradas alagadas, carros boiando na TV, aeroporto interditado. É difícil entender como nós conseguimos fazer coisas fantásticas como falar e ver alguém do outro lado do planeta em tempo real e não conseguimos evitar ainda que a vida vire um caos e pessoas morram só porque choveu um pouco além da conta. A natureza ainda é o nosso maior desafio, e isso fica evidente nas caras das pessoas lambidas pela água que não para de cair, assustadas e sem saber o que fazer além de esperar. A cidade por sua vez parece ser movida a energia solar, nada funciona. Não dá nem para pedir um sanduíche pelo telefone, não tem quem entregue. Vai ser mais um dia difícil nesta semana nada fácil, mas pelo menos transformamos a reunião na Agência numa conference call, um nome um pouco moderno demais para o que teremos pela frente. A Agência liga na hora certa e nos debruçamos em volta do telefone, abrimos no computador a apresentação que eles enviaram e tentamos levar a sério aquele monte de explicações pelo que deveria ser naturalmente compreendido. Meio chato, mas não ter que aturar ao vivo as dicas daquela gente superdescolada da Criação da Agência já me faz pensar seriamente em adotar esta prática em caráter definitivo, embora esteja especialmente difícil me concentrar, pois só consigo pensar no que Alice me disse ontem. Abri espaço para pormos as coisas em dia, não dava mais para fugir dela sem uma explicação convincente, nem eu estava feliz com isso, mas não sabia o que dizer. Desculpas não me faltavam para usar na hora de encerrar em definitivo minha história com ela, mas eu insisti nesse mau hábito de falar a verdade, como se isso sempre fosse o melhor para as pessoas, e como se fosse uma prova da minha honestidade e consideração. Outra mulher, outro amor, foi isso que ela ouviu, pois é a verdade e não precisa de mais explicações. Minha esperança era que doesse menos que uma mentira neutra, daquelas onde o culpado é você, ou o trabalho, ou a chuva excessiva, mas não dava para tratar Alice como uma tonta, ela não ia tolerar, então optei por encarar a culpa por sua frustração em vez de me tornar um aproveitador cínico e me submeter à sua dor de cotovelo. Ela não ficou feliz, mas seu orgulho não deu espaço para uma cena de ciúmes nem para duvidar de mim, era o argumento irrefutável, inquestionável. Tudo mais pode ser questionado e resolvido, o tempo, o trabalho, as suas dúvidas existenciais. A existência de um outro não, não pode, não tem que ser explicado, acontece e pronto, pelo menos com as pessoais normais. Ando pensando que essa diferença entre o que é normal e o que é especial está mais sujeita às nossas conveniências do que eu supunha. **De perto, todo mundo é normal**. Todo mundo tem medo, ciúme, dor de barriga, dúvida, preguiça. Todo mundo, mas tem gente que vive melhor com isso.

    Conversa difícil, mas difícil mesmo foi resistir a Alice, como sempre. Marquei para depois do trabalho, sabia que no almoço seria arriscado, o clima podia esquentar. Tomei uma dose de vodca antes de falar qualquer coisa, precisava de coragem e o vinho ia ser pouco. Deixei que ela falasse primeiro, mas ela não quis, estava ansiosa. Fui direto ao ponto, ela acusou o golpe e não insistiu, lamentou, tentou mostrar compreensão e fingiu mudar de assunto. Falamos do trabalho, a delícia dela, e a pretexto de desculpar-se ela me contou o motivo de ter informado ao PC sobre nós. Ele a assediava, pelo menos ela disse que sim, insistentemente, e achou que demonstrar interesse por mim poderia demovê-lo disso, ele me respeitaria mais que a ela. Sugeriu que talvez esse fosse o motivo do mau humor nos últimos dias e que eu tomasse cuidado, e eu não sabia mais no que acreditar. Esta era Alice, da doçura ao amargor extremo sem perder o brilho da pele nem alterar a respiração. Precisa, estratégica. Não deu espaço para que eu a pusesse na posição de vítima um segundo sequer, ela estava no controle, e eu já não seria mais tão importante assim. Tentei ser generoso, mas naquele momento só me restava desprezá-la e me arrepender por não ter me aproveitado mais dela, ela merecia, fosse verdade ou não. Talvez a história fizesse sentido, o PC andava uma pilha mesmo, e com pouquíssima paciência comigo, questionando bobagens, chegou a lamentar a ausência do Belisário na minha frente, em plena reunião de diretores. Podia ser mesmo algum tipo de perseguição, mas não acredito, ele não perderia tempo com isso, não era de cometer estes erros, misturar as coisas, ainda que tivesse realmente se engraçado para o lado de Alice, o que, convenhamos, metade dos homens do Banco já desejou fazer. Nesse momento ela estava era tentando me atingir e me desestabilizar, para depois oferecer abrigo. Bandida...

A reunião em torno do telefone seguiu sem necessidade da minha interferência, fiquei até o fim a pedido da Agência que tinha uma "grande novidade" para me mostrar. Seguimos as orientações e clicamos num link. Abriu-se um blog já pronto e funcionado, uma versão mais leve e descontraída do nosso já bem-sucedido e implementado site, bonitinho, bem-feito, e eu fiz a pergunta óbvia sem nem pensar.

— Bacana, mas pra que serve isso?

— Pra falar com os clientes, é claro...

— Sim, mas nós já falamos com os clientes.

— João, não é a mesma coisa. Todo mundo tem um blog hoje!

Aquilo me irritou, lembrei-me de imediato de Acácio e do seu blog engolido a seco. O tom de superioridade daqueles moleques do outro lado da linha também não me fazia bem, mas tentei ser educado:

— Acho que eu não fui claro, vou me explicar melhor: qual é o papel deste blog na nossa estratégia de comunicação, ou onde quer que seja?

Risinhos abafados e comentários ao pé do ouvido escapavam do outro lado da linha. Minha equipe ficou tensa. A resposta demorou, e o Silas, homem-metáfora, interveio para tentar acomodar as coisas:

— João, não pensamos em termos de estratégia, é só uma ideia para acompanhar as tendências. Eu concordo com o pessoal da criação, todo mundo tem um blog hoje, até no meu condomínio tem um blog...

— Silas, então me faça um favor, para não gastar nem o seu nem o meu tempo desnecessariamente. Da próxima vez que alguém tiver uma ideia genial por aí, divida comigo antes de fazer um site inteiro como este. Eu não faço nem aprovo coisas simplesmente porque todo mundo faz, eu tento entender para que elas servem e as adoto se for o caso. Pegue a sua equipe e tente pensar num bom argumento para gastar o seu dinheiro neste projeto, pois o nosso não vai fazer parte disso até que ele se justifique.

É um idiota. Estou cercado de idiotas que pensam que eu sou um deles. Encerrei a reunião e deixei a sala sem falar com ninguém, minha equipe não sabia o que fazer. Eu me desculpei com eles mais tarde, eles entenderam. Quase funcionamos como um time, é de se esperar que funcione, embora eu não tenha exatamente escolhido trabalhar com cada um deles. O Banco tem uma cultura de formação profissional que se assemelha muito a uma carreira pública, como um funcionário concursado. As pessoas entram jovens, num processo de seleção rigoroso, e são treinadas para assumir o que for necessário no futuro, conhecem de tudo um pouco. À medida que crescem vão ocupando lugar nas vagas disponíveis, difícil contratar alguém de fora quando se precisa, as vagas são anunciadas internamente e só no caso de não haver candidato ou haver uma clara ausência de aptidão é que se busca alguém no mercado. A empresa é assim, sempre foi, mais de cem anos de história não se muda de uma hora para outra. Tem suas vantagens, mas está caindo em desuso, viramos uma escola de profissionais para o mercado, e a solução foi subir os salários para manter as pessoas, que acabam ficando muito tempo e perdem um pouco a noção de como funciona o mundo de verdade, protegidas que são por esta instituição tão zelosa dos seus. Não tenho como me queixar disso, tudo o que tenho devo ao Banco, talvez deva também tudo o que eu sou. Fico imaginando como seria se eu não tivesse feito parte dele. Eu não tinha mesmo nenhuma grande paixão a não ser ler, e o futebol que nunca chegou a ser considerado uma opção séria. Quando estagiei nas agências desejei ser redator, mas jamais ousei, talvez durante a faculdade, mas foi o máximo que consegui. Não consigo nem imaginar o que poderia ter acontecido. Talvez estivesse misturado aos barrigudinhos na festa do Murilo, bem casado, eu me dava bem com a mulherada, podia escolher uma riquinha, talvez tivesse sido feliz, mais feliz, menos feliz. Não tenho motivo para não fazer parte da turma dos barrigudinhos, devia me sentir bem com eles, e não com Acácio, nem com Arlete. Não ousei como eles ousaram, não me entreguei a paixão alguma, nem resisti às soluções fáceis. Eu não sou moderno. Não me seduzo pelo blog que a Agência nos propôs e tento seduzir a minha amiga gay, que me beija na boca por carinho, como um descontrolado, deselegante, tentando impor a minha pretensão de macho alfa. Eu ainda consigo sentir algum orgulho das minhas atitudes corajosas no trabalho, questionando a inércia de todos à minha volta em nome da produtividade da instituição, mas o bom senso não se esvaiu de todo e acusa danos evidentes na minha capacidade de me misturar e tolerar o meio que me cerca. Tudo o que estou recuperando na minha autoestima se reflete de imediato nas minhas atitudes, e eu não sei para onde correr se chegar a ponto de romper com esse mundo de atitudes convenientes do qual eu faço parte.

Antes do fim do dia o PC me chamou, pela primeira vez na semana. Subi pensando no que Alice me disse, era inevitável observá-lo. Ele estava calmo, atarefado, mas calmo. O fim do ano se aproximava. Perguntou-me das próximas campanhas, do orçamento. Recebeu um recado do presidente da Agência, queria conversar, e ele me perguntou se eu sabia do que se tratava. Não fazia a menor ideia, mas contei da conference call da manhã e da ideia do blog, e de como reagi a ela. Ele me apoiou, mas me recomendou calma, mudanças estavam a caminho e talvez afetassem a mim ou a Agência. Um executivo chegaria na próxima semana, VP de marketing na matriz, um novo gringo para atrapalhar a nossa vida. Não sabia ainda o propósito da mudança, mas parecia óbvio ter alguma coisa a ver com a saída do Belisário, que eu deixasse as coisas em ordem. Estavam em ordem, eu não me preocupava, mesmo, apesar de certo sarcasmo na maneira como o PC me deu a notícia, como se observasse a chance de me expor a uma situação aflitiva e se divertisse com isso. Bobagem, perda de tempo e de bons fluidos. Achava até bom ter alguém no lugar do Belisário, ia me poupar de discussões bobas e esvaziar os boatos da promoção que nunca aconteceu.

— Queria que você me ajudasse com o jantar de fim de ano. Vai ser na minha casa, só os executivos, quero fazer alguma coisa especial, para casais.

— Claro, pode contar comigo.

— Você já virou um casal de novo?

— Estou a caminho disso...

— Não é com quem eu estou pensando?

— Não é, pode ficar tranquilo...

— Estou tranquilo. Leve a moça, é uma boa chance para impressioná-la e dar uma mensagem positiva ao grupo...

Terminou em sorrisos e descontração, mas ele estava me testando, filho da puta... Ele não faz nada de graça, nada. Talvez Alice tenha razão, ainda que sua intenção não fosse me alertar de coisa alguma, ela deve ter razão.

Hoje seria dia de correr com Celeste no parque, mas esta chuva vai nos obrigar a mudar de plano. Temos nos visto quase todas as noites. Caminhamos, namoramos em casa, vamos ao cinema como eu não ia desde que era solteiro. Ela tem trabalhado menos, nunca está trabalhando quando eu estou disponível. Não sei o que isso quer dizer, não tenho coragem de perguntar, e ela não me fala nada. Não é um tema proibido, não combinamos coisa alguma, mas parece que estamos tentando ignorar o problema para ver se ele se resolve sozinho. Pra mim não é um comportamento novo, eu sempre fiz isso, ela não. Está aprendendo comigo coisas que não devia, eu sou uma má influência. Talvez esteja procurando um jeito de mudar esta situação, talvez não, mas não importa. Essa é a parte principal das coisas que eu sei que quero sem qualquer risco de dúvida, todo o resto que se adapte, não o contrário, até onde eu suportar, ou precisar. Hoje eu preciso de Celeste, e estar com ela depende de mim e do meu empenho, não considero opção outra que não seja ela, não dá para substituir. Não é sexo, não é companhia, é aquela coisa que ela tem e que eu não tenho, que a costureira da vilinha de Moema tem, Acácio tem, mas eu não tenho, só sei que quero ter, que quero gostar tanto de alguma coisa a ponto de me entregar, como me entrego para Celeste e seus pecados. Falei pra ela da festa na casa do PC e que ela iria comigo, não convidei, comuniquei a ela que seria assim. Ela parou de comer.

— Calma..., não é nada de mais. Qual é o problema?

Ela balançou a cabeça, achou que eu estava perdendo o juízo, talvez estivesse. Talvez estivesse só apaixonado e sofrendo as consequências disso, como um adolescente, mas não era. Eu sabia que não era. Estava eu mesmo me testando também, me expondo, aquilo estava dando certo. Eu ampliei meus limites com tudo o que me aconteceu nesta segunda metade do ano, mais do que em dez anos de vida, mais do que podia imaginar que fosse possível. Celeste tinha medo, por ela, por mim, sabia do que estava falando, mas para mim não tinha volta, eu assumiria qualquer risco, empenharia qualquer esforço por essa nova vida.

Nada é muito atraente quando o ponto de vista é a janela do flat, especialmente num domingo chuvoso. Deixei Celeste dormindo no seu apartamento e fui caminhar sozinho até o parque, onde até os dias chuvosos são bonitos. O cheiro da terra molhada me faz tão bem quanto o cheiro do mar.

Não chegamos tão tarde assim ontem, mas ela varou a madrugada assistindo TV na minha cama, ao meu lado mas sem saliências, uma noite bem comportada, e depois foi dormir no seu apartamento. Não me deu qualquer desculpa quando eu me aproximei para acariciá-la, só me disse que não estava com vontade, queria prestar atenção no filme. Eu não estranhei, foi uma noite de novidades acima da conta na nossa tentativa de virar um casal. Eu tenho me empenhado por isso e ela me acompanha. Só. Não desiste de mim, mas parece não acreditar nesse futuro tanto quanto eu. Eu entendo os medos que ela tem, mas não acho que perdi a cabeça e sim que estou no caminho de encontrá-la. Uma onda de bem-estar toma conta de mim cada vez que eu me arrisco e me experimento um pouco além da minha zona de conforto. Não importa o resultado, não depende de dar certo e sim do prazer que sinto por tentar, por me observar e buscar a preservação desse estado de curiosidade que volta a me fazer sentir bem. Às vezes vem junto com um pouco de medo, aflição, ansiedade. Parece uma droga lícita e barata, e eu estou me viciando nestas sensações tão remotas que não sei se um dia cheguei a vivê-las, mas que me parecem um reencontro nesta nova vida que se afasta do roteiro original, ou do roteiro que eu estava obedecendo até poucos meses atrás.

Ela tinha uma festa ontem, aniversário de uma amiga, uma amiga puta. Uma das poucas amigas de profissão, e uma das poucas amigas no geral, talvez a única amiga de verdade em São Paulo. Havia me falado disso durante a semana, mas acho que não contava comigo para acompanhá-la, sequer desejava que isso acontecesse. Eu me mostrei curioso e disposto, mas ela desconversou, disse que depois resolvia. Voltou ao assunto no dia seguinte como se tudo já estivesse resolvido e me incluiu nos seus planos. Não sei o que a fez mudar de ideia, mas acho que ela deve ter consultado a aniversariante, e por algum motivo a minha presença passou a ser aceitável. Eu não sabia o que iria encontrar, e não posso dizer que estava tranquilo com relação a isso. Imaginei que Celeste não iria me expor a um circo de horrores, algum tipo de esbórnia ou bacanal, mas não tinha certeza. Se ela quisesse me testar era exatamente isso que eu encontraria, e talvez ela quisesse, ou se o seu desejo fosse me afastar dela com um tratamento de choque. Por mim estava tudo bem, o que eu queria mesmo era mais uma dose dessa droga, me inserir ainda um pouco mais nessa vida de compromissos incompatíveis e desafiar a minha capacidade de administrá-los. Definitivamente eu passei a gostar dessas coisas que me dão medo como se isso fosse um preço a pagar pelas coisas boas que estão me acontecendo.

O endereço não me sugeria coisa alguma, no bairro do Cambuci. Não sabia bem onde ficava, mas nunca soube também que fosse um lugar especialmente dedicado a sem-vergonhices. Era um prédio grande e simples numa rua movimentada, feia. Paramos quase na porta e nos anunciamos, o porteiro indicou o salão de festas, no piso térreo. Celeste andava devagar e esfregava a sua mãozinha suada na manga da minha camisa denunciando sua insegurança. Crianças corriam pelo pátio, achei que havia algum engano, devia ser em outro lugar. Na porta do salão de festas estava a amiga de Celeste, uma morena de cabelos longos como é de praxe nas garotas de programa, bonita e mais velha do que ela, com pelo menos uns trinta. Elegante, um pouco maquiada demais para o meu gosto, mas elegante, e feliz. Entramos no salão procurando um lugar para sentar e algo para beber, eu precisava.

Celeste encontrou mais uma, duas amigas. Todas bonitas, todas putas, e todas se misturariam às outras mulheres de qualquer festa sem que se suspeitasse do que elas realmente viviam. Talvez chamassem mais a atenção pela beleza. Pele bem cuidada, cabelos impecáveis, longos, lisos, roupas novas. Vi decotes maiores e barrigas mais salientes na festa do Murilo. Talvez as cariocas se cuidem menos, talvez as putas caras de São Paulo se cuidem mais, talvez eu esteja começando a acrescentar ao meu repertório uma nova categoria de preconceito muito esquisito.

Sentei-me num banquinho alto perto do barman. Sim, havia um barman fazendo caipirinhas com frutas naturais, e malabarismos com garrafas cheias que me causaram alguma preocupação. Celeste não largava da minha mão, mesmo enquanto conversava com as amigas, que não me olhavam quase nunca, como se me respeitassem. No outro canto do salão uma mesa com doces e um bolo no centro, parecia uma festa de criança, e havia muitas, e muitas mães menos bonitas, a maioria delas mais gordinhas e com cabelos bicolores. A obesidade virou uma marca registrada da classe média. Quanto mais mediano mais gordo, e mais tinta no cabelo, matizes, luzes. Celeste não me soltava, interrompia vez por outra a conversa e me acariciava olhando nos meus olhos com meio sorriso, e me beijava, e não falava nada. Parecia temerosa de romper o meu estado catatônico, deixava que eu ganhasse tempo para me acostumar com o que estava presenciando, e voltava a atenção para as amigas. Era uma festa comum de gente comum, e aquilo me chocava, talvez esperasse mesmo ver bizarrices. **De perto, todo mundo é mesmo muito normal**, e igual. Mesmo as putas. Elas também precisam de bolo e brigadeiro para comemorar o aniversário, e dos parentes, dos vizinhos do prédio e das crianças fazendo barulho e trombando nos garçons. No lado oposto ao nosso, apinhada em torno do único sofá no salão, estava o que eu supunha ser a família da aniversariante, jogando conversa fora e se entupindo de empadinhas. As empadinhas estavam ótimas, lembravam a minha infância, mais precisamente as festas da minha infância e as empadinhas caseiras que eu devorava sem limitação. Elas não eram em nada diferentes dessa, talvez o cenário, talvez a rua, mas a cena era a mesma, até as mulheres bonitas, as primas mais velhas de alguém, ou a namorada de algum primo. É bem provável que os garotos daqui também pensem que estas mulheres são as primas da aniversariante.

— Vamos dar uma voltinha lá fora, tomar um ar?

Celeste estava preocupada comigo, eu não falava nada. Disse que estava bem, mas não convenci, eu não estava. Tudo o que via se transformava em material de comparação com a minha vida, eu não parava de fazer isso nunca. Voltamos e assumimos o mesmo lugar que deixamos, com as amigas a postos para nos fazer companhia. A aniversariante era a dona da festa, mas só ficava à vontade mesmo quando estava com Celeste e as outras meninas, ou com seu filho. Ela tinha um filho, não sou bom nessas coisas, mas calculo que tinha uns oito anos, um menino bonito que ela interrompia a todo instante para verificar a roupa, o penteado, dar alguma coisa para comer, e ele voltava a correr com as outras crianças. Ela era mesmo uma mulher muito bonita e doce, e me fez esquecer de tudo aquilo que me atormentava com a sua delicadeza, pena que durou pouco. Logo chegou mais uma amiga de ofício com um namorado, que apresentou à aniversariante referindo-se a ela pelo nome de guerra. Ela corrigiu sem perder a calma:

— Marilda.

— Marilda?

— Marilda Monteiro, fique à vontade. Quer beber o quê?

Um minuto de constrangimento. As amigas puseram a mão na testa em desaprovação, Celeste, aflita, voltou a apertar meu braço, mas num gesto de espontaneidade com o qual eu não contava o japonês estendeu a mão para mim e se apresentou salvando a cena.

— Prazer, Rogério.

— João Maurício, prazer.

Pediu licença para pôr uma maleta pequena e bem-acabada no balcão do barman, à vista de seus olhos. Aceitou uma caipirosca de caju com adoçante, brindamos e conversamos um pouco, bem pouco. As meninas sumiram por um momento, foram ao banheiro em grupo como qualquer menina faz, e voltaram sérias, talvez preocupadas com a Marilda, que por uns instantes voltara a ser garota de programa em pleno universo doméstico. Celeste veio a mim e me beijou bem bonitinho e molhadinho, como eu adoro.

— A gente já vai, tá?

Eu não estava pedindo nada, mas talvez a situação pedisse. Já era exposição suficiente para nós dois. Chegou a hora do bolo, com vela e cantoria de parabéns. Nunca sei bem o que fazer nessa hora, principalmente em ambientes estranhos. Poria as mãos no bolso se pudesse, sairia para mais uma volta no jardim, mas nada disso era conveniente, e eu, massacrado pela confusão moral a que me expunha naquele salão de festa, voltava a me submeter ao mundo das conveniências.

As crianças resolveram tudo, enchendo os pulmões para alegria da aniversariante e de todos ali. Ninguém parecia estar tão incomodado quanto eu, talvez aquele outro senhor no sofá da família, ele ficou calado quase a noite toda. Deve ser o pai dela, sem saber também o que festejar nesse dia em que pôs a filha no mundo para um fim desses, se é que ele estava ciente das escolhas de vida que ela fez. Talvez fosse só um tio chato, mas a minha mente esmigalhada pedia um drama que pudesse se comparar ao meu, a possibilidade de ser o pai me agradava mais.

O japonês era um dos mais animados e puxou todas as réplicas dos parabéns. Ao contrário de mim, estava em perfeita harmonia com o ambiente. Beijava e abraçava a namorada o tempo todo, mesmo quando ela estava no meio das amigas. A menina destoava um pouco do grupo, era a mais vulgarzinha, também era a mais jovem, e tão bonita quanto as outras. Uma calça branca e muito justa desafiava todos a adivinhar se ela estava de calcinha ou não. Eu apostei que não, e Celeste me repreendeu. Acabamos não saindo muito cedo, ficamos nós, as amigas e a família no sofá para o fim da festa, quando a amiga veio se juntar a nós. Ela me agradeceu pela presença e sem muito rodeio me disse o que tinha vindo dizer.

— Você gosta mesmo desta menina, não é?

— Gosto, gosto mesmo.

— Ela também gosta muito de você...

Foram só três frases, mas era uma conversa longa, com grandes pausas, olhares e tomadas de fôlego. Acho que ela queria me dizer mais alguma coisa, mas perdeu a coragem. Provavelmente concluiu que seria daquelas coisas que não adianta dizer nem pedir, como tomar cuidado para não magoar Celeste, ou que tomasse cuidado para não me magoar também. Ficou só naquilo e sorriu. Voltou-se para o grupo onde o japonês contava uma piada animada e as meninas riam sem reservas. Ele era um cara legal. Devia ser um pouco mais novo que eu, roupas novas, relógio caro. Saiu-se com desembaraço do constrangimento em que a namorada o envolvera no momento da chegada, mas o olhar de Marilda era de desprezo evidente. Ao contrário do que fez comigo não lhe dirigiu palavra, como se ele não fizesse jus à sua atenção, como se já o conhecesse e não gostasse dele. Perto da meia-noite voltamos para casa, eu dirigia em silêncio, e Celeste se distraía com os brigadeiros furtados da festa no seu colo, não falava nada.

A chuva quase parou, e o parque vai aos poucos se enchendo de gente. Nada é tão difícil de se prever em São Paulo como o tempo. Um fim de semana ensolarado e quente pode ser seguido de uma semana de chuva intensa enlameando a cidade e os caminhos. Combina comigo, com meu desafio de redescobrir a mim mesmo, de me expor aos perigos da felicidade, paixão, entusiasmo, decepção. Marilda usou as palavras certas ontem, quando me perguntou se eu gostava mesmo de Celeste, e eu garanti que sim, não tenho dúvida disso nem preciso falar muito para convencer quem quer que seja. Gostar de Celeste é a maior certeza que tenho no momento. Na minha última e recente conversa com Alice contei a ela a parte necessária para a sua compreensão de tudo o que estava acontecendo. Quase no fim do nosso encontro, angustiada e num tom humilde que não lhe é comum, ela quis saber se eu estava apaixonado, se eu amava essa outra mulher. Não foi a resposta mais fácil nem a mais inteligente, mas pelo compromisso recente que estabeleci com a verdade eu disse que não sabia. Ela não se convenceu e me cobrava a verdade, como se não fosse se importar com o que ouvisse. Não acreditava que a verdade era aquilo e não queria ser poupada de coisa alguma. Eu não podia ser mais honesto nem a estava poupando, pelo contrário, só não sabia definir bem uma coisa e outra, amar e gostar. Quando começa esse amor romântico ao qual todos se referem como a garantia de dedicação absoluta a alguém, uma coisa superior, dogmática? Eu estou tentando estabelecer de novo uma relação evidente entre amor e compromisso, paixão e prazer, bem-estar, paz de espírito. As coisas parecem funcionar como funcionavam no passado, mas a dúvida de Alice não me surpreende, eu também estou confuso. Minha felicidade e meu prazer se escondem em lugares cada vez mais estranhos, mas eu os encontro mesmo sem procurá-los, mesmo sem pistas, como se fossem os meus lugares de sempre, como se sempre tivessem feito parte da minha vida, mas não fazem, e eu cambaleio entre estes dois mundos, o novo e o velho, tentando não abrir mão de nada de bom em nenhum deles, tentando arrastar comigo as pessoas que eu amo e desejo de um para o outro, mas elas resistem. Já têm suas próprias vidas bem resolvidas ou não, mas as têm, e não querem fazer parte da minha dúvida, mesmo que me amem, mesmo que me desejem. É natural que se confundam. Parece que alguma coisa à minha volta se desfez e que eu consigo agora voltar a me relacionar com a minha própria história e com quem fez parte dela. Resvala-me uma culpa inocente por esses abandonados no percurso, ao mesmo tempo que se intensifica o desejo de trazer todos para perto outra vez, para que possa vivê-los de novo neste meu novo jeito, um jeito inconsequente de viver, aos tropeções, intenso e rápido, nas noites, nas festas, na clausura e sem futuro aparente, como se o futuro fosse uma peça de ficção deste universo infantil que me cerca e me serve em nome da missão que jamais se revela.

    Voltei ao flat com duas sacolinhas da padaria e o *Estadão* debaixo do braço. Adotar os jornais de São Paulo me parece um passo importante no processo de assumir a minha nova vida, e eu faço isso com prazer. Fui direto para o apartamento de Celeste. Ela se espreguiçava na cama tentando esticar a noite que já nos abandonara horas atrás. Sorriu ao me ver e me estendeu os braços, e eu a abracei, e cheirei seus cabelos, e a beijei ainda que ela tivesse tentado me privar de seu gosto amanhecido. Nosso conforto verdadeiro era naquele quarto, entre as paredes daquele flat feioso. Era ali e na segurança dessa redondeza que Celeste se revelava e revelava seu desejo, seus cuidados, seu melhor. Transamos com o prazer renovado naquela manhã, lento e demorado como mais gostamos, com força e transpirando o suor represado das últimas noites, desperdiçadas com a minha empreitada pela nossa provação. Deitado ao lado dela e recuperando o fôlego me distraio pensando em minha própria vida e de como cheguei até este momento de prazer. Recupero rostos, escuto vozes, queixas, discursos. Lembro da caixa de roupas fechadas de Lúcia, do beijo roubado em Arlete, das dúvidas e perguntas de Alice, o início do trabalho em São Paulo. Tudo contrasta com a paz e o bem-estar de Celeste ao meu lado, nua e lisa do nosso suor empapado no seu lençol. Ela alisa minha barriga, encosta a cabeça no meu ombro, beija meu peito com carinho. Eu entendo seus recados, nada é mais claro do que isso. Este é o mundo que ela quer, protegida de todo o resto, o nosso mundo, nosso pequeno mundo, sem amigos e nem ameaças ao que sentimos quando estamos juntos, ao nosso poder de nos amarmos no sentido mais amplo e mais óbvio, o único possível. Uma doação integral, generosa, incondicional, inabalável. Eu nunca disse que a amava, nem ela. É uma ironia, uma ironia que me faz feliz.

— Você gosta de mim?

Ela me sorri debochada, encaixada embaixo do meu braço. Não vejo seu rosto por inteiro e ela me mordisca e balança a cabeça dizendo que sim, e murmura, e eu entendo isso como uma declaração de amor e insisto:

— Por quê?

— Porque você é rico, loiro, alto, tem uma barriga de tanquinho, um carro importado, um pinto beeem grande...

Eu faço cócegas de reprovação ao seu deboche, ela insiste, não leva a sério as minhas dúvidas, penso. Continua listando minhas falsas qualidades e para. Me abraça e trepa no meu corpo nu, ainda deitado na cama. Brinca com os pelos do meu peito sem me olhar nos olhos e me pergunta quase envergonhada, revelando a sua adesão ao meu mundo de dúvidas.

— Nós somos um casal?

Ela levanta os olhos aos poucos até me fitar, como se tivesse medo da resposta, ou como se a soubesse e não a quisesse admitir, como se fosse uma fraqueza desejar isso e incluir isso nas suas expectativas com relação ao que somos, ou ao que podemos ser ou pretendemos ser. Eu sorrio surpreso, feliz pela sua dúvida, pela revelação deste desejo tão legítimo quanto o meu e que me envaidece. Ela quer ser um casal, e assim como eu não sabe se podemos ser um casal, ou se devemos, se será possível viver esta condição no curso das nossas vidas, nossos mundos paralelos, intangentes, despreparados para uma convivência aceitável neste ambiente que nos sustenta. Eu mantenho o sorriso como a flagrá-la, como se desejar isso fosse um desvio de caráter só dela, e respondo em tom de brincadeira que sim, que somos, ou devemos ser. Que fazemos coisas que os casais fazem, que vamos a festas de aniversário, dormimos cedo, na frente da TV, nem transamos todos os dias...

— Só se for você...

Bandida, inverteu o jogo, saiu mais uma vez com graça da condição de surpreendida. Sua cara linda não inspira a menor maldade, nem credulidade numa revelação tão potencialmente agressiva e capaz de destruir qualquer sonho de uma vida normal. Eu finjo raiva mas adoro, talvez seja a primeira vez que falamos com leveza da nossa não declarada e sensível condição, e isso me alivia. Eu a derrubo de cima de mim, deito-a na cama e a imobilizo, judio dela, mordo, aperto, sufoco com minha boca e a esfolo com meu corpo se esfregando com força no dela, e ela se submete, se redimi, diz que não, que não é todo dia, e que eu vou esgotar sua força e não vai sobrar nada pra ninguém, e que ela é minha, promete que é, e de mais ninguém, e transamos de novo, aos gemidos, exaurindo o resto de força e o resto de suor que aquela manhã prolongada e quente nos proporcionou.

As sacolinhas da padaria nos aguardavam no balcão da cozinha, e fomos a elas ainda nus, ou quase. Comemos tudo o que havia e ainda nos restava fome. Tomamos banho e fomos à rua buscar um café. Passei no meu apartamento para uma roupa limpa, Celeste me esperou na portaria. Sempre que pode ela evita o meu apartamento, ou pelo menos desde quando voltou e encontrou as garrafas vazias e os lençóis sujos da noite com Alice. Ela nos priva do seu ciúme como se a ele não fizesse jus, mas o revela aos poucos. Levei-a até a livrariazinha da Moema, ela não conhecia, ficou encantada. Moema não estava, um funcionário nos atendeu, e namoramos protegidos pelas orquídeas lá no fundo, entre doses repetidas de café espresso, eu agora me viciei neste maldito café forte. Falamos da festa de Marilda e da catarse que aquilo foi para nós dois. Contou-me a história dela, ao contrário do que eu pensava era recente como garota de programa, bonita, abandonada pelo marido que lhe tirou tudo etc. etc. O japonês era policial federal, graduado, velho conhecido, já havia namorado outras "colegas". A maletinha em cima do balcão devia ter uma arma, e das boas, fantasiei. Falei da conversa rápida com Marilda e do seu olhar de reprovação ao tal japa, que pelo jeito era um namorador compulsivo de garotas de programa. O senhor contrariado era mesmo pai de Marilda, e por um instante eu voltei no tempo e me senti mal naquela cena, desejando não fazer parte de uma história com tantos constrangimentos, ela percebeu e me trouxe de volta com um beijo, sempre dá certo. Falei um pouco mais da minha viagem ao Rio e da semana no trabalho. Ela sempre duvidou das boas intenções do PC e zombava da minha credulidade.

— Isso é amor de puta, esse cara não está nem aí pra você...

Arregalei os olhos com graça, e ela se deu conta da bobagem que falou. Encabulou-se, e foi minha vez de salvá-la com um beijo.

— Desculpe, é força de expressão...
— Não tem problema, você também não me ama mesmo...
— É verdade...

Eu não conhecia desejo mais puro do que o de Celeste e nem mais genuíno do que o meu naquela relação torta que inventamos. Eu não me apaixonei por uma puta e sim por ela, e ela não me pede nada. Entrega-me aquilo que sonega a alguém que lhe paga todos os dias por algo que pensa receber. Fica cada dia mais claro que é a relação de troca mais honesta que tenho no momento, a mais proveitosa e valiosa para mim, diferente de qualquer outra que eu tenha quando ponho os pés para fora daquele flat que eu amo e rejeito com a intensidade devida às paixões que valem a pena.

Na terça-feira pela manhã conheci o Laurence. Um gringo com carimbo de procedência garantida, americano filho de ingleses que chegou antes da hora, para surpresa de todos. Nem tive tempo de ficar ansioso, amanheci com um recado assustado da secretária do

PC: chegou no escritório antes das oito e queria uma reunião comigo ainda naquela manhã. Marcamos para as 10, e às 9:30 ele já estava na porta da minha sala, enquanto eu ainda selecionava na tela do meu notebook algumas planilhas e apresentações que seriam úteis nesta conversa. Não foi necessário. Ele só queria se apresentar. Estava relativamente informado dos planos e ações recentes, fez elogios e meia dúzia de perguntas sobre as práticas de mercado. Gosta da maneira informal como fazemos as coisas, e para a minha surpresa concluiu prometendo um próximo encontro no jantar do PC, o que para mim parecia pouco para uma promessa de novo chefe. Num último esforço para demonstrar tranquilidade e subserviência profissional convidei-o para o almoço que tinha marcado com o presidente da nossa Agência de Publicidade, mas ele recusou sem a menor cerimônia nem sombra de interesse. Talvez fosse ingenuidade excessiva da minha parte, ou absoluta falta de apego por aquele cargo e aquele emprego, mas eu estava cada dia menos preocupado com a presença daquele gringo, mas era o único. Todo o Banco estava tenso, todo, incluindo a minha equipe. Correram para a minha sala assim que ele saiu, queriam notícias. Eu tive que me conter para não explicitar a minha indiferença, seria quase uma decepção para eles se essa ameaça ao nosso seguro mundinho se convertesse em nada de uma hora para outra. Fingi alguma dúvida para preservar neles ainda que uma ponta de insegurança, eles quase imploravam por isso. As pessoas vivem de emoções medíocres nas grandes empresas, pequenas desgraças corporativas. Uma demissão aqui, uma proposta recusada no andar de cima, uma discussão em tom um pouco mais alto na reunião semanal. No Banco isso era matéria escassa, pouquíssima coisa é capaz de abalar a tranquilidade de uma empresa tão sólida e segura de seus credos, principalmente em tempos de economia equilibrada. As pessoas seguem as suas rotinas.

A zebra da vez

Crescem profissionalmente, ganham dinheiro, engordam, fazem filhos, viajam para Miami, quando evoluem vão a Paris, Londres, e assim a vida segue. Perdem no dia a dia a capacidade de competir, de disputar espaço pelo seu sustento, o que me parece estranho num mundo cada vez mais competitivo, é mesmo um universo paralelo, seguro demais para ser verdade. As grandes disputas e mesquinharias acontecem nos patamares mais altos, onde o quinhão é maior e habitam os mais ambiciosos. Na base não, parece que esperam todos comportados a sua vez de chegar ao topo, ou simplesmente se aposentarem abastadamente garantidos por competentes planos de previdência privada do próprio Banco, essa mãe poderosa e de infinita bondade. Está na minha vez de entrar na briga e pelo jeito é compulsório, não tenho a opção de não entrar, mas estou me fazendo de desentendido enquanto é possível. Todos querem que eu me manifeste desde que o Belisário saiu, todos. Todos esperam que eu brigue pelo espaço que ele deixou, que é um nada, é uma posição que não existe e não é necessária, foi criada para acomodá-lo e incomodá-lo, e não deixar que ele incomodasse quem quer que fosse, mas sem sair do nosso campo de visão. Deu certo por um bom tempo e parece que não está dando mais, ele surpreendeu a todos indo para a concorrência e expôs o PC, que ficou sabendo disso esta semana pela mídia. A presença do Laurence aqui parece ser reação a isso, pelo menos essa é a leitura dele. O americano vem para fazer algo a respeito, suprir uma lacuna que o Belisário supostamente deixou e que eu não supri, foi o que eu entendi nos comentários que PC propositalmente deixou escapar na última reunião do grupo de diretores, quase irônico. Ele continua jogando o seu jogo e por enquanto está dando as cartas, mas a arte de manipular é ingrata e poderosa na destruição dos valores. O grupo está dividido, pouca gente entende por que de uma hora para outra ele começou a me dirigir pequenas maldades em público, mas ninguém tem coragem de reagir a isso. Parece um monte de zebras no meio da savana, observando de longe a chegada dos leões famintos, cada uma torcendo para não ser a próxima escolhida já que todas as zebras doentes e fracas já foram devoradas. É um momento estranho, um silêncio incômodo reverbera nas divisórias do sexto andar, e cada um se imagina protegido na sua própria sala. Não é sempre assim, devo reconhecer, mas ultimamente as pessoas saem da reunião com cara de alívio por mais um dia sem contratempos, e a união do grupo se desfaz a olhos vistos. Tudo por conta de um líder ferido e expondo sua fraqueza, ricocheteando sua culpa no bando. Eu, estranhamente, não acuso nem assimilo seus petardos de ironia. Não se trata de estratégia alguma, é só um desprezo quase irresponsável por esse líder que me dedica carinhos ao mesmo tempo que tenta encontrar um destinatário da culpa pelas perdas recentes, e talvez eu fosse um álibi convincente. No meio da última reunião recebi um bilhete do Santos, um dos diretores mais velhos da casa, desses que abdicou da briga e se perpetuou comodamente em seu papel patrimonial. Não somos muito próximos, mas gosto dele, treinei com ele bem no início da minha vida no Banco, e me surpreendi com o seu bilhete, que deixei para abrir só ao final:

*"Faça um esforço e tente pelo menos parecer preocupado..."*

Senti sua mão pesada no meu ombro já à porta do elevador. Sorrimos um para o outro, o recado era claro, assim como o de Alice por motivos outros, mas ambos me preparavam para um briga de orgulho ferido, eu era **a zebra da vez**.

O verão se avizinhava, e isso em São Paulo quer dizer calor e boas chances de chuva no fim da tarde, e árvores floridas, e festas, e pessoas nas ruas, shoppings apinhados e decorados para o Natal. Os happy hours se multiplicam, amigos, fornecedores, tudo é motivo para se juntar em volta de uma mesa e encher a cara de cerveja. Eu tenho adoração pelo verão, mesmo em São Paulo. Adoro a rua, adoro ver as saias subindo, o sol até mais tarde, os umbigos se revelando nas barriguinhas cada vez mais morenas.

Ainda não conheci as praias do Litoral Norte, na ponta de cá da Rio-Santos. São famosas pela beleza e pela boa infra, restaurantes, pousadas charmosas e casas noturnas cheias de gente bonita. Os paulistanos endinheirados fazem isso bem, sabem gastar com o mesmo talento que ganham dinheiro. O trânsito é pesado nos fins de semana, mas vou me aventurar em janeiro por uma dessas praias com Celeste. Eu tenho muita saudade do mar, mais do que qualquer outra coisa. De não fazer nada olhando para ele, molhando as pernas e lavando o corpo com água salgada e leve. Dezembro já está repleto de compromissos, o que é uma pena. Iria já para uma dessas praias, ia nos fazer bem. Na sexta é a festa do PC. Promete, para mim e para todos. No domingo, Celeste embarca para a Austrália com a mãe, vai passar o Natal com a irmã que reclama cuidados. A viagem é longa e o tempo longe dela também, quase vinte dias, mas a fiz prometer que volta a tempo do Réveillon, não quero ficar sem ela. Vai passar rápido com tanta programação social, e aproveito para uns dias no Rio com a família. Será um Natal diferente sem Lúcia, o primeiro em mais de dez anos, mas também vai ser tempo de administrar as diferenças, manter o contato com a família dela que não quero que se perca. Estou cada vez mais em paz com o meu passado, só preciso ver o que as pessoas acham disso.

Almoçar com o presidente da Agência é um rito de frequência regular. Ele não me é especialmente desagradável, muito pelo contrário. Sujeito de boa conversa, temos em comum o gosto pelos vinhos, e ele não é nenhum enochato. Bem-nascido, conhece vinhedos e caves pelo mundo todo, e nos damos muito bem enquanto mantemos o assunto neste universo, o pretexto do encontro era social mesmo. Pediu desculpas pela maneira como as ideias do site me foram apresentadas na ultima reunião, e eu reconheci que a reação foi exagerada. Nós temos que nos suportar e conviver bem. Não é um prestador de serviço de pouca qualidade, mas, assim como tudo e todos no Banco, estamos unidos um ao outro por decreto. Alguém em algum lugar definiu que esta Agência atenderia ao Banco no mundo todo, chama-se "alinhamento" esta mamata a pretexto de criar uma identidade única para a empresa em qualquer lugar do planeta e gastar menos. Não sei quem acredita nisso, mas é gente que não faz conta e não toma café na rua fora do seu próprio bairro e deve viver a ilusão de que as pessoas se comportam mesmo de um jeito único mundo afora.

    O dia foi longo e não me permitiu a caminhada vespertina no parque. Estou sedimentando meus novos hábitos. Uma sacolinha com tênis, calção e camiseta está sempre no carro, que agora eu uso para ir trabalhar e me levar ao parque nos fins de tarde sempre que posso. Hoje não pude. Cheguei ao flat e encontrei um post-it de Celeste na porta, queria me ver. Desci e a encontrei quase emburrada diante da TV, cena rara. Quis ter certeza se era mesmo para ir à festa do PC. Para mim era inegociável, para ela uma insanidade. Alegou não ter roupa, e eu ri sem disfarçar. Peguei-a pela mão:

— Vamos comprar uma.

— Agora?

— Agora.

    Qualquer mulher gosta de ir às compras, até Celeste, que não é qualquer mulher. Ela escolheu o shopping, eu propus um mais sofisticado e caro, ela podia escolher o que quisesse. Dei-me conta de que nunca havia dado um presente a Celeste, privei-me disso não sei nem por quê. Tenho me privado também de lugares empertigados como este mundo de lojas supostamente chiques, feitos para afagar o ego de quem tem a carteira cheia. Pouco tempo atrás diria que serve para preencher vidas vazias, mas ando mais generoso com as pessoas, talvez até comigo mesmo. Passeamos de mãos dadas pelos corredores, eu tranquilo e feliz, quase torcendo para encontrar alguém conhecido, ela ainda incomodada. Não queria interferir na sua escolha, mas para deixá-la certa de que de fato estava ali para escolher o que quisesse apontei um ou dois vestidos bem caros, numa daquelas lojas onde as vendedoras te atravessam com o olhar. Ela me olhava incrédula, como se fosse possível vê-la enfiada num vestido daqueles, como se eu não a conhecesse, e eu ria.

— Vamos devagar. Primeiro a lingerie. Eu escolho.

Parado em frente de uma vitrine onde os preços pareciam a prestação de uma geladeira importada, escolhi uma calcinha mínima, praticamente um tapa-sexo, para ver se ela se descontraía um pouco. Ela riu da minha opção, sempre adorei suas calcinhas de algodão e bichinhos, mas queria provocá-la. Ela escolheu um par de coisas daquelas que fazem a vez de sutiã mas são um pouco mais do que isso e entrou para experimentar. Eu ria sozinho de mim mesmo enquanto esperava por ela, feliz por me deixar levar numa brincadeira cara e boba como essa depois de tanta angústia e solidão indevida. Parecia que me reencontrava com a felicidade num caminho novo, mas que sempre esteve aberto e por perto.

— O senhor não quer ver como ficou?

O convite me parecia impróprio, mas era só mais uma coisa que eu não conhecia neste mundinho dos bacanas e endinheirados. O provador era praticamente uma sala de estar. A vendedora me abriu a porta sem qualquer pudor, e assim como eu ela admirou Celeste usando uma das tais camisetes... e mais nada. Ela pediu licença, fechou a porta e nos deixou lá dentro.

— Era isso que você queria? – me perguntou com cara de inocente, nua da cintura para baixo e finalmente descontraída. Eu ameacei beijá-la, mas ela não deixou, me fez sentar e experimentou as outras peças, lentamente, se empinando na frente do espelho para meu desespero. Saímos da loja com uma sacola cheia de promessas de bons momentos, e fome, e tesão, e a certeza de que o tal vestido para a festa não sairia naquela noite. Fomos comer alguma coisa, e ela me perguntou mais uma vez se eu fazia mesmo questão que ela fosse ao tal jantar do PC. Ela não estava feliz e meu plano nunca foi esse. Aquilo deveria ser um début divertido para nós dois, uma pequena e libertadora aventura, não o contrário. Beijei sua cabeça com carinho e disse que ela fizesse o que quisesse fazer, eu não me importava mais. Isso não podia se converter num sacrifício, não faria sentido para nenhum de nós dois, era melhor dar um passo de cada vez, escolher o momento certo para avançar mais casas nesse jogo perigoso que inventamos. Ela me abraçou e me beijou com vontade, aliviada, agradecida, me provocando, tentando me recompensar e me tirar daquele lugar e de minhas ideias bobas de forçar uma vida onde não vamos achar a felicidade que encontramos quando nos esbarramos no elevador do flat, e de onde deveríamos pensar muito bem antes de tentar sair e nos esparramarmos pela cidade. Continuou a me beijar sem parar, quase sem controle como nunca havia feito em público, e me apertava e passava as mãos nas minhas coxas, até levantar a barra do vestido e me mostrar que não estava usando nada por baixo. A brincadeira deu certo demais, e ela queria ir embora. Entramos no carro e ela não parou, levantou o vestido, pôs a minha mão no meio das suas pernas e me apertou. Eu pedi que ela parasse, ela tirou o vestido, me olhando, me desafiando. Ameaçou abrir a porta e eu tratei de tirar o carro dali, aflito e desejando não ser parado por uma blitz no caminho. Chegamos ao flat, torci para que a porta da garagem abrisse logo e ninguém saísse. Parei o carro na minha vaga, aliviado. Olhei para ela nua e linda, pronta pra se atracar em mim naquele carro, a pele arrepiada brilhando sob a luz que acendeu quando ameacei abrir a porta e sair, mas ela foi mais rápida e saiu antes, do jeito que estava, e se acomodou no banco de trás.

— Perdeu o juízo de vez, né?

— Não, eu quero dar pra você aqui no carro. Vai refugar?

Desisti de resistir, ela estava resolvida. Apostei na sorte e na proteção daquele flat encantado, como se o nosso segredo pudesse ser bem guardado mesmo nos exageros, pela cumplicidade daquelas vidas estranhas que também se refugiavam ali, e sucumbi à sua provocação. Ela se ajoelhou de costas para mim no banco, e eu fui rápido e bruto, como se não houvesse risco de sermos flagrados, ou como se não me importasse com os seus gritos abafados reverberando naquela garagem. Essa era a minha nova vida, e eu ainda não tinha mesmo a menor ideia do que era a vida dela e do que era capaz, só conhecia uma pequena parte disso, talvez a melhor parte, a que me encantava e me acolhia, ela estava me mostrando aos poucos. Ela podia simplesmente me seduzir, eu era um alvo fácil, vulnerável, mas ela não o fez, sempre me deu só o que eu pedi, e eu pedia pouco. Ela ficou comigo naquela noite, na minha cama, nua, suada e linda, cada dia mais linda. Adormecemos mais uma vez exaustos com as nossas pernas embaraçadas, contrariando minha tentativa de pôr alguma ordem naquilo que começou sem qualquer respeito à razão, e não seria por conta de um jantar que haveria de se reverter. Haveria de ser por nós, se fosse, enquanto em nós sobrevivesse o desejo de levar adiante essa história.

A noite está perfeita para uma festa, pena que a de hoje não me prometa lá muita diversão. Tive que ser vago com Alice, mais uma vez. Odeio enrolação, e no caso de Alice isso é ainda pior, alimenta dúvidas que não existem com relação a nós dois, pelo menos para mim, mas não teve jeito. Para piorar, não devo ter a companhia de Celeste, eu a liberei disso. Preferia que ela fosse, muito, ainda que com riscos, mas entendi que estava fazendo isso pelos motivos errados. Ela ia me ajudar a devolver algumas coisas aos seus lugares e dar algum reforço na minha vontade de dar sequência a essa vida diferente, mas não podia ser a qualquer custo. Entendo que ela não queira ir, eu também estou inseguro, são muitos medos. Medo de encerrar o nosso ciclo de aventuras e embarcar oficialmente numa vida de casal, medo de encontrar alguém que vai se embaraçar tanto quanto ela, medo de gostarmos, de não gostarmos, medo de quebrar o encanto e perder isso que estamos construindo, ainda sem sabermos bem o que é.

Tive um mau pressentimento quando sai do elevador e de longe avistei um post-it na porta do meu apartamento, mídia que nós elegemos como prioritária para a nossa comunicação. Nunca desejei tanto enxergar melhor, foram dez longos passos, eu contei. Uns três antes, percebi que era um texto longo, mau sinal. No seguinte vi que terminava com "Céu", coisa que ela só dizia nos momentos mais meigos, e com os olhos grudados no batente da porta dei-me conta que ela me esperava às 8:30 e recomendava que eu não me atrasasse. Um sorriso se esparramou na minha boca até doer nos cantos. Entrei, abri a geladeira e matei uma taça de Veuve Clicquot que sobrara bem tampada na garrafa antes de começar a me arrumar. Separei a roupa, a noite não exige paletó e nem seria possível, está quente demais. Banho na velha banheira, barba pela segunda vez no dia, perfume novo, cueca nova, presentes de Celeste. Um medo bobo me ocorreu quando apertei o botão do andar dela no elevador. E se ela estivesse me testando em definitivo? E se viesse vestida de puta, com um vestido curto e apertado? Eu tinha vergonha do que pensava, mas isso não me tirava a dúvida. Celeste nunca deixou de me surpreender e isso nunca foi ruim, mas esse medo persiste, talvez eu até o provoque com minhas ideias mesquinhas, tacanhas. Eu estava mesmo dependente dessa exposição permanente dos meus limites e de enfrentar o risco ao qual me imaginava envolvido, esse desafio me alimentava. Não sei o que faria se ela viesse de fato vestida de puta, ou se encontrássemos na festa um antigo cliente, ou mesmo se Alice tivesse uma crise de ciúmes em pleno jantar. Na verdade me achava incapaz de uma reação inteligente em qualquer dessas situações. Isso aumentava minha ansiedade, mas não me incomodava, nem mesmo um pouco. Acho que a possibilidade de perder o controle era o que me excitava, ver-me numa situação onde minha suposta elegância e controle fossem desmascarados, uma sensação inédita, desconhecida, mas acho que sabia também que a chance de qualquer dessas coisas acontecer era mínima. Essa é a lógica do prazer no risco.

A porta estava aberta, e lá de dentro ela me ouviu entrando e pediu que sentasse. Na TV passava um documentário esquisito, um abate de animais, tosco, violento, bichos estrebuchando no chão, uma cena repulsiva. Eu nem vi quando ela chegou à sala e ficou me olhando como se esperasse a minha reação.

— Ei, estou pronta! Pode dizer alguma coisa, por favor?

O que dizer? Ela estava linda como sempre, mas de um jeito novo para mim. Brincos de pérola, sapatos altos e finíssimos, cabelos ajeitados à custa de um par de horas no salão, mas ainda lisos e levemente presos atrás por alguma coisa parecida com um pente. Minha avó tinha uma igual, chamávamos de travessinha, era branca e brilhante, provavelmente de osso como todos os pentes decentes, só que mais bonita. O vestido era mais para curto de fato, e justo o suficiente para que todos vissem como era linda, e jovem, e irresistível. Eu recuperei o sorriso aos poucos e ameacei beijá-la, mas ela não deixou.

— Hoje você se comporta, isso aqui deu muito trabalho pra ficar pronto.

Eu me limitei a beijar suas mãozinhas e agradeci, ela me olhou de baixo para cima, com o olho comprido de insegurança, e fomos embora. Tentei puxar assunto no carro, eu estava irresponsavelmente feliz e ela ansiosa. Quis saber quem estaria lá, mas ela já sabia de todos e não conhecia ninguém, não fazia a menor diferença. Eu a elogiei dez vezes no caminho, até ela se aborrecer, talvez tenha percebido meu alívio em vê-la tão linda e bem preparada, como a companhia de um executivo bem-sucedido como eu deve fazer sempre que for requisitada, e se concentrando no seu papel.

— O que você vai dizer que eu sou?

— Minha namorada, o que mais?

— Não estou falando disso...

— Ninguém vai perguntar, mas o que você quer dizer que é?

— Não sei... estudante?

— Pode ser, não vai ser mentira, você gosta?

— Gosto...

Não gostava, claro que não, mas fingimos que sim. Ela se calou e eu segurei na sua mãozinha fria e molhada de suor, ela respirou fundo.

Celeste também estava se submetendo a novidades, mas não estava tão entusiasmada com isso como eu. Ela beijou minha mão dessa vez e ligou o rádio para disfarçar a tensão. O caminho nem foi tão longo, PC morava num condomínio desses pequenos e chiques no Morumbi, um monte de casas iguais e de estilo duvidoso, mas muito confortável, o conjunto era bonito. Eu sabia dos detalhes da festa, ajudei em boa parte deles. Deixamos meu velho sedã mal lavado com o manobrista, perdido no meio de um mundaréu de pick-ups e SUVs reluzentes. Uma recepcionista nos abriu a porta e acompanhou pelo gramado até a varanda onde as mesas estavam montadas, quase todos já haviam chegado. Celeste distraiu-se com as velinhas acesas na piscina, pedido especial da anfitriã, e nem percebeu quando o gramado terminou e todos estavam de pé, esperando para nos cumprimentar. Ela ganhou beijos, elogios, olhares de inveja, e eu só faltei ganhar beliscões na bochecha, como um garoto que apresenta sua primeira namorada à família. O PC abriu um sorriso ao nos ver, beijou Celeste carinhosamente e me disparou uma brincadeira machista e previsível, mas que agradou a audiência. Celeste estava finalmente tranquila e até esboçou um sorriso ao lado da esposa do PC, e isso me trazia conforto também. O primeiro passo estava dado, a audiência estava completa e nenhuma cena de constrangimento até o momento, ou quase. Atrás de mim, exatamente atrás de mim e acompanhando todo esse cerimonial de chegada e apresentações, vinha Alice, sem que eu percebesse. Eu me virei quando ouvi seu nome da boca do PC, e vi em seu rosto a humilhação de estar ali sozinha naquele momento, na minha frente, na frente do PC, na frente de todos. Era estranho ela ter sido convidada, já havia comentado isso com o Nino, vários advogados estavam ali apesar de ser um evento apenas para os diretores e colaboradores diretos do PC, mas havia uma razão para isso, nós é que resistíamos a entender.

Postei-me ao lado de Celeste e não precisei apresentá-la a Alice, o PC fez isso sem economizar mais referências à beleza de Celeste e mais brincadeiras inapropriadas para qualquer um, mas acho que ele sabia disso também. Estava exageradamente descontraído e brincalhão, e sua esposa tratou de dispersar o grupo para nos poupar de qualquer pataquada. Passamos a uma sala interna onde champanhe do melhor era ininterruptamente reposto nas taças dos presentes, e uísques de maioridade chegavam em copos altos às mãos de quem os solicitava. O bufê era um dos meus preferidos, e em petit comité na casa do presidente não poupava esforços para nos retribuir a fidelidade de anos aos seus serviços, era tudo maravilhoso. O Banco estava pagando a conta, como sempre. Celeste para minha surpresa continuava serena, conversava solta com a esposa de alguém numa roda ao lado da minha. Alice, não. Pela primeira vez não a vi leve numa festa. Entediava-se em outra roda, ouvindo histórias de filhos e cachorros caros típicas de gente casada e que se encontra uma vez por ano. Seu olhar me procurava e me culpava por aquilo tudo, e eu me ressentia de alguma coisa que não sabia bem o que era. Medo, remorso, uma aflição desconhecida que me tencionava os músculos da face. Senti a mão de Celeste apertar a minha sem perder o rumo da conversa que acompanhava, e numa pausa me dirigiu o olhar tentando me acalmar, me absolvendo em silêncio da culpa por aquele imbróglio: *"Fique tranquilo, eu sei o que está acontecendo"*. Recuperei instantaneamente a calma, beijei sua boca de leve e também sem dizer nada agradeci. Nossa comunicação por olhares e gestos ficava mais perfeita a cada dia.

Os movimentos são espontaneamente ensaiados num evento como este. Há o momento da chegada, das apresentações, das rodas separadas, da tentativa embaraçosa de fazer uma roda única e incluir os deslocados, das perguntas equivocadas do tipo "como vai sua mãe", que resultam num "ela morreu em setembro", e os "ohhs" ecoam pela sala aberta. Depois os garçons enchem as taças por acidente vazias e alguém sugere um brinde, o anfitrião agradece a presença de todos, deseja um bom novo ano e avisa que o jantar está servido. Hoje é aceitável e moderno servir-se num bufê sofisticado e seguir para uma mesa com lugares marcados pelo anfitrião, um dos ritos de etiqueta que menos mudou, evita constrangimentos, ou os provoca quando este é o caso. Alice estava na nossa mesa, a única sem par na festa, e teve que ouvir isso muitas vezes do próprio PC em meio a brincadeiras. Ela não relaxava, e isso ainda me entristecia. Até o Laurence tinha a companhia da sua esposa importada dos EUA especialmente para a ocasião, e certamente para conhecer o território antes de se decidir por uma provável mudança, mas Alice não, e continuava a não conseguir reagir a isso. Ao seu lado um lugar vazio com o serviço completo, denunciando a sua condição de pessoa não acompanhada, contrastando com o ambiente. O PC se esmerou nos detalhes, cada vez mais eu acreditava na história de Alice. Ele a estava punindo, e puniria a mim também não estivesse eu muito bem acompanhado e contribuindo para sua sórdida tarefa. Apesar disso a conversa corria sem contratempos, e em algum momento alguém finalmente perguntou o que Celeste fazia. Eu gelei, pior, congelei na cadeira, mas ela não se abalou.

— Sou professora de História.

Respirei aliviado com a surpresa boa que a audiência acusou, menos Alice:

— Mesmo? E onde você dá aulas?

Gelei de novo, mas Celeste explicou de imediato que se dedicava a um mestrado custeado por uma ONG e que seu trabalho serviria de base para uma proposta que seria encaminhada a um prestigiado instituto ligado à Organização das Nações Unidas, e deu detalhes, e datas, e nomes de pessoas. Não sei de onde ela tirou aquilo, mas de uma hora para outra ela se consolidou como a figura mais interessante da festa, até a cara de Alice melhorou, como se a menina bonita ao meu lado fosse muito mais que isso, alguém à altura de desbancá-la, alguém para quem ela poderia perder sem ofensa. Eu olhava com indisfarçável surpresa para Celeste enquanto ela dava detalhes da suposta tese, e vivi a fantasia dela como se verdade fosse, e como se minha fosse, **uma história real** para uma mulher que parecia um sonho assombrado pelos nossos medos.

A festa finalmente virou festa. Um trio de cordas alternava clássicos e tangos modernos, o álcool refinado dos vinhos equalizou as tensões. O jantar estava divino, surpreendeu até a mim. A noite ajudou, preservou aquele jardim iluminado por velas de um calor excessivo. O PC deu uma recepção digna de um grande líder, e dessa maneira se portou ainda que com alguns exageros. Também me surpreendeu o quanto ele bebeu durante a noite, seu copo jamais esteve vazio, logo ele que raramente bebia nas festas. Talvez eu estivesse predisposto a ver coisas de mais no seu comportamento exagerado, mas ele havia perdido a naturalidade e eu comecei a achar que isso não se devia apenas à presença de Alice. Ele se esforçava pela descontração do grupo, ninguém falava de trabalho e quando falava era repreendido por ele e "multado" com a retirada do copo das mãos. – Cinco minutos sem bebida para retomar a lucidez–, dizia entre risadas. Admito que funcionou. Tirando Alice, para quem aquilo foi um tormento desde o primeiro instante, todos aproveitaram e se divertiram. Os elogios nas rodinhas eram sinceros e os casais se demoraram na degustação de sobremesas e licores. Nessa fase o PC me convidou a entrar na casa, fomos à sala de jantar onde ele mantinha uma pequena adega refrigerada. Já estavam lá o Laurence e o Fonseca, um desses diretores com nome e cara de personagem do Nelson Rodrigues. Nunca soube o primeiro nome dele, acho que já o chamavam de Fonseca no jardim de infância, até a mulher o chama de Fonseca.

— Trouxe alguém que entende disso, agora eu quero ver...

Coube-me escolher um vinho de sobremesa, um gesto meio exibido do PC empurrando para mim a pecha de sabichão dos vinhos. As opções não eram muitas, mas entre elas um Sauterne daqueles que eu só conhecia de nome, nem sei quanto custa uma garrafa dessas aqui no Brasil. Era o desfecho perfeito para o seu showzinho, ele tomou a garrafa das minhas mãos e com a anuência do Laurence pediu ao garçom um balde de gelo para chegar à temperatura exata. O Fonseca achava graça, e o Laurence aproveitou a chance para puxar conversa. Queria saber como eu estava, se já tinha me adaptado a São Paulo, se minha namorada era daqui e se eu tinha férias planejadas para o fim de ano. Tomei como gentileza e retribui à preocupação me colocando a disposição para ajudá-lo na chegada. Eu ainda não sabia o que ele ia fazer por aqui, mas tudo indicava uma permanência prolongada, talvez definitiva, tão definitiva quanto possível na vida de uma organização como o Banco.

O PC interrompeu a conversa me solicitando para verificar a temperatura do vinho. Me incomodava ser incluído naquele ritualzinho esnobe, principalmente sob as vistas dos meus pares na empresa. Tudo o que eu não queria era ser rotulado como alguém muito diferente dos demais, cada vez mais eu me concentrava em ser comum, em me misturar à turba, sem questionar nada, pelo menos ali, naquele mundinho corporativo em intervalo de celebração. Gostar de vinhos virou um fetiche no Brasil, mas não devia. É só um hábito, um prazer, que eu por felicidade e herança de família adquiri. Meu pai nunca deixou de ter uma garrafa de vinho à mesa, principalmente aos domingos. Na minha infância e ainda por muito tempo depois foram vinhos nacionais, quando muito um português, e nas ocasiões especiais fui iniciado nos europeus de boa safra, principalmente os franceses, que são a paixão dele. Meu avô José, com quem eu muito pouco convivi, nasceu numa quinta em Peso da Régua, coração do Douro, berço do vinho do Porto em Portugal. Minha primeira viagem para fora do Brasil foi para lá, ainda adolescente, num esforço de economia de meu pai para conhecer a terra-mãe. Eu tive sim este privilégio e me orgulho dele. Aprendi, caminhando na terra dura e ressequida daqueles morros cultivados palmo a palmo, como o trabalho simples construiu a história desses países, e isso me estimulou a saber mais, prazerosamente, comendo, bebendo e sorvendo naturalmente uma parte das nossas origens, talvez a parte melhor. Acho natural, e me incomoda ser confundido com mais um entusiasta de última hora, mas o PC sabe disso, é a sua chance de me encher o saco sem que ninguém perceba.

A noite avançou e os casais foram saindo aos poucos. Alice, mais calma, ficou para o fim, parecia querer demonstrar segurança, puxou longo papo com o Laurence, pediu ao garçom para abrir mais uma garrafa de vinho. Ela sabia como lidar com o medo e não ia aceitar o papel de estranha da noite, conseguiu reagir no final, e isso me trazia algum alívio. PC e a esposa se revezavam em acompanhar os casais à porta, onde as mulheres recebiam um mimo como lembrança. Não demoramos também mais que o necessário, queria logo me ver livre daquilo, e usamos a viagem de Celeste como desculpa. Saímos, e ela me fez parar o carro na primeira esquina, ainda à porta do condomínio. Virou-se de lado e disparou:

— Gostou? Me comportei direitinho?

Eu sorri apertando sua mão, estava atordoado de admiração e desejo. Por mais otimista que fosse não poderia imaginar uma noite como aquela. Eu não sabia muito bem o que pretendia quando insisti para que ela fosse, mas ela preencheu todos os espaços possíveis na minha cartela de fantasias e foi uma das atrações da noite, eu nem sabia o que dizer.

— Mereço um prêmio?

— Todos, pode escolher.

Ela sentou-se de lado no banco do carro, subiu a barra do vestido para me exibir as coxas como que por acaso e, com os olhos bem arregalados, me surpreendeu com um pedido:

— Quero uma noite de despedida, como se fosse a última...

— Não está cansada?

— Não, e nem pense nisso. Minha mãe chega amanhã. Vamos pra um hotel, eu escolho.

Ela já tinha escolhido e reservado uma suíte deslumbrante no centro da cidade. Pela primeira vez não foi nas camas vagabundas do Flat, nem no carro, mas sim numa varanda cinematográfica e o testemunho surdo das janelas apagadas nos prédios vizinhos. Nua, vestida apenas naqueles sapatos altos, com a paisagem da cidade ao fundo, ela se preparou para me abastecer de lembranças que eu iria resgatar aos poucos nos vinte dias seguintes, e eu não me fiz de rogado. Fiz uso de cada segundo, me empenhando para impregná-la também de alguma coisa que eu imaginava poder lhe entregar, e que só de mim ela tivesse. Um pouco de desespero se misturava àquele prazer de uma última transa antes da viagem, e uma sensação estranha de que o tesão era o que deveria nos unir um ao outro.

— Adorei a história do mestrado. De onde você tirou aquilo?

— Não chega a ser mentira, é quase verdade, eu é que não quis. Um cliente me propôs alguma coisa bem parecida...

— E por que você não topou? Era uma chance de mudar de vida...

Ela me dirigiu um olhar de decepção, eu era um aluno burrinho e que teimava em não aprender as lições. Que vida é essa que ela tinha que mudar se eu gostava tanto dela?

— Tudo tem um preço, João, e isso tem também, por melhor que sejam as intenções dele, mas pode ser, não está descartado, quem sabe um dia você tem uma namorada mestre em História como nos seus sonhos?

Ela não queria se fazer de vítima, mas eu acusei o golpe, a minha dúvida era uma manifestação inequívoca do meu desconforto. Naquela noite uma boa parte dos meus fantasmas recentes se dispersou por mérito, esforço e sabedoria dela, no meio de um monte de gente supostamente capacitada a fazer exatamente o contrário, mas ela não deu a mínima chance. Promoveu-me ao me ofuscar, revelando-se uma mulher não apenas linda mas hábil, precisa, cativante, digna de um executivo a caminho do topo, eu é que tinha agora de dar um jeito de resolver as minhas pendências morais comigo mesmo, com o resto do mundo ela já tinha criado seus próprios argumentos. Naquele instante resolvi tudo com um abraço, e beijos e pedidos de perdão, e promessas de momentos ainda melhores para a volta dela. Tinha contratado um pacote para passarmos o Réveillon na praia, no tal Litoral Norte de São Paulo, numa pousada pé na areia, cercados de mimos e confortos dignos de um casal perfeito. Ela murmurou grudada no meu peito e me cobriu de beijos também, e me pediu mais, e me deu mais, como nunca, como se de fato precisasse me mostrar tudo o que ela podia e sabia fazer, como se quisesse deixar claro que só ela me fazia sentir bem assim, ninguém mais, nem Alice, a quem ela fez questão de elogiar muitas vezes no caminho até o hotel.

Perfume barato

— Sua amiga é muito bonita.
— Gostou?... quer que eu te apresente?
— Engraçadinho...

Ela sabia que ainda tínhamos muito a melhorar se de fato pretendêssemos que isso se tornasse uma relação de verdade, mas por enquanto já estava bom. Aquela era uma noite especial, por todos os motivos do mundo, e eu jamais me esqueceria daqueles momentos de intimidade com Celeste, acobertados pela suíte mais cara que o meu desmerecido dinheiro um dia pagou.

**VENDE-SE**

Minha história de exílio em São Paulo vai celebrar seis meses, e estas duas palavras descrevem bem o que sinto: exílio e celebração. A cidade que me proporcionou esta nova vida não foi um desejo, mas tudo parece ter sido programado para me trazer a este novo estado de espírito em cada detalhe, cada gentil provação. Meu cubículo, minha rotina no Banco, meu isolamento e o desejo insuportável por mulheres feitas para desafiar tudo em que eu um dia acreditei ser um modelo de vida. Não é uma sensação de conforto, ainda me sinto caminhando na areia, experimentando cada passo, mas livre, ou pelo menos me libertando de um caminho que sempre pareceu confiável, como tantas outras coisas com as quais vivi.

Esta fresquíssima sensação de bem-estar não me parece vir exclusivamente das novas descobertas, mas também de abrir espaço para que eu resgate o meu amor pela vida pregressa, naquilo que me faz bem, sem culpa nem medo. Sinto falta de coisas inimagináveis, como o silêncio dentro do salão alto da Igreja da Lagoa, lá no Rio, em frente ao hospital que me habituei a chamar pelo mesmo nome que dei à

Igreja. Coisas fundamentais aconteceram nesses dois lugares. Nasci nesse hospital, e na igreja em frente me batizaram. Lá fiz primeira comunhão e um curso de crisma que não serviu de muita coisa, pois não me crismei. Meu avô José morreu ali. Eu era muito pequeno, mas posso sentir ainda o cheiro ardido de éter nos corredores do hospital na única vez que lá entrei depois que nasci, e vi meu avô na cama alta me esticando a mão e tentando sorrir quando me viu. Não me casei na Igreja da Lagoa, a dona Lourdes fez questão que fosse na do Carmo, mas foi uma boa escolha, tem mais cara de casamento a Igreja do Carmo, no centro histórico da cidade, repleta de imagens de santos e cercada de prédios antigos, tradicional como toda noiva merece, e Lúcia merecia. Lá na Lagoa eu muitas vezes entrei para rezar no silêncio daquela igreja vazia, ainda que cercada de ruas e avenidas barulhentas produzindo um zunido fino em volta e eventualmente uma buzina de carro apressado. À missa eu ia de vez em quando, gosto também, mas preferia o silêncio e o vazio divino do santo ambiente para fazer minhas orações. Eu sei que tenho um jeito egoísta de exercer a minha fé e que provavelmente não passaria num teste de bom cristão se me pedissem um, mas tem funcionado bem. Eu me sirvo da religião quando preciso, no máximo agradeço nas minhas orações, e não me dedico ao próximo como se recomenda, ainda não sei muito como fazer isso, talvez sequer tenha tentado. Estou em dívida, reconheço, devo, não nego, não sei se pago nesta vida.

Nunca havia entrado numa igreja em São Paulo, nem por curiosidade, mas ensaiei várias vezes vir aqui onde agora estou, sentado e pensando no tanto que preciso reconstruir se de fato for me demorar por estas bandas e adotar a minha pátria de exílio em definitivo. O hospitaleiro Santo Ivo que me perdoe, mas ainda não me sinto em casa por mais simpática que seja a sua acolhedora paróquia, e isso é importante. Sinto falta da luz do sol vazando os vitrais, do teto alto e até do zunido disciplinado dos carros passando, mas eu me acostumo, este canto do Ibirapuera tem um quê de Rio de Janeiro também. Pensei em vir à missa no último domingo, a primeira semana completa depois que Celeste viajou, mas confesso que fiquei com medo. Eu rompi meu sagrado voto de casamento com Lúcia, estou vivendo em pecado, e não sei se tenho o direito de vir à missa, me confessar, comungar. Não faço ideia do que pode acontecer se eu disser na confissão que me separei, posso ser excomungado, proibido de frequentar a igreja, ou abduzido pelo padre, tentando me fazer mudar de ideia. É um medo bobo, mas sincero. Não sei em que situação me encaixo hoje como cristão e prefiro não ir à missa enquanto não consultar alguém confiável, devo me contentar em ficar aqui quietinho no meu canto, rezando em silêncio e esperando que Deus tenha piedade desta minha alma perdida nos pecados que preencheram estes meus dias apressados em São Paulo, mas que por favor não atrapalhe. Tudo o que me tem acontecido me parece mais uma salvação que qualquer outra coisa que eu já tenha experimentado. Acho que nunca pequei tanto em tão pouco tempo, nunca fui tão infiel, nem me entreguei tanto à luxúria, à gula e à preguiça. Tudo me leva a crer que me entreguei a mim mesmo, e que pelo menos não roubei nem desejei a mulher do próximo, e como cristão não fui o primeiro a me amasiar com uma prostituta, isso deve contar pontos na minha redenção.

Penso em Celeste todo o tempo, mas é uma lembrança tranquila, prazerosa. Vivo com a certeza de que quando ela voltar o ano vai começar com uma nova história, livre dos pecados e medos do passado, como se eles tivessem sido perdoados por tudo que passamos nestes meses, como se tivéssemos nos posto à prova e sido aprovados pela família, pelos amigos, pelo trabalho. Não quero nem pensar no quanto posso estar ocultando de mim mesmo nesta versão generosa da minha história recente, tem dado certo pensar assim, resolver as coisas em etapas e dar espaço para as coisas boas sem questioná-las. Isso requer coragem, coragem que eu nunca achei que me faltasse, mas descobri que a covardia age em silêncio, sem alarde, não me dei conta do quanto fui covarde na minha disciplinada e confiável vida pregressa.

    Falei da mãe de Celeste para o Nino, o que implicou falar também de Celeste. Disse tudo o que ele já imaginava ser verdade, como uma confissão, talvez esteja fazendo com os amigos aquilo que ainda não sei se posso fazer na igreja, um tipo de penitência em teste, me expondo aos riscos que eu imagino que mereço e suas respectivas consequências. Disse a ele de como algumas coisas nunca deixam de fazer sentido e sempre se justificam. Dona Sueli não me fez a menor concessão. Olhou-me inquisitivamente o tempo todo, talvez eu não fosse bom o suficiente para a filha dela, ainda que ela fosse uma puta. Uma mulher simples e firme. Almoçamos juntos na rua a convite de Celeste, elas foram direto do aeroporto para o shopping, não havia muito tempo para os preparativos finais. As mulheres têm mesmo este exagero de consumo, mas em se tratando de uma viagem para o outro lado do planeta dá para perdoar uma bagagem um pouco acima do normal. Elas continuaram em compras e à noite comemos uma pizza no meu apartamento. É claro que a minha decoração espartana não fez o menor sucesso com a sogra, mas pelo menos recebi elogios pelo vinho, e pelas taças que não combinavam em nada com o ambiente. Ela desceu cedo para nos deixar a sós, me deu um beijo educado e recomendou juízo com a filha dela, que era uma princesa. Eu concordei e ela saiu sem pressa descendo pelas escadas, dizendo que era para compensar os excessos da pizza. Celeste não se demorou, estava triste, mais do que eu imaginei que fosse necessário. Ficamos abraçados por um longo tempo, falando coisas no ouvido um do outro, combinando datas, promessas de comportamento e notícias frequentes por email. Eu a acompanhei até a porta do seu apartamento e ela me entregou as flores que havia comprado pela manhã, como sempre faz aos sábados, e recomendou que eu cuidasse delas, não deixasse de trocar a água todos os dias. Elas estão bem amareladas a esta altura, perecendo em cima da minha mesa sem que eu tenha coragem de jogá-las fora, torço para que a faxineira faça isso um dia desses.

— Você tem muita coragem meu amigo, eu tenho inveja de você.

O Nino já estava ficando com a voz empastada depois de tanta cerveja. Eu queria mesmo era ter ido correr no parque para tentar gastar um pouco do álcool excessivo deste dezembro mais festivo do que eu gostaria, mas ele insistiu para uma cervejinha só nos dois, para pôr o assunto em dia. Ele estava menos agitado que de costume. Quis saber da festa do PC na minha versão, com Alice já tinha conversado, mas agora queria detalhes. Foi bom ter falado, me deu mesmo um certo alívio, e acho também que minha maneira de garantir sua cumplicidade foi dizendo a verdade sem pensar muito, era um passo arriscado mas eu tinha que contar com o comprometimento de alguém para o caso de uma emergência.

— Alice me disse que ela é linda...

— Ela é linda.

— E gostosa, e que tomou conta da noite...

— Alice não te disse isso tudo...

— Disse, com uma cara de corna indisfarçável, disse, sim...

Não sabia onde ele queria chegar com isso, pelo jeito desconfiava da minha história com Alice também, ou talvez Alice tivesse lhe contado alguma coisa. Arrependi-me de ter falado de Celeste, mas já era tarde, não podia voltar atrás. Tentei mudar de assunto, mas ele se manteve no tema:

— Eu tenho mesmo muita inveja de você, João...

— Deixa de bobagem, para de me sacanear, não vou te contar mais nada, pensei que pudesse confiar em você...

— Pode confiar, João, sempre pôde. Você sempre foi um cara que fez o que quis e nunca faz alarde disso. Eu não tenho coragem nem de mostrar as minhas namoradinhas pra minha mãe, e você não só se apaixona pela garota de programa como leva ela na festa da firma, e é um sucesso. Eu tenho inveja de você...

Uma pontinha de remorso me ocorre. Ele estava só tentando encontrar um ouvido amigo, mas minha própria insegurança não me deixou perceber, coisa desse espírito assustado e despreparado para as verdades que eu não tenho com quem dividir também. O Nino gostava de mulheres simples, eu sabia disso. Simples em tudo, sem preferência por cor, raça, nem idade, mas daquelas de quem você não vai precisar ouvir sobre as delícias da última viagem à Europa ou os lamentos para conciliar o trabalho com o MBA. Uma mão carinhosa, uma bunda redondinha, uma barriguinha de fora já bastavam para atrair sua atenção, nada muito além disso. Vivia correndo atrás das operadoras de caixa de supermercado, ou das vendedoras das lojas vizinhas ao Banco. Mesmo quando namorou a Ingrid, uma loira bonita e magérrima, candidata perfeita a esposa de um cara bem-nascido e bem-sucedido como ele, nunca deixou de assediar as mocinhas que cruzavam seu caminho. No começo achávamos que as suas investidas eram pura molecagem, mas o entusiasmo dele era crescente, e as investidas cada vez mais constantes. Não foram poucas as vezes que o flagramos almoçando pela vizinhança com uma das suas conquistas, até com uma ascensorista do velho prédio do Banco ele se envolveu.

## Perfume barato

Lembro bem dela, a Paula, uma beleza de mulata escondida naquele uniforme cinza feito justamente para escondê-la dos galanteadores reticentes como o Nino, mas no caso dele não funcionou, para azar dela. Confessou-me naquela noite que saíram por mais de seis meses, chegou a arrumar um emprego para ela no escritório de advogados de um amigo, mas depois disso sumiu, não deu mais notícia. Desconsolada, ela se submeteu a fazer plantão na porta do Banco para encontrar com ele e tentar reverter as coisas, mas não teve jeito, foi humilhada e rejeitada em público. Discutiram na portaria do prédio, houve choro e teve que ouvir que não poderia ter esperado tanto dele, o que não me parecia ter sido muito. Nunca aceitou os convites para conhecer a família da moça, nunca passou do portão da casa simples onde ela morava, sequer chegou perto, pagava sempre um táxi para ela com a desculpa do avançado da hora. Não conseguia sequer imaginar a reação de sua própria mãe ao chegar em casa com uma moça que não fizesse parte do seu círculo ancestral de relacionamentos.

— Eu nunca disse nem meu nome inteiro a ela, como se isso fosse uma proteção, e decidi deixar de vê-la no dia que ela o leu em voz alta num envelope que esqueci no carro. Ela não entendeu nada, tínhamos passado o fim de semana na serra, numa pousada deliciosa, transando, namorando, passeando de mãos dadas. Fui um cafajeste, idiota...

Não sei exatamente que sensação me era cabível ali, mas era uma coisa confusa que ia da empatia ao desprezo. Não conseguia não ser solidário ao Nino, ele simplesmente fazia o que ninguém faz pois não aguenta fazer, ou nem tenta, está fora do seu contexto, do seu script de vida, mas ele fazia. De um jeito impulsivo, irracional, mas fazia. Dava vazão à emoção mais primitiva, primária, sem sequer tentar se controlar, como uma criança que não conhece limites à sua vontade e que não está disposta sequer a pensar na existência de consequências.

Deixar a emoção dirigir os seus passos era simples, lidar com ela, não. Era perfeito e desastroso ao mesmo tempo, apaixonante e cruel, mas não era uma cafajestagem. Era só a experiência de um conflito que evitamos a vida inteira, a nossa liberdade de agir a partir do que o corpo e a alma nos dizem, mas que não se encaixa no nosso mundo, no mundo que escolhemos ou nos coube pertencer. Ele tinha consciência do que havia provocado e sofria quando se dava conta. Um bom cafajeste não sofre, não se importa, apaga o rastro sem dor. Não era o caso dele.

— Ela me fazia rir. Melhor, ela me fazia sorrir. Eu adorava o jeito como ela falava com as pessoas, perguntava pro garçom aquelas coisas que a gente não tem coragem porque acha que já devia saber, e eles respondiam com a maior atenção porque finalmente alguém tinha perguntado. Pintava as unhas toda vez que ia me ver e me mostrava orgulhosa, a mãe era manicure e havia ensinado o melhor que tinha a ela. Cheirava a alfazema. Usava os perfumes que eu insistia em dar por educação, para não me desagradar, mas adorava usar alfazema, e eu adorava sentir nela o cheiro do **perfume barato** que ela fazia em casa e dividia com as amigas.

Ouvi todas as histórias até o fim sem recriminá-lo, nem deixar prevalecer a tal coragem que ele supunha haver em minhas atitudes, só deixei que ele falasse sem parar com os olhos brilhando como se quisesse chorar. Acho que ele queria mesmo chorar, mas não conseguiria, principalmente na minha frente. Nunca deve ter conseguido fazer isso na frente de quem quer que fosse, isso sim exigia muita coragem, o meu papel ali era ouvir.

Perdi a corrida no parque. A noite avançou, e os casos se sucederam na sua memória. Todos parecidos, era como se ele tivesse uma válvula de segurança social que o impedia de manter um romance com alguém supostamente não adequado aos seus padrões, mas que também não lhe permitia incluir alguém adequado à sua vida. A tal válvula era uma armadilha, e ele já sabia disso.

— Como você vai fazer pra apresentar ela pra sua família se esse negócio for adiante?

Esse "negócio" estava indo adiante e eu não me preocupava com a adequação disso à minha vida, pelo contrário. Estava entorpecido com a minha suposta ousadia e com os riscos a que essa relação me expunha. Eu tinha certeza de que não estava fazendo coisa alguma de errado, e feliz com a consciência que aquilo tudo me trazia. Era uma droga, uma droga deliciosa como cabe às drogas ser, e com todos os seus riscos. Meus sentidos pareciam ampliados, minha capacidade de enxergar minha vida pregressa, aguda como nunca. Eu tinha orgulho do que estava fazendo, passando a discernir entre o certo e o errado a partir de minhas convicções, minha vontade, e não por velhos hábitos. Eu decidia sobre minha própria vida e dava-me o direito de não gostar e não apoiar o que não me convinha. Não havia coisa alguma de errado com o que estava se passando, e naquela altura dos acontecimentos confiava na sabedoria do universo apoiando as minhas decisões pelo mérito da sua autenticidade e na naturalidade das soluções que ele nos propõe, ou nos impõe. Um dia eu teria que sentar diante de meu pai e de minha mãe com Celeste, e nem me passava pela cabeça que isso pudesse se converter num problema. Eu tinha certeza absoluta de estar no momento mais lúcido da minha vida e isso não estava apoiado em uma sensação de segurança, mas sim de bem-estar. Sequer tentei explicar isso ao Nino, só dei meus ombros em apoio e brindei com ele pelas mulheres de verdade, as únicas que valem a pena, as que nos fazem sentir vivos.

— Desculpe por ter chamado ela de puta.

— Ela é uma puta, até prova em contrário.

— Desculpe mesmo assim.

Era o momento ideal para um abraço, estávamos bêbados, emotivos e solidários, o universo nos perdoaria por isso, mas não consegui também, minha hipotética coragem não chegava a tanto. Apertei forte o seu ombro e pedi duas cocacolas com bastante gelo e limão para que começássemos a tentar nos recuperar daquela sessão de sinceridade súbita e não programada.

Celeste não me escreveu ontem, e até agora também não. É melhor me concentrar neste relatório. É minha última sexta-feira em São Paulo antes do Natal e na semana que vem vai ser impossível encontrar quem quer que seja com disposição para trabalhar, a maioria já inicia hoje as férias e só volta no próximo ano. Eu passo uma boa parte do dia na frente deste computador, falaria com Celeste de hora em hora se ela estivesse disponível, mas não está, parece mais ocupada do que eu, entretida com a vida nova da irmã. Pelo jeito vai tudo muito bem, pelo menos por lá. Aqui a coisa virou de uma hora para outra. Amanhecemos ontem com a notícia mais improvável possível. O PC deixou a presidência do Banco e o Laurence está assumindo interinamente a posição. Foi uma bomba, uma bomba no estilo do Banco, lógico, mas agora tudo faz sentido. No Banco as coisas sempre fazem sentido, nada acontece por acaso.

Reunião logo cedo com todos os diretores, o próprio PC anuncia a saída, como se fosse um prêmio. Vai assumir uma dessas vice-presidências arranjadas para tirar alguém de cena e mudar para a Argentina, cuidar da estratégia de expansão pan-regional da instituição, o que deve significar abrir uma agência nova em Buenos Aires nos próximos dois anos e alguns escritórios nos países vizinhos. Impossível não ser solidário numa hora dessas, ainda que ele merecesse o castigo, ainda que minha admiração por ele tivesse oscilado do alto para abaixo do aceitável em menos de seis meses, ainda que fosse justo. O Laurence, sentado ao lado, ouviu tudo sem mexer um músculo sequer da face. Agradeceu os elogios do PC, disse que tudo continuaria no mesmo bom rumo deixado pelo antecessor e recomendou que descansássemos nas festas, pois o Banco estava muito bem, mas o mundo não, e o próximo seria um ano agitado. Com essas palavras proféticas encerrou a reunião mais importante e mais rápida do ano, não chegou a demorar o suficiente para servirem a água e o café.

Antes mesmo que deixássemos a sala, um email havia sido disparado para todo o Banco, os funcionários já estavam devidamente informados. Na sequência foi a vez do resto do mundo, e clientes, parceiros, fornecedores e finalmente a mídia, parte que coube a mim.

Meu primeiro despacho com o Laurence foi também muito rápido e logo depois do ritual de execução sumária do PC, recomendações para o texto a enviar aos jornais. Pediu-me o tal relatório no qual estou trabalhando, na verdade uma revisão do budget para o ano que vem. A primeira providência de um presidente quando substitui o outro é rever os custos e cortar coisas que o anterior pretendia fazer. O nome técnico para isso é racionalizar investimentos, o informal é conhecido por "mijar nos cantos", marcar o território, tirar as marcas do antecessor do seu caminho. Ele não me pareceu tão afoito, acho que quer mesmo rever os excessos, e nós temos muitos, não vai ser nada difícil preparar as recomendações. Acho que gosto deste cara, tomara que não me engane mais uma vez.

Tentei falar com o PC, dar um abraço, sei lá. Acho que abraço não seria exatamente o caso, mas falar alguma coisa, não foi de todo um desastre a nossa história. O final foi ruim, mas ele me ajudou muito, ou pelo menos eu penso que foi assim, talvez um beneficiário ocasional das suas ações em causa própria. Ele deve ter incomodado mais gente além de Alice, que agora eu não tenho dúvidas, assediou, tá na cara que assediou. Talvez ele tenha perdido o controle, talvez Alice não tenha sido a única, não vai ser o primeiro a pagar por suas indiscrições e excessos, mas não foi só isso, estou certo de que não. O Banco daria um jeito de tolerar estes pecados pessoais desde que vindos de um talento difícil de repor, e esse deve ser o caso. Alguma coisa além disso e da perda do Belisário deve ter acontecido, até porque não é o tipo de mudança que se costuma fazer às vésperas do Natal, mas isso nós não vamos saber tão cedo. Para mim, não faz a menor diferença, já vai em boa hora.

    A porta da sua sala estava vazia e aberta, ao contrário do que eu imaginei que pudesse acontecer. Apenas a secretária assistente o ajudava na coleta dos papéis e uns poucos telefonemas de gente do mercado querendo ouvir notícias da sua própria boca. Ele respondia com bem ensaiada alegria. Um bom cafajeste não acusa o golpe, nem sangra na frente do inimigo, e ele não foi pego de surpresa. Teve tempo para preparar o espírito e, ainda que sozinho na sua sala, em evidente abandono dos seus colaboradores diretos, desempenhava o papel do executivo premiado aos dois ou três que tiveram coragem para um telefonema de solidariedade. Fez sinal pra que eu entrasse ainda com o ouvido grudado ao aparelho. Esperei de pé que ele terminasse e acompanhei sua expressão de desânimo ao pôr de volta o fone no gancho, dramaticamente. Ele não iria representar comigo, e eu não iria me aproveitar daquele momento para qualquer coisa indigna. Você pode fazer graça pra torcida, mas um bom jogador respeita seus oponentes, principalmente na derrota.

— Bom, parabéns, então...

Ele sorriu amarelo, balançou a cabeça e me fez sinal para sentar. Fechou a porta depois de pedir à secretaria assistente que providenciasse dois cafés, encheu um copo d'água que bebeu num só fôlego, e se jogou no sofá.

— Obrigado...

— Não tem por quê...

— Você foi o único que veio aqui...

— Devem estar falando com o Laurence...

— Hum... não se iluda, João...

Ele me pediu desculpas por algum eventual comportamento agressivo, pelas ironias, me desejou boa sorte. Perguntou por Celeste, sorriu, e me desejou boa sorte mais uma vez. Eu não sabia muito o que dizer, disse que podia ser uma boa oportunidade para descansar, mudar de vida, ele me ouviu com paciência, mas não esticou a história.

— Quem disse que eu quero mudar de vida, João, ou descansar? Eu perdi, mas não pra sempre, você não vai se ver livre de mim assim tão fácil.

Ganhei um sorriso, um tapa nas costas e companhia até a porta, nem deu tempo de tomar o café. Nem sinal também da secretária assistente, que a essa altura devia estar preocupada com as demandas de algum outro chefe, pois a esse já não adiantava mais servir. Quem tem alguma dificuldade para distinguir autoridade de poder que passe agora pela sala vazia do PC. Poder é uma coisa que se passa de mão em mão e que fica. É material, físico, tem nome, lugar, e é pesado como os cofres blindados deste Banco. Autoridade, não. Autoridade você exerce com leveza e carrega com você, para onde for necessário. Não se tira a autoridade de alguém assim tão fácil.

Voltei para a sala e encontrei minha equipe com aquela cara de susto típica deles, parece até que a notícia foi que o Banco quebrou. Mais uma vez tive que me esforçar para não menosprezar sua decepção, eles merecem viver este momento dramático com toda a intensidade possível. Não se troca de presidente todo dia, muito menos às vésperas do Natal, alguma coisa muito séria teria que ter acontecido e eles esperavam uma justificativa à altura. Esforcei-me para acreditar nisso também, na seriedade da empresa e das decisões tomadas em nome do bom desempenho de todas as funções, e no interesse dos acionistas, nas boas práticas de mercado etc. etc. Era difícil passar credibilidade, mas acho que a minha cara de frustração com o tédio que estas coisas me dão acabou sendo percebida por eles como outra coisa, melhor assim. Eles não precisam conhecer tão em detalhes o lado sujo da vida corporativa, da mediocridade por trás de uma mudança importante como essa. Melhor que eles acreditem que o PC não é este profissional de performance espetacular que eles imaginavam do que saber que ele saiu mesmo é porque não fez o jogo certo, muito provavelmente foi inseguro ou ganancioso demais ao tirar do caminho gente que devia incomodá-lo, mexeu com quem não devia. Quisera eu não saber disso também, fica mais fácil vir para cá todos os dias quando a gente acredita que para crescer profissionalmente basta trabalhar com seriedade e ser competente. Belo e bem-sucedido mundo seria esse.

Imprimi o relatório e deixei na mesa do Laurence como ele me pediu, ele já foi, deve receber o envelope no hotel e ler no avião. Embarca à noite para casa onde vai passar o Natal com a família, volta em definitivo depois das festas. O Banco não está exatamente à deriva, mas desconfio que até o ano que vem eu sou o funcionário mais graduado no escritório. Talvez por isso me demore um pouco mais nesta sexta-feira vazia e repleta de convites para festas e happy hours, devo escolher algum deles para não passar a noite sozinho, mas é pura falta de coragem em parar para pensar nas coisas. A saída do PC não me trouxe alegria alguma, nem sei se é por ele, provavelmente é por mim mesmo. Ainda que não me identifique em nada com as coisas que ele fazia e como fazia vejo muito facilmente o que me aguarda no caso de tudo dar certo, e me dá enjoo só de pensar.

    A fragilidade do poder me assusta, de verdade. Parece um mundo repleto de gente amiga e solícita à sua volta, mas é na verdade um espaço de solidão cruel, e se justifica pelo risco da derrota mais que pelos méritos das vitórias. Um líder vitorioso está desempenhando seu papel, nada mais, e na derrota todos viram fracassados num piscar de olhos, passam de senhores da razão a alvo das piadas e comentários maledicentes de qualquer um. O PC sozinho naquela sala, negligenciado até pela secretária, era um rei deposto, indo do trono ao cadafalso por conta de um golpe, um decreto, uma denúncia anônima, uma bala perdida que encontrou o alvo certo. Resta-lhe vestir-se da humildade dos vencidos, entregar-se para ter a chance da vida poupada, e começar de novo. Como diria meu pai, **um bom cabrito não berra**, e este vai calado desfrutar de seu retiro em Buenos Aires.

    Passei por uns minutos na festinha do pessoal do Private Bank, a turma que fica na linha de frente atendendo aos clientes "Pessoa Física". Achei que ia ser a menos pretensiosa e devia ser o lugar certo para brindar a saída do PC com um copo de plástico e cerveja quente. Não errei, mas não fui o único a ter essa ideia, toda a diretoria que ainda não saiu para o feriado estava lá, a festa deles foi prestigiada como nunca. Parecia que estavam comemorando uma vitória, os brindes se multiplicavam em meio a gargalhadas, e eu entendia cada vez menos o que estava acontecendo. Ganhei alguns abraços molhados como se fosse meu aniversário, e saí assim que pude. Eu já não sabia mais o que pensar. O caminho mais uma vez parecia se abrir para mim, como se Moisés tivesse fincado magicamente seu cajado às portas do Banco e afastado as barreiras para a minha progressão tranquila, mas isso não me deixava feliz. Eu voltava a não me sentir parte daquilo, embora aquilo cada vez mais apertasse o laço à minha volta, me acolhesse e me apoiasse. Eu devo ser mesmo um predestinado e preciso aprender a agradecer, é só o que a vida me pede, o Nino também, Alice praticamente me obriga a isso. Me encontraria com ela no jantar que a Cibele ofereceria no sábado seguinte à saída do PC, coisa que ela faz todo final de ano desde que se casou, mas eu nunca estive aqui para prestigiar sua elogiada recepção. Cibele é mais uma da nossa turma de trainees, e mais uma paulistana de família quatrocentona bem-nascida e bem-casada. O Banco adora este perfil, gente que parece trabalhar por esporte e que estampa na pele esse ar de leveza eterna. A festa foi em casa, se é que se pode chamar aquele clube de uma casa. O Jardim Europa é um bairro daqueles onde todos deviam ter o direito de morar um dia, como nos filmes americanos, só falta tirar os muros e deixar os jardins grudados exibindo as piscinas e as mansões impecáveis. Parei na rua atrás de uma fila interminável de carros pretos, ou prata. Fico tentando imaginar como seria a paisagem antes das pessoas se decidirem a só comprar carros pretos ou prata em São Paulo, principalmente os novos e mais caros. Qualquer dia vou entrar numa agência dessas de carros coreanos, jogar um bolo de notas na mesa e encomendar uma SUV azul, só para ver a cara de desespero do vendedor.

Passei por uns três vigorosos seguranças até chegar ao portão de Cibele. Meu nome estava na lista, que bom, sempre tive medo de ser barrado na porta por alguém que não acha o meu nome na lista. Era uma festa para muitas pessoas, pensei que seríamos só nós da turma original do Banco, mas a sociedade estava ali muito bem representada, e penteada, e vestida, e perfumada. Não foi difícil achar gente conhecida, mas por algum motivo o anfitrião não desgrudou de mim. Ainda não havia conhecido o marido da Cibele, um cara novo, talvez não tivesse sequer a minha idade, e fiquei pensando como é que se faz para ganhar dinheiro suficiente para comprar e manter uma casa dessas ainda tão jovem. Não precisei pensar muito, ele se adiantou e me disse que era uma antecipação da herança dos avós, ainda vivos, e me mostrou com orgulho as árvores que plantou quando criança naquele jardim com ares de chácara. Eu ainda não entendia muito bem a razão de tanta atenção, mas fui aos poucos abrindo meus ouvidos para a explicação do jovem milionário e comecei a ver um lar no lugar da mansão hollywoodiana, talvez ele quisesse muito mostrar isso a alguém e tivesse me escolhido. Eu devo ter cara de quem sabe diferenciar uma jabuticabeira de um pé de couve.

Não demorou e esbarramos com Alice. Uma outra Alice. Linda como sempre mas perdida na multidão, misturada entre os mortais como se quisesse se esconder, ou se poupar. Ela estava numa roda com gente conhecida, mas estranhamente a roda não estava em torno dela, e me viu chegar. Tentou desviar os olhos, se focar na conversa dos amigos, eu não deixei. Fingi dar dois minutos de atenção ao grupo tagarelante, e lá com eles deixei meu gentil anfitrião. Beijei Alice no rosto, um beijo com cuidado e carinho, nada de beijar resvalado, meus lábios tocaram integralmente sua bochecha, e ela finalmente me deu atenção. Roubei duas taças de champanhe de uma bandeja que passava e procurei um lugar para sentarmos.

— Eu não quero beber hoje e acabar a noite me jogando em cima de você.

— Ok, combinado, você não vai se jogar em cima de mim. Agora um brinde.

Ela riu como quem não dá muito crédito ao que se está ouvindo, e eu, como que abastecido por uma ponta de culpa, desejava sinceramente o seu bem. Ela me perguntou por Celeste, eu dei notícias, ela não esticou conversa. Estava humilhada, achava que tinha se oferecido enquanto eu tinha outra mulher na minha vida, sentia-se uma idiota.

— Eu não posso nem reclamar que você se aproveitou de mim...

— É claro que eu me aproveitei de você, Alice, menos do que eu gostaria, mas não tive como evitar...

— Não precisa se explicar.

— Não quero me explicar, nem saberia como, eu perdi um pouco o controle das coisas nos últimos meses...

— Vai me dizer que eu me aproveitei de você?

— Não, claro que não. Você, como sempre, fez o que quis fazer, e eu não fiz nada que eu não quisesse fazer também, mas a minha vida mudou, de todos os jeitos que você pode imaginar, é difícil entender, até mesmo pra mim...

— Se quiser tentar, eu estou ouvindo...

Não sabia bem o que Alice esperava ouvir. Acho que ela não estava exatamente interessada em mim, mas sim em ouvir alguma coisa que justificasse a sua própria perda e de tudo que ela me dedicou, ainda que eu nada tivesse pedido. Todo mundo quer ouvir uma explicação razoável quando toma um pé na bunda, mas isso é tecnicamente impossível. As coisas terminam, simplesmente terminam, não precisam de uma razão para isso, e isso não é nem um pouco razoável, convenhamos, ouvir a verdade não repara a perda de ninguém. No nosso caso, acho que nem havia o que perder, mas acho também que ela tem uma visão diferente deste assunto, e é assim que se planta uma boa confusão. Ela tem todo o direito de se sentir tripudiada. Queria muito que ela acreditasse que ela não foi só uma mulher bonita e gostosa de quem eu fiz uso e descartei quando quis. Queria que soubesse que também me fez voltar a sentir o gosto das coisas, a redescobrir um desejo incontrolável, a respeitar a força que as coisas que a gente sente tem sobre as coisas que a gente deve, a me sentir homem, desejado, invejado, adorado. Queria poder dizer que mesmo agora, sentindo a falta de Celeste todos os dias, seu colo branco e perfumado me domina e exige o máximo de cuidado para que eu não a beije ali, na frente de todos, e que isso talvez não tenha só a ver com o apelo dos meus hormônios acumulados. Acho que ela sabe disso, e qualquer tentativa de explicação só vai fazê-la sentir-se ainda mais um pedaço irresistível de carne e pelos loiros, e pernas. Não tem o que dizer, eu usei Alice, sim, ainda que ela tenha implorado por isso, mas eu a usei, e me senti melhor a cada vez que aconteceu. É injusto que não seja assim também para ela, mas não há o que fazer. Qualquer coisa que eu diga vai parecer mesmo uma tentativa boba de justificar o que não deveria precisar de explicação, mas que não é mesmo razoável.

— É um momento de muita confusão, Alice, são muitas mudanças ao mesmo tempo, mas têm acontecido coisas boas também.

— A sua namorada é uma delas?

— É uma delas, das mais inesperadas, mas se eu te disser que não sei se ela é exatamente minha namorada você pode não acreditar.

— Não mesmo, mas não quero saber também, guarde esta parte do problema pra você.

Mudamos de assunto, mas a conversa não mudou de tom tão facilmente. Seu olhar se desviava do meu e só me encontrava para me desafiar, e eu permitia que ela se sentisse no controle. Falamos da saída do PC, rapidamente, não era um tema confortável também, ela certamente se sentia confusa com relação àquilo tudo. Talvez o PC fosse mesmo o cretino que a assediou, mas ela o admirava, e talvez tenha aberto espaço para isso em algum de seus joguinhos de poder. Nunca partilharia isso comigo, mas seu silêncio confuso era o suficiente para sinalizar que ela sofrera a perda de um igual. Falamos do Natal, da família, coisa que nunca visitou as nossas conversas, mas nós tínhamos uma coisa em comum com as famílias. Elas estavam muito apartadas deste mundo que nos cercava e consumia. Estar com eles era migrar para um universo diferente e nos abastecer das coisas básicas do conforto e do carinho sem pretensão maior. Nós éramos cúmplices, ainda que uma cumplicidade minada pelo esforço de Alice em converter nosso desejo em algo além disso, mas éramos cúmplices, inevitáveis cúmplices, base importante de um relacionamento que dá certo. Talvez seja por isso que eu me sinta tão bem perto dela. Beleza, vigor, cumplicidade. Cada dia que passa fica mais difícil entender por que eu não me apaixono por Alice, por que eu não me entrego logo a este amor fácil e conveniente que se avizinha e se encaixa tão bem no meu roteiro de vida.

Essa rotina de festas em São Paulo não é nada má, ocupa bem o espaço vazio entre o trabalho e o sono, principalmente quando Celeste não está aqui. Alguns meses atrás talvez me incomodasse, praguejasse quanto a essa enxurrada de eventos. Vou a lugares para encontrar gente que mal conheço e pouco me viu, mas que deve por algum motivo imaginar que posso ser útil no seu círculo de relacionamentos, nas suas rodinhas alegres. Mas que outro motivo haveria para se dar uma festa que não juntar as pessoas e dar espaço para um pouco de futilidade e alegria gratuita entre copos e risos altos? Eu começo a achar que estou em dívida com esse povo todo, que está na hora de pensar na minha própria festa e no sentido disso, de ser a minha vez de proporcionar alguns momentos de euforia a gente que precisa de espaço para exibir suas joias e dentes bem tratados. São Paulo precisa disso, das festas em profusão e riqueza de propostas. Caras, baratas, profissionais, familiares, exageradas, desde que tenha espaço para que as pessoas se encontrem e gastem seus risos contidos, promovam seus sonhos, desfilem suas roupas novas. O que mais?

    Quando Alice começou a se despedir eu me ofereci para acompanhá-la até o carro, e ela não recusou. Caminhamos devagar, de braços dados, como bons amigos. Paramos na porta da reluzente Preciosa e trocamos um abraço longo que ela emendou com um beijo, e eu não recusei. Beijar Alice às vésperas do Natal era o mínimo que nós merecíamos, não haveria pecado nisso, nem falsas promessas, só um gosto doce de bolo de chocolate e champanhe na sua boca macia.

    — Feliz Natal, João.

    — Feliz Natal, Alice.

    — Eu te desejo toda a felicidade do mundo...

    — Eu também, Alice – interrompi mecanicamente.

    — ...mas se alguma coisa der errado eu vou estar aqui, não tenha um segundo de dúvida...

    Ela me soltou suavemente, entrou no carro e partiu veloz pela rua escura do Jardim Europa, sedutora e perigosa como sempre. Eu não tinha mais nada para fazer naquela festa, mas voltei para me despedir dos anfitriões. Gisele e seu marido estavam à porta e não me deixaram ir, me fizeram sentar e conversar mais um pouco numa roda de amigos, todos jovens, a maioria casais como eles, com aquele jeitinho de gente bem comportada e endinheirada. Gisele fez cara de marota e me perguntou por que tinha deixado Alice ir embora, nós formávamos um casal perfeito no juízo dela. Olhei à minha volta para ter certeza do que ela estava falando, quase irônico, mas ela me repreendeu.

— Não estou falando disso, João, vocês não são assim, você não percebe?

Não percebia, não mesmo. Gisele ficou me encarando com jeito de quem sabia muito mais das coisas do que eu imaginava, e fiquei sem graça. Ela me pegou pela mão e me levou até o escritório. Abriu um álbum de fotografias numa página exata, marcada por um cordão dourado. Apontou duas meninas magrelas sentadas na sarjeta de uma rua que parecia muito simples, eu não as reconheci de imediato, eram ela e Alice, juntas, adolescentes, amigas.

— Alice me trouxe pro Banco, você não sabia? Queria ser professora, fazer o colegial e me formar, mas ela não deixou. Desde cedo sabia que tinha que ganhar a vida se quisesse ver o mundo, ser dona do próprio nariz, e me arrastou junto, ainda bem. Eu podia ter virado uma dessas dondoquinhas...

Ficou falando dela e de Alice o tempo de tomarmos uns três cafés e esvaziarmos uma bandeja de brigadeiros caramelados, um atrás do outro, rindo muito. Eu não conhecia essa Gisele, assim como não conhecia a Alice que vem se revelando desde que cheguei. Eu as tinha em outra conta, talvez na conta dos meus olhos preguiçosos, apressados em desqualificar tudo e todos que não lhes parecessem especiais, originais, perto da perfeição. O maridão nos achou e resgatou Gisele, para minha decepção, ficaria mais tempo com ela, mas tive que ficar comigo mesmo e mais uma das minhas descobertas neste ano de tão farta colheita. Voltamos para o jardim onde o grupo já se dispersava, e eu fui-me embora também, não sem antes encher os bolsos do paletó com um punhado de brigadeiros caramelados, como um menino gordinho e mal-educado que nunca tive a chance de ser.

No dia 24 pela manhã ainda estava em São Paulo. Acordei cedo e o flat tinha cheiro de Natal. Perus e pernis inteiros assando nos fornos com muito vinho e folhas de louro, rabanadas esfriando no prato, azeite fritando cebolas. Parecia família invadindo o meu exílio em Moema.

O trânsito fluía como se ninguém mais tivesse ficado além de mim, e o aeroporto estava à minha disposição naquela manhã ensolarada. Aproveitei o voo como nos velhos tempos, melhor, de bermudas. Nunca viajei de bermudas, não de avião, mas havia recuperado alguma leveza nas últimas semanas e fazia uso dela, o calor de dezembro avalizava essa pequena ousadia. Meu pai me esperava em casa e me abraçou feliz. Foi só o tempo de acomodarmos as poucas malas no meu quarto e sairmos para o compromisso de toda véspera de Natal desde que me lembro por gente.

— Você está com uma cara boa.

— Tô sim, pai, tô sim. Você também.

— Tem falado com a Lúcia?

— Muito pouco, só o indispensável. E vocês?

— Ela liga de vez em quando, e vem pra deixar algumas coisas suas.

Não era fácil para nenhum de nós lidar com esses rituais da separação, acho que Lúcia estava se saindo melhor, o que nesse caso em especial não me surpreendia. Ela sempre se relacionou melhor com a minha família do que eu com a dela. Talvez se relacionasse melhor com a minha família do que eu mesmo, compartilhasse mais coisas, mais gostos e assuntos. Eu sempre me dei bem com todos do lado de lá, mas não tinha um desejo maior de vê-los, nem nunca provocava voluntariamente uma aproximação, mas gostaria de vê-los hoje, aparecer de surpresa, embora não tenha certeza de que seria uma boa ideia. Acho que não estou pronto para conviver com as expectativas deles sobre o que eu deveria ser daqui pra frente, e tenho certeza de que cada um tem um plano diferente para mim. O protocolo regular de uma situação como essa é que alguns passem a te olhar torto, como se você fosse um cretino traidor, outros nutrem uma esperança eterna de que haja uma volta, e tem também os que nem sabem exatamente o que aconteceu, ainda. Tendo a achar que os pais sempre torcem por um retorno, mas os meus, até onde eu consigo perceber, estão muito tranquilos.

— Você está namorando?

— Acho que sim...

— Como é que alguém pode não saber se está namorando?

— Pois é, também me surpreende...

Falei de Celeste para ele, mas não tudo, quase me deu um remorso, acho que ele gostaria de saber exatamente com quem estou me metendo, mas não tive coragem. Contei as partes boas e ele gostou de ouvir. Disse que minha mãe toda noite dava um longo suspiro antes de dormir e perguntava o que eu estaria fazendo, e com quem. Recomendou que eu mesmo desse a notícia a ela, eu sorri e prometi fazer isso logo que a encontrasse.

— Chegamos.

Faz pelo menos trinta anos que este mesmo senhor nos recebe na porta desta igreja e eu ainda não sei o nome dele, mas ele sabe o meu. Sua hospitalidade beira a protocolar, concede-nos um sorriso e nos ajuda a descarregar as caixas com mantimentos, roupas e brinquedos arrecadados entre amigos e vai chamar o padre. O padre muda, já vi bem uns dez, ultimamente a mudança é mais frequente, acho que é um rodízio, eles não devem gostar de trabalhar neste bairro pobre que mingua e se deteriora em volta da igreja. Lembro-me de já ter havido um jardim e um pé de jaca fazendo sombra onde meu pai hoje deixou o carro, umas crianças pobres mas sempre animadas brincando no terreiro ao lado, e umas senhoras com aquele ar despreocupado que não devia se justificar para quem vive num lugar tão carente. Hoje já não tem ninguém, e os espaços vazios deram lugar a uns galpões muito malfeitos, só a igreja resistiu ao tempo. Dei uma entradinha para rezar como sempre faço, enquanto meu pai combinava alguma coisa com o padre Amarildo na sacristia. Amarildo, que eu me lembre, era nome de jogador de futebol, não de padre, mas padre também tem pai, e ninguém sabe o que o filho vai ser quando crescer com tanta antecedência. Ajoelhei-me para rezar mas não conseguia me concentrar, estava incomodado. Na verdade não queria estar ali. Este era o Rio de Janeiro que eu mais detestava, onde a simplicidade deu lugar a uma paisagem urbana construída com refugos, paredes em tijolos aparentes, tetos cambaleantes, resíduos de um progresso de eficácia e gosto duvidosos, emoldurando a nova identidade carioca. Eu rejeitava sem cerimônia alguma aquele velho ponto de encontro onde por anos iniciei minhas manhãs de Natal, não me lembro ter faltado uma vez sequer, mas eu o rejeitava e dali me ausentava em espírito, como se não quisesse pertencer a essa história que eu vi crescer em minhas visitas. Era frustrante, os esforços de meu pai e seus donativos frequentes não ajudaram em nada, ou essa ajuda não se refletiu na redondeza, melhor pensar assim. Estava diante de uma imagem de São Judas, franzindo a testa e tentando buscar um sentido para tudo aquilo quando percebi a presença do padre Amarildo ao meu lado.

— Está tudo bem?
— Sim, está sim, padre.

— Você parece estar se esforçando muito. Quer se confessar?

— O quê?

— Se confessar, fazer uma confissão antes do Natal pode ser bom, pode te fazer sentir melhor.

Eu fiquei parado olhando para aquele padreco com cara de menino e nome de jogador de futebol como se estivesse vendo uma assombração. Pensei num milhão de coisas ao mesmo tempo e no caminhão de pecados que teria para contar a ele, e tive medo, quase pânico, mas ele era um padre e eu deveria dizer alguma coisa, seria a pessoa certa para me ouvir, talvez só não fosse o momento.

— Acho que não, padre, outra hora.

— Então vamos rezar juntos.

E rezamos. Quero dizer, ele rezou, e eu ouvi a sua voz doce de quase menino repetindo as orações ao meu lado, com calma e boa dicção, como se estivesse propositalmente tentando me fazer ouvir. Eu fui me acalmando e senti o calor que tantas vezes me tocou nos últimos meses, o calor de gente que está fazendo alguma coisa que acredita ser o seu papel neste mundo, sem me perguntar se eu preciso ou não disso. Acho que a minha cara de quem precisa deve ser muito evidente. Ele se virou de frente para mim, levantou-se, me benzeu e me ajudou a levantar. Perguntou se eu estava bem e sorriu agradecendo pelos donativos. Meu pai também estava rezando um pouco mais atrás e também recebeu a benção do padre, que nos acompanhou até o carro, sempre com o mesmo sorriso e expressão de alegria. Pensei em convidá-lo para passar o Natal conosco, mas não foi preciso, ele nos disse que também ia estar com a família, na igreja, e isso me confortou.

— Nunca vi um padre tão jovem.

— Nem eu, mas gosto dele. Parece que gosta de estar aqui.

Meu pai ligou o rádio e eu ousei abrir o vidro do carro para sentir um pouco do bafo quente de Bonsucesso. Eu tinha saudade daquele calor insuportável do Rio de Janeiro, **este planeta onde eu nasci** e que agora me parece cada vez mais como um destino de turismo, aonde eu venho para reviver emoções perdidas, algumas em definitivo. No planeta onde eu moro agora está uma nova vida, com os pecados que me fizeram renascer e onde os quero deixar guardados dos ouvidos de todos que vivem neste planeta de cá, até do padre, como se fosse possível escondê-los para sempre, como se não fosse importante que eles passassem a fazer parte de mim, ou deste novo eu que quero fazer existir apesar das minhas dúvidas e das surpresas em que tropeço.

Acordei, e minha mãe me espiava na porta do quarto, veio sentar ao meu lado quando percebeu que eu já a havia visto. Acomodou-se na beirada da cama e inclinou-se para me beijar a cabeça e encostar seu rosto no meu como sempre fez, e assim ficamos por algum tempo, sentindo um ao outro sem dizer nada.

— Gosto de ter você aqui...

Era pouco, mas era muito para quem pouco falava, e eu devia entender aquilo como um sinal de total aprovação e respeito pelo meu momento, e isso selava a minha paz. Nunca os desejos de paz e felicidade foram tão sentidos como nessa noite de Natal, nunca me apeguei tanto a eles, depois de passar toda uma vida os recebendo como aqueles tais hábitos repetidos que a gente adquire e passa a fazer sem pensar na razão. Desejei fervorosamente sentir e realizar esta paz que tanto desejamos uns aos outros, e parece que a vontade de conhecê-la me aproximou dela, e eu finalmente a reconheço no fundo dos olhos brilhantes de minha mãe. Tantos anos, tanta vida passada, e eu aqui com o coração aquecido como um menino no seu colo seguro. Ela se levantou e me chamou para o café, e que eu não demorasse, pois já ia fritar as rabanadas para que eu as comesse quentes, como gosto. Não sei quantos anos faz que eu não como rabanadas quentes, acho que era criança ainda, no máximo saído da adolescência, depois disso as recebia embrulhadas em papel-alumínio, frias, e as levava para comer aos poucos ao longo da semana, prolongando a sensação gostosa do Natal na minha própria casa. Rabanadas quentes são daqueles privilégios que só as mães podem proporcionar, e no conforto do Natal. Talvez minha angústia única fosse pensar no que fazer com Lúcia e sua família, mas ela mais uma vez resolveu por mim e apareceu em casa com o pai e a mãe, ainda cedo, na véspera, e nos cumprimentamos alegremente, com carinho, e uma dorzinha acomodada lá pela boca do estômago, mas nada que não caiba nas emoções típicas do Natal, acabou entrando no pacote. Foi um desfecho perfeito, não houve presentes nem qualquer excesso de comentários, apenas uma taça de Porto como era de praxe em se tratando da casa de meu pai, nada além. Ao final de meia hora eles se foram, e foi-se também uma parte da minha angústia, rápido e simples como tem sido tudo neste fim de história com Lúcia, que ao que tudo indica é mesmo um fim. Queria muito saber se ela sente o mesmo que eu, essa certeza que a cada dia que passa se faz mais forte de que, à medida que as coisas se resolvem, diluem-se a culpa e toda essa categoria de sentimentos que são naturais de um casamento que acaba sem justificativa aparente. Queria dizer para ela que se precisasse de alguma coisa de mim o teria, sempre, mas não tive coragem porque na verdade não sei se conseguiria ajudá-la. Surpreendia-me conseguir ajudar a mim mesmo, nem bem saberia dizer como o fiz, ainda estava tentando entender o que me aconteceu, pois muito me aconteceu nos últimos meses, mais do que em toda uma vida, pelo menos essa era a sensação, e o único esforço que me lembro de ter feito foi me afastar, de tudo. Minha casa, minha mulher, minha família, amigos e um ambiente de trabalho confortável, seguro. Involuntário como tudo, incerto e súbito como sempre, mas foi a única ação que reconheço como responsável pelo que sou agora, pelo que sinto e pelo que estou passando. Me apartar da minha vida, do meu passado, das minhas coisas, talvez mesmo de mim, e me encontrar abruptamente com um futuro que se converteu de imediato no presente tamanha a sua intensidade, enfrentando a rapidez com que as coisas se deram e passaram a fazer parte de mim, e eu delas.

Foi preciso estar aqui para perceber isso, o quanto estes seis meses reabilitaram minha consciência. Voltei a reconhecer o Rio e a família, os amigos, e aos poucos a me reconhecer, a estabelecer uma relação honesta com o trabalho e com tudo mais, a perceber o meu corpo e as sensações que dele se apossam, ainda que sem a minha permissão. É um caminho, eu ainda não cheguei, mas é um caminho, só. Não dá para chamar isso de um processo, muito menos de um processo meu, pois não me pertence, eu não estou no comando disso, não posso recomendar a alguém, só sei que estou feliz, e me parece o rumo certo. Deixei com Lúcia na porta do prédio o meu desejo sincero de que ela esteja bem, e foi só. Não falamos mais nada, nem dos advogados, nem dos bens, nada. Parece que concordamos e reconhecemos que nada disso nos diz respeito, ou que é tudo consequência de algo maior que somos nós, e a nossa vida e a nossa felicidade; e ela se foi de vez.

Joguei uma água no rosto e fui para a mesa posta do café de Natal ainda no pijama novo que providencialmente ganhei de tia Cecília e que me fazia sentir em casa como nunca. Essa sensação eu queria prolongar. Meu pai riu da minha cara amassada. Eu o beijei e desejei feliz Natal com um abraço demorado, e ele se emocionou. Percebia em mim o desejo da paz que eu vi nos olhos de minha mãe e em tudo mais que estava à minha volta e também em mim. Éramos só nos três por enquanto, como por muito tempo foi, e dali a pouco a casa se encheria com as mesmas caras de ontem à noite, e mais algumas caras novas que viriam a passar durante o dia. Minha vontade era ficar de pijama, ler o jornal de ontem jogado nas poltronas velhas da sala, descansar deste ano de emoções tão diversas, acolhido e cuidado por meus pais. Eu não queria pensar em nada, mas a realidade da minha estranha terapia me batia na cara reclamando seus méritos, e eu tinha que lhe dar ouvidos. Fugir foi a minha salvação, me afastar de tudo para que alguma coisa se renovasse, talvez sem mim e minha insegurança retendo o desenrolar natural dos fatos, represando a mim mesmo numa barreira de dúvidas e apatia. Eu não queria me sentir responsável por isso, não queria me carregar de culpa e atrapalhar este momento de descobertas e reencontros. Eu não queria mesmo pensar. Comi várias rabanadas quentes sob as vistas de minha mãe orgulhosa, acompanhadas de leite gelado e por fim um café bem forte e amargo para equilibrar o doce excessivo do açúcar e da canela misturados. Não me lembro de prazer maior ao comer qualquer outra coisa, nem com Celeste nos nossos melhores momentos. Ela ia gostar disso, das rabanadas e das histórias repetidas do meu pai, e desse conforto de família em torno da mesa que um dia teremos. Falei com ela ontem, rápido, ela não estava feliz. Parecia estar com saudades, mas alguma coisa além disso a incomodava. Não tivemos chance de falar muito, não trouxe o cabo do notebook e não me fez muita falta mesmo, mas ficamos sem trocar mensagens. Não faz mal, ela volta esta semana, gastar um tempo a sós com a família está me fazendo um bem inimaginável, tenho certeza de que para ela também, vamos compensar isso no tempo devido.

DRINKS

São Paulo fica modorrenta nesta semana entre as festas, parece que quem fica só está mesmo por obrigação e faz questão de deixar isso muito claro. É a semana de arrumar gavetas, trocar os presentes repetidos, comprar uma camiseta e uma cueca branca para o Réveillon. Passei em frente à loja das lingeries com preço de joias que fui com Celeste. Queria comprar uma calcinha branca para ela, e fiquei em dúvida entre uma das preciosidades eróticas ou uma daquelas simplesinhas de algodão com as quais eu a conheci, e adoro. Dizem que a gente passa o ano como passa a noite do Réveillon, e me flagrei pensando se queria a Celeste puta ou menina nos próximos 365 dias. Nossa vida sexual ocupa um espaço enorme nesta relação que forjamos, e às vezes sinto uma culpa idiota por isso, e dúvidas, e confusões, mas acho que é só uma idiotice mesmo, a gente nunca está feliz com o que tem. Devia ser natural ter uma vida sexual boa, mas é que a nossa é muito boa, tão boa que eu nem penso nisso. Não penso no que estou fazendo, no que tenho que fazer para satisfazê-la, impressioná-la, nada, nem em mim, só ficamos juntos, muito juntos, e quando acabamos continuamos juntos, como se não acabasse, como se não percebêssemos. Eu adoro transar com Celeste, e gosto mais dela depois que transamos, e me sinto mais digno dela cada vez que acontece, seja do jeito que for meu desejo aumenta, meu respeito aumenta, meu amor aumenta, e isso me intriga. Maldito inseguro. Comprei um biquíni para a praia, ela que pense se quer ser puta ou menina, e que me explique um dia que diferença isso faz.

 Fui direto para o Banco quando cheguei hoje pela manhã. A cidade está vazia, o Banco está vazio, e eu também aproveito para pôr a casa em ordem. Verifico as mensagens no correio eletrônico e acho estranho Celeste não ter escrito. A esta altura já deve estar perto de embarcar, vai ser um dia inteiro de viagem, agora só falamos quando chegar, na véspera de irmos pra praia. Tento dar um jeito no flat, comprar alguma coisa que ajude isso a se parecer com um lar. Cada vez menos quero morar nesta toca, mas uma mudança não vai ser fácil, então é preciso tomar providências, fazer com que seja um pouco mais confortável, que eu me sinta bem em ficar aqui, e não apenas usar esta cama, este banheiro, a cozinha eu pouco uso mesmo.

    O Banco reage bem à mudança de comando, parece que nada de importante aconteceu e eu não sei como interpretar isso. A primeira hipótese é que o PC não seria então um bom líder, ou ao menos um líder admirado, respeitado, mas pode não ser isso, acho até que não era. Falei disso com o Santos hoje no almoço, o único diretor que ficou além de mim. Ele tem uma tese que me divide, não sei se a acho boa ou ruim, mas tenho vontade de resistir a ela, pois seria triste se fosse verdade. Ele acha que não importa muito para as pessoas quem vai sentar naquela cadeira da presidência, acha até que se tivesse alguém só para assinar os documentos podia passar mais de ano sem ocupar o cargo que não ia acontecer nada de mais. Sua hipótese é que, numa estrutura grande e eficiente como o Banco, as pessoas individualmente valem pouco, a instituição anda sozinha com as suas normas e procedimentos, quase sem perceber as mudanças. É por isso que está sempre se formando gente nova, com a mesma cultura e as mesmas práticas, para ocupar os lugares vazios quando eles surgirem, praticamente uma linha de montagem humana. Desafiou-me a pensar em alguma coisa de muito diferente que algum presidente ou mesmo diretor do primeiro escalão tenha feito no lugar de outro, ou que não viesse a acontecer naturalmente por conta das circunstâncias. Eu me aborreci um pouco, mas o fato é que não consegui me lembrar de nada, nem mesmo nas minhas próprias decisões eu confiava como inéditas, mas fiquei de pensar melhor e desafiei-o de volta com uma promessa de continuarmos a conversa, acho eu que para admitir que ele tem razão.

    Celeste devia estar voando, e eu contava as horas, queria vê-la, tinha muita saudade, e estava feliz. Foi bom estar no Rio, foi bom o PC sair da presidência. Devia ter alguma coisa de bom também em termos ficado longe um do outro por essas semanas. Eu queria contar isso tudo para ela, estava entusiasmado e nada me aborrecia, nem mesmo a tese do Santos. Alice me mandou um email desejando feliz Ano Novo e passando o endereço de onde vai ficar na praia, um condomínio daqueles que sai nas revistas semanais de celebridades, casa de amigos. Acho que ela não confia na minha relação com Celeste, aposta descaradamente na minha desistência. Não fosse pela graça da sua proposta de companhia me sentiria desrespeitado, mas na verdade me envaidecia a sua insistência. Mandei lavar o carro pela primeira vez desde que cheguei a São Paulo, limpei a mala que ainda tinha resquícios da mudança. Joguei finalmente fora as flores que Celeste me entregou e que pus na minha mesa, comprei novas, seria uma boa surpresa para ela. Comprei também um quadro desses prontos na loja, na verdade uma foto estilizada, não é lá grande coisa, mas deve ajudar a mudar a cara do ambiente, falta pendurar. Comprei um lençol bom, e descobri que os lençóis e respectivos acessórios se qualificam pela quantidade de fios de algodão egípcio compondo a sua trama. Esse por exemplo tinha **quatrocentos fios**, o que parece ser pra lá de suficiente para mim, mas não o põe na categoria de "consumo de luxo", e a vendedora me deixou isso bem claro. Abasteci a prateleira com umas garrafas novas, levo algumas para a praia. O champanhe ganhei de presente do meu pai, francês, mas daquelas grifes que ninguém conhece, coisas do meu pai, para "celebrar a vida". Cheguei em casa cedo com planos de ir ao parque, Celeste chegaria na manhã seguinte, e na outra iríamos para a praia. Era cedo, daria tempo até para uma passada na igreja perto do parque antes do exercício, eu estava com vontade de fazer isso. Precisava rezar e agradecer pelo bom momento.

Não pedi muito nos dias de angústia, talvez por não saber o que pedir, mas recebi, alguém me viu e fez por mim sem precisar de encomenda, e eu que nunca fiz muito por merecer acho que seria um bom começo agradecer, quem sabe prometer um pouco mais de mim como cristão, ainda que em pecado e dívida com a igreja. Liguei o notebook para ter certeza do horário do voo de Celeste, não ia poder buscá-la, mas mesmo assim queria saber. Vi umas mensagens novas. Avisos, ofertas, fotos que meu primo mandou da festa de Natal e uma sem assunto, de Celeste, para minha surpresa. Não imaginei como seria possível, ela deveria estar em viagem a essa hora, talvez tivesse ficado retida no caminho, talvez ela tenha conseguido se conectar no avião. Abri em meio à surpresa, e não consegui passar da primeira frase:

*"João, eu não vou voltar..."*

A primeira coisa que me ocorreu quando cheguei foi abrir a janela, como se o ar me faltasse e eu precisasse fugir daquele quarto para respirar.

Eu ainda não sei bem o que estou fazendo aqui. Pela manhã embolei o que tinha no armário dentro dessa sacola. Desci, entrei no carro, e como eu mal respondia às suas perguntas ela ligou o som bem alto e me deixou seguir calado até chegarmos. Não parece se importar com a minha indiferença, deve imaginar que é coisa passageira e está apostando nisso. Mais uma a investir em mim sem medo de perder. Eu devo mesmo ser muito previsível, e fácil de conduzir. Agora quer que eu use uma roupa branca, já disse que não tenho, e ela não se importou também. Fechou a janela e a porta do quarto sorrindo, e me disse para ficar tranquilo, descansar, tudo ia dar certo.

Já é quase noite. Abri de novo a janela para ver o mar e os reflexos do sol que se põe brilhando na superfície trêmula. O quarto é enorme, quase uma sala, maior que o meu flat em Moema, meu fétido flat em Moema. Penso nele e me lembro daquela primeira tarde de domingo, úmida e fria, e no cheiro forte das fábricas do Belenzinho me invadindo a memória mais uma vez. Agora é o mar para onde eu olho catatônico, e a maresia atenuada pelo perfume desses pinheiros que teimam em crescer nesse chão arenoso e seco pelo sol que aos poucos se recolhe e me repõe aos poucos alguma energia.

A vontade de fugir vai esmaecendo por puro cansaço, junto com a sensação de fracasso e humilhação que me dominou na última noite. Eu tinha direito a todas as queixas por perda naquele momento, mas já não me parecia fazer sentido isso também. Esgotei minhas lamúrias na madrugada, tentando em vão uma resposta melhor do aquele email telegráfico, mas nada era fácil de explicar, e eu não tinha a menor disposição de entender, pois era a minha vez de prestar queixa, e é isso que se faz numa situação dessas, eu bem sei. Ela queria uma vida nova, o que não necessariamente me excluía, mas nela eu também não fazia falta, a menos que a mim importasse, e a mim também fizesse sentido mudar mais uma vez de planeta, abandonar os vícios e as marcas na terra, apagar o rastro invisível da vergonha, e foi isso que ouvi, sem nenhum interesse, confesso. Naquele momento só me dizia respeito a mágoa de ter sido abandonado, de ter meu plano de voo destruído sem prévio aviso, de ver ferido de morte meu orgulho ainda roto, se refazendo aos poucos e já de novo destruído. "Ela não percebe a chance que eu lhe estava oferecendo", pensava, nem a minha generosidade e desprendimento por incluí-la em minha vida, de coração disposto e entregue ao que por aí viesse, corajosamente. Esse era o meu desafio, e percebo agora o quanto isso não a ajudava a se sentir menos parte da vida que ela já não queria que fosse sua, mas da qual eu me servia para minha peleja contra os moinhos que criei; e em meu desejo de a todo dia provar a ela minhas nobres e desprendidas atitudes eu a sufocava mais e mais em sua própria luta.

Menos de um dia atrás eu estava certo de que tinha construído uma nova vida e que ela me pertencia. Maldita mania de imaginar que alguma coisa nos pertence... era eu que pertencia àquele novo mundo, por um lapso da minha consciência pragmática, impregnada da liturgia à qual me submeti por toda uma vida e da qual por uns meses abdiquei, e me sentia livre. Doído, mas livre. Humilhado e ainda tonto, mas livre como quem foge de um longo e confortável exílio, com todas as marcas da fuga e algumas posses abandonadas em sua antiga base, ferido e sem ter ainda para onde correr, mas livre, assim como ela deve se sentir agora no outro lado do mundo, fazendo as contas do que aqui deixou e pronta para construir uma história nova longe de tudo, e longe de mim.

—João... posso entrar?

Alice, fazendo cerimônia, como se eu estivesse doente. Me encontra de pé mirando a janela e a paisagem da praia que já se perde na escuridão. Tem um presente nas mãos, uma camisa branca de algodão bem leve com um bordado que eu não sei bem o que é, e uma cueca também branca, dessas tipo boxer, bem bonita e aparentemente cara, como ela gosta. Ela me olha enquanto eu abro os pacotes sem jeito, ternamente, fica esperando uma reação. Eu me refaço um pouco, olho nos olhos dela e agradeço. Não pela cueca, nem pela camisa, mas agradeço pelo que não preciso mas ela está fazendo, ainda que eu não faça jus, ainda que não lhe prometa nada, e ela nada me peça. A sua perseverança me comove, embora eu continue não entendendo seus motivos. A sua vontade e determinação por um minuto restabelecem meu vínculo com o mundo, como se fosse algo que eu precisasse ter, mesmo que só uma parte ínfima do que ela tem e pratica, sempre, comigo. Ela fica visivelmente feliz com a minha reação, é a primeira coisa um pouco além da indiferença desde que nos falamos hoje pela manhã ao telefone, e ela me encontrou praticamente em estado de choque.

— Pode usar hoje? Vai te trazer sorte...

— Claro que sim.

— Não tem pressa, tá?

Alice é um enigma, uma caixa colorida onde tudo cabe e de onde eu insisto em tirar sempre o pior, e eu não me sinto merecedor do que recebo agora, nem do que recebi de Celeste, nem da vida. Não sei por que a vida me dá tantas chances se eu insisto em não aprender, nem retribuir. Cada vez mais me convenço de que o Jovino tinha razão e de que eu sou mesmo um escolhido do universo, a vida está me abrindo portas e o meu único esforço é deixar que as coisas fluam, que as camadas de amor e sofrimento em mim se renovem sem medo, assimilando as perdas, abraçando os presentes e deixando que eles me transformem e me apresentem a essa nova vida, como faz Alice, como fez Celeste, e como devem fazer os escolhidos do universo. Mas isso dói, como um dente crescendo no meio da sua testa, e não é fácil ignorar a dor.

Os fogos de artifício começaram a estourar. Meu Deus, como isso não faz sentido para mim agora... Brindar, cantar, celebrar, fazer juras e promessas, renovar a esperança. Se não fosse pedir muito queria que o universo postergasse este Réveillon uns quinze dias e que me desse tempo para entender o que está se passando. Preciso saber se o que recebi foi **prêmio ou castigo**, se fiz o meu papel, se usei bem meu semestre de atenção de Deus antes de desejar o que quer que seja, mas a vida não funciona assim, ainda que eu seja um escolhido, o mundo não vai parar para que eu tome fôlego. Não sei o que escrever na minha lista de pedidos, e nem estou disposto a tentar. Meu próximo passo não está ao meu alcance, ainda não sei onde estou e vou entregar os pedidos a que tenho direito a quem quiser fazer bom uso deles, torcendo para que não inclua qualquer esforço meu, estou cansado, e só. Esta é uma sensação clara. Talvez pela noite perdida em mensagens desesperadas, talvez pela confusão de agonia e este estranho prazer de perceber a vida me revirando as vísceras, talvez pela visão desta cama bem-feita com este lençol de milhares de fios egípcios me chamando, não sei, mas estou cansado, e vou precisar de ajuda para passar por esta noite, mas para isso existe Alice.

  Entro no chuveiro para não dormir antes da festa e me entrego à ducha forte batendo nas costas por um tempo impensável para um banho. Quanta ironia. Cercado de um conforto que eu não fiz por merecer sinto falta da minha banheira do flat, do teto de pintura rala pingando suor do meu próprio banho em minha própria água. Saudade da minha vida espartana por absoluta falta de espaço para que fosse diferente, tamanho o furor pelo qual a vida me tomou nesses meses. Saudade de acordar encharcado de suor, grudado no corpo miúdo de Celeste, extasiado e agradecido pelo tanto de emoções novas que eu recebia àquela altura da vida. Que doce cárcere sem grades este que me acolhe em delírios, do qual eu não fujo e nem tento fugir. Que escândalo de sorte é ter Alice a me amparar nesta ponta de escarpa em que me encontro. Que destino estranho o de me embriagar com os maiores prazeres que um homem pode ter e me privar do verdadeiro gozo, tirar de mim quem me trouxe de volta à vida, e me desafiar a repetir tudo isso sem ela.

— Já está pronto?
— Quase. Estou te atrasando, não é?
— Não, já disse que não tem pressa, eu espero.
— Quer vir aqui?
— Não também, vou me arrumar com as meninas, te espero no jardim.

Seco-me com a toalha mais felpuda que já experimentei pensando em Alice. Não trouxe desodorante, nem perfume. Dane-se, vou exalar a mim mesmo nesta passagem de ano. Acho que eu sou um desafio para ela, não pode ser só amor, não consigo imaginar nada tão perseverante por tão pouco, e tenho dificuldade em aceitar que seria capaz de inspirar isso. Ódio não seria. Vingança? Também não, seria uma estupidez à qual ela não se daria ao trabalho, não Alice.

A cueca nova é lisa, escorregadia, a camisa me cai surpreendentemente bem. Alice me conhece, mais do que eu imaginava. Estou pronto, vestido, melhor dizer. Nada me indica que estou pronto para o que quer que seja. Alice me espera no jardim. Sozinha, distraída com uma taça, as costas nuas, as pernas exibidas. Linda como sempre, serena como nunca. Eu nunca maltratei Alice de propósito, nunca, espero que ela saiba disso, acho que sabe. Sabe o quanto tentou, o quanto me provocou e me tirou do sério. Sabe do poder do seu peito roçando no meu braço, da sua voz rouca me contando segredos desnecessários. Ela sabe que me tentou ao limite e sabe que eu nunca a privei do que se passava comigo, ainda que não fosse exato nas descrições, pois pouco também sabia, e sabe que eu perdi. Para ela serve, o que eu sou agora é o suficiente, talvez o que ela mais goste em mim. Tirar-me mais uma vez do fim do poço, resgatar minha autoestima com a sua, inesgotável, exercer a sua vocação natural em mim, que respondo sempre. A minha felicidade é o desafio de Alice. Talvez ela pense que é a minha última chance. Talvez ela tenha razão.

    O jardim imenso e gramado termina na areia, iluminado por tochas, velas e a luz das estrelas de uma noite impecável. Eu não pensava mais na minha sorte, só respirei fundo e caminhei na direção dela. Ela ouviu meus passos e se virou quase num susto. Me olhou inocente, apreensiva, e num momento percebi o quanto ela tinha dúvida daquilo tudo, até onde o seu esforço no meu resgate iria funcionar e ser capaz de transformar aquela noite num sonho ou num pesadelo. Eu segurei na sua mão fria, bem firme, e agradeci com sinceridade. Ela me dispensou a gratidão e me sorriu então como Alice, confiante, exuberante, encantadora, e eu me deixei encantar, ainda que por esta noite só. Beijei Alice como a namorada na porta do baile, antes da primeira dança, abrindo os trabalhos da noite, e ela me beijou como a um soldado que voltou a salvo da guerra. Vieram os fogos, o champanhe infalivelmente importado, a ceia, os abraços e os pedidos com flores à beira d'água, quando a mão de Alice me resgatava a todo instante enquanto eu me perdia com a espuma do mar lavando os meus pés sem reação.

— Queria me lembrar do que eu pedi ano passado...

Ela me sorri tolerante, quase triste, e por um instante me deixa sozinho com meu esforço inútil de entender o que me aconteceu. Eu firmo os meus pés na areia molhada e respiro fundo, inundo meus pulmões de maresia. Estou cheio de vida, ainda que temperado por dor, saudade e água salgada. Agacho-me para tocar o mar e ele me abençoa com respingos no rosto. Eu esboço um sorriso, e percebo que neste momento este é o melhor lugar no qual eu podia estar. Esvazio os pulmões para inspirar profundamente e impregná-los com o perfume da água salgada se espargindo na areia, mas o que me preenche é o sofrimento deste último dia, acrescido às lembranças desse semestre louco e se misturando ao meu repentino prazer de estar aqui, e um sentimento de gratidão toma conta mim. Foi um ano abençoado, que me apresentou ao melhor que a vida podia me dar sem que eu lutasse por isso, e agora eu sei, eu posso mais do que eu tenho. Não vou mais abrir mão disso.

Alice se reaproxima, tímida, e eu a acolho num abraço, agradecendo em silêncio, e assim permanecemos à beira d'agua. Ainda não consigo me lembrar do que eu pedi no ano passado, e duvido que me lembre um dia, mas seja lá o que tenha sido certamente não foi nada do que aconteceu. O mar beija meus pés mais uma vez enquanto Alice me aperta forte para que eu desta vez não lhe escape, e eu lhe devolvo o abraço, sorrindo. Ela percebe o meu conforto e se aconchega aliviada no meu peito, enquanto faço o meu pedido ao universo que nos ouve. Não sei ainda se o que me ocorreu esse ano foi prêmio, prova ou castigo, mas não importa. Eu quero tudo outra vez.

Esta obra foi impressa em novembro de 2016.
© 2016 CMS Editora Eireli.
Rua Enxovia, 472 Cj. 1208
04711-030 – São Paulo – SP

www.editorasensus.com.br